팀 탈러
팔아 버린 웃음

청소년시대 04

팀 탈러
팔아 버린 웃음

제임스 크뤼스 지음

이호백 그림 · 정미경 옮김

논장

이 이야기에 도움을 준
귄터 쉬트로바흐에게 감사의 말을 전하며

날들과 장들

팀 탈러
팔아 버린 웃음

소년과 많은 돈,

웃음과 울음,

내기와 체크무늬 신사에 관한 이야기.

인형극 연기자인 팀 아저씨가 들려주고,

웃을 수 있는 모든 이들을 위해

제임스 크뤼스가 받아 적다.

이야기를 시작하기 전에

그건 마그데부르크에서 라이프치히로 느릿느릿 달리던 기차 안에서 일어난 일이었다. 기차 안은 더럽고 사람들로 붐볐다. 제2차 세계대전이 끝난 그 당시, 시커먼 연기를 내뿜으며 독일 전국을 덜커덩덜커덩 달리던 여느 기차들과 다를 바가 없었다. 함부르크 근처에 살던 나는 라이프치히에 있는 인쇄소로 가는 길이었다.

기차 안은 사람들로 꽉 들어차서 기차 칸 사이에 있는 연결 발판에까지 밀려날 지경이었다. 나는 사람들에 떠밀려 엉겁결에 한 객실로 들어갔다. 그 객실에는 달랑 신사 한 사람이, 당시만 해도 잘 쓰지 않던 선글라스를 끼고 앉아 있었다. 나는 그곳이 외교관용 객실인가 싶어 얼른 다시 나오려 했는데, 신사가 내게 그냥 들어오라고 손짓을 했다.

검은 양복을 입은 신사는 약간 통통했는데, 도무지 나이를 짐작할 수 없었다. 신사의 앞주머니에는 새하얀 장식용 손수건이 꽂혀 있었고, 가까이 다가가자 거기서 카네이션 향이 희미하게 풍겼다. 신사의 머리 위, 짐칸에는 검은 트렁크가 놓여 있었다.

내가 맞은편 자리에 앉자, 신사가 말했다.

"이런 만원 기차는 정말 끔찍하지요. 그냥 여행하시는 건가요?"

신사는 내가 여태껏 들어 보지 못한 악센트를 썼다. 나는 나중에야 그것이 이탈리아 사람의 악센트란 걸 알았다.

나는 일하러 가는 길이라고 대답하고선 덧붙여 말했다.

"라이프치히에 책 교정보러 갑니다."

"아, 그래요. 책을 쓰시는 분이군요. 흥미롭네요. 방금 들은 얘기인데, 애당초 쓰려고 했던 책을 쓰지 않는 걸로 먹고사는 사람들이 있다는군요."

"어떤 사람들인데요?"

"세상과 인간을 꿰뚫어 보는, 지혜롭고 박식한 사람들이지요. 그런 사람들은 침묵하는 대신 돈을 받지요. 지혜가 세상에 널리 퍼지는 데에 별로 의미를 두지 않는 권력자들한테서 말입니다."

"하지만 돈으로 매수되는 사람이 어디 지혜로운 사람이겠습니까?"

"그거야 여러 측면에서 봐야겠지요. 그런데 점심은 드셨습니까?"

"아직요. 점심을 싸 갖고 왔습니다."

신사는 도시락을 꺼내지 말라는 뜻으로 손을 내저었다.

"그건 그냥 서류 가방에다 넣어 두세요. 제가 점심을 대접하고 싶은데, 괜찮겠습니까?"

이 모든 일은 그 당시 독일에서는 보기 드문 모습이었다. 이렇게 거의 텅 비다시피 한 객실 하며, 선글라스에다 고상한 양복, 게다가 지저분한 사람들로 넘쳐 나는 기차 안에서 이렇게 정중한 점심 초대까지 받다니.

물론 난 그 초대를 받아들였다. 발 디딜 틈도 없는 사람들 사이로 어떻게 점심을 날라 올 건지 궁금해서라도 초대를 받아들이지 않을 수 없었다.

그런데 정말로 점심이 배달되었다. 비록 약간 이상한 방법으로 배달되어 오긴 했지만. 뭐냐 하면, 디젤 기관차로 보이는, 울긋불긋한 기차가 갑자기 우리를 앞질렀던 거다. 그건 당시엔 흔치 않았던 우아한 기차였다. 그 기차는 곧 우리와 나란히 같은 속도로 달렸다. 식당 칸이 들여다보이는 넓은 창문이 우리 창문 높이로 되자, 나를 초대한 신사가 창문을 열었다. 그러자 식당 칸에서도 창문을 열고 커다란 쟁반받침을 우리 쪽으로 내밀었다. 쟁반받침에는 둥글고 높은 뚜껑이 덮여 있었다. 달리는 기차의 속도 때문에 무거운 은 뚜껑을 덮어 놓은 거였다. 우리는 그것을 받아, 조심스레 앞에 놓인 두 개의 창가 탁자에다 내려놓았다.

곧 두 기차의 창문이 다시 닫혔다. 신사가 옆에 펼쳐 놓은 신문에다 뚜껑을 내려놓자, 나는 정말로 점심을 앞에 두었다. 그것도 오랫동안 먹어 보지 못했을 뿐만 아니라 그때까지 본 적도 없는 그런 맛난 점심을 말이다.

우선 전채 요리로는 훈제연어를 얹은 버터 바른 빵을 먹었다. 그 다음에는 마요네즈를 바른 가재 반 마리, 또 파슬리를 뿌린 감자를 곁들인 오리 요리, 마지막에 호두와 초콜릿 가루를 뿌린 아이스크림을 먹었다. 거기에 곁들여 우리는 달마티아산 화이트 와인을 마셨다. 은주전자에는 식사 후에 마실 모카 커피가 들어 있었다. 신사는 조그마한 사기 잔에다 커피를 따라 주었다.

점심을 먹는 동안 우리는 아무런 이야기도 나누지 않았다. 나는 생각에 잠겨 말없이 점심을 먹었다. 사람들로 붐비는 복도 쪽 창에는 커튼이 쳐져 있어서, 다행히 아무도 우리가 식사하는 광경을 들여다볼 수 없었다. 그 당시 독일에서 누가 이렇게 호사스러운 식사를 할 수 있었겠는가?

점심을 먹고 나자, 몸이 납덩이처럼 무거워지며 피곤함이 몰려왔다. 그걸 눈치 챈 신사가 말했다.

"좀 쉬시지요. 식사한 다음에는 쉬든지 아니면 천 걸음을 걸으라고들 하잖아요? 여기서는 천 걸음을 걷는 게 힘드니 쉬라고 말씀드리고 싶군요."

무거운 눈꺼풀이 스르르 감겼다. 비몽사몽 간에 나는 겨우 이 이상한 성찬에 대해 감사하단 말을 할 수 있었다.

나는 바닷가 하얀 집 앞, 테라스에 앉아 있는 꿈을 꾸었다. 내 앞에 펼쳐진 푸른 물결 위에서는 요트가 넘실대었다. 그 요트의 주인은 나인 게 분명했다. 그때 멀리서 말소리가 들려왔다.

"바닷가 집과 그 앞에 넘실대는 요트, 거기에다가 마를 날이 없는 은행 예금, 침묵한다면 이 모든 걸 얻으리라."

꿈속에서도 난 그 말이 무슨 뜻인지 도통 알 수가 없었다. 더구나 굉음에 놀라 화들짝 잠에서 깨어나는 바람에 더 이상 그것에 대해 생각할 틈도 없었다. 요란하게 달리는 기차 소리에 깨어났던 거다. 울긋불긋한 기차가 다시 우리를 앞질러 가고 있었다.

잠에 취한 눈으로 기차 쪽을 쳐다보자 또다시 식당 칸이 보였다. 그 기차 창문으로 다 먹고 난 쟁반받침이 막 사라지고 있었다. 그런데—이럴 수가!—내 앞에 앉아 있던 신사가 저쪽 기차의 식당 칸에 앉아 있는 게 아닌가! 하지만 울긋불긋한 기차가 앞으로 미끄러져 나아가자, 그 신사의 모습이 창문에 비친 것뿐이란 걸 알게 되었다. 기차가 사라지기 전까지도 그걸 보고 있다가 고개를 돌린 나는 그만 소스라치게 놀라고 말았다. 내 맞은편에 있던 신사가 온데간데없이 사라지고 없었기 때문이다. 검은색 트렁크도 없었다.

"방금 울긋불긋한 기차 창문에 그 사람이 비쳤는데. 자리에 없는 사람이 어떻게 창문에 비칠 수 있담. 어떻게 된 일이지?"

하지만 나는 곧 다시 잠에 빠져들었고, 갑자기 사람들이 객실로 밀어닥쳤을 때에야 잠에서 깨어났다.

그러자 낯선 신사와의 일이 꿈처럼 느껴졌다. 라이프치히에서 이 상한 이야기를 듣고서야 비로소 나는 기차 안에서 만난 신사가 누구 란 걸 알게 되었다.

지금 난 이 이상한 이야기를 하려고 한다. 나는 이 이야기를 라이 프치히의 인쇄소에서 아주 우연히 만난 어떤 사람에게 들었다. 그 사람은 내가 전에부터 알던 사람이다. 그 사람이 젊은 신사였고 내 가 열여섯 살 난 학생이었을 때, 우리는 북해에 있는 내 고향, 헬골 란트 섬에서 처음 만났다. 우리 이웃집, 바로 율리에 아주머니네에 서였다. 거기서 우리는 그 당시 우리가 ABC 낱말잇기라고 이름 지 은 놀이를 했고, 2주 동안 이런저런 도움 되는 이야기를 나누었다.

ABC 낱말잇기를 한 뒤로 많은 세월이 흘렀는데도 우리는 라이프치히의 인쇄소에서 금방 서로를 알아봤다.

"팀 아저씨 아니세요?"

내가 놀라서 묻자 마찬가지로 놀란 아저씨도 물었다.

"너 보이구나?"(아저씨는 헬골란트 섬에서 사람들이 나를 부르던 대로 그렇게 불렀다.)

곧 우리는 서로에게 질문을 퍼부었고, 각자에게 일어난 일을 들려주기 위해 상대방의 말이 끝나기가 무섭게 말을 이었다. 나는 우리의 작은 섬을 떠나 큰 대륙으로 옮겨 가야 했던 얘기를 들려주었다. 아저씨도 알고 있던 사실이었지만, 섬에 폭탄이 떨어져 마을이 온통 쑥대밭이 되었기 때문이었다.

팀 아저씨는 함께 일하는 인형극단과 함께 일본과 오스트레일리아까지 순회공연을 다닌 이야기를 해 주었다. 아저씨는 또 인형극의 인형에 대한 책도 한 권 썼다고 했다. 그 책이 인쇄되는 것을 보기 위해 여기 왔다고 했다.

팀 아저씨가 물었다.

"그런데 넌 여기 무슨 일로 왔니?"

"악보 익히기 그림책 인쇄하는 걸 지켜보려고요. 악보와 그림, 시와 이야기가 정확히 맞아야 하거든요. 그래서 여기 온 거예요."

"그럼, 우리 자주 보겠구나."

팀 아저씨가 이렇게 말하는 순간, 책 한 권이 아저씨 서류 가방에서 미끄러져 나와 바닥에 떨어졌다. 나는 몸을 숙여 그 책을 집었다.

아델베르트 폰 샤미소가 쓴 《페터 슐레밀》이란 책이었다. 그 책은 그림자를 판 사람의 이야기였다. 아저씨에게 책을 건네주면서 내가 말했다.

"이것과 비슷한 이야기를 나도 찾고 있는 중이에요. 내 짐작이 맞다면, 아저씨는 이 이야기로 인형극을 만드셨겠지요? 하지만 난 그런 일을 정말로 겪은 진짜 소년을 찾고 있어요. 외벨괸네에서 들은 바로는 그 소년이 아직 살아 있대요."

팀 아저씨가 놀라서 물었다.

"웬일로 함부르크의 외벨괸네까지 가게 되었니? 거기라면 나도 잘 아는데."

"그냥 지나가는 길에 들르게 되었어요. 전쟁 후에 잠깐 외벨괸네 맞은편에 산 적이 있어요. 그러니까 엘베 강 건너편, 핀켄베르더에 이모할머니가 사시거든요. 거기서 가끔씩 엘베 강 너머로 가곤 했죠."

"그랬구나. 그럼 외벨괸네에서, 웃음을 판 이야기가 어떤 소년에게 진짜로 있었던 일이란 걸 알겠구나. 너, 그 이야기 말하는 거지. 그렇지?"

"네. 아저씨도 알아요?"

"알다마다. 하지만 이야기가 길어. 너, 라이프치히에 얼마나 있을 거냐?"

"적어도 일주일은요. 일주일이면 충분하지 않아요?"

"그래, 충분하지."

"그럼 이야기해 주세요."

팀 아저씨는 웃으면서 말했다.

"보이야, 내가 그 이야기로 늘 공연을 하긴 하지만 그게 내 이야기라고는 하지 않을게. 하지만 내 이야기일 수도 있어. 그게 많은 아이들의 이야기일 수도 있는 것처럼 말이야. 그러니 네가 괜찮다면 그 소년을 내 이름으로 부르려고 하는데."

"그렇게 하세요. '나'라고 하든지, 아니면 '그 애'라고 하든지 아저씨 좋으실 대로 하세요. 중요한 건 아저씨가 제게 그 이야기를 들려주신다는 거죠."

팀 아저씨가 한숨을 내쉬며 말했다.

"좋아. 어차피 언젠가 한 번은 이 이야기를 다 털어놓긴 해야 할 테니. 그렇다면 여기서 오늘 하지 말라는 법은 없지. 일 마치고 집 뒤쪽에 있는 교정실로 가자꾸나. 지금은 사용하지 않는 방이란다. 아마 너도 알 거야."

"네, 알아요. 인쇄소 일이 끝나면 거기서 만나요."

그렇게 해서 팀 아저씨는 웃음을 판 이야기를 낡은 교정실에서 칠일 동안 들려주었다. 매번 이야기가 끝나면 나는 쏜살같이 호텔로 돌아가, 들은 이야기를 못 쓰는 인쇄용지 뒷면에다 적어 두었다. 그래서 나도 이 이야기를 인쇄용지에 따라 각 장으로 나눌까 한다.

자, 그럼, 매끄럽게 다듬고 각각의 장으로 나눈 이야기를 지금부터 시작하겠다.

첫째 날,

어린 팀 탈러가 자라난 이야기,
큰 불행을 겪은 이야기, 그로 인해 삶이
완전히 달라진 이야기, 체크무늬 신사와
기상천외한 계약을 맺게 된 이야기를 듣다.

팀 아저씨와 나는 첫날, 일을 마치고, 먼지 구덩이
교정실에서 만났다. 집 뒤쪽에 있는 그 방은 지금은 사용하지
않는 곳이었다. 우리는 낡았지만 상당히 편안한 안락의자에
앉았다. 팀 아저씨는 웃음을 팔아 버린 이야기를 시작했다.

1장 가련한 뒷골목 소년

오늘날에도 넓은 길들이 나 있는 대도시의 뒷골목을 보면 비좁기 그지없다. 얼마나 비좁은지 이쪽 창문에서 건너편 창문으로 손을 내밀 수 있을 정도이다. 만약 돈 많고 감정도 풍부한 낯선 사람이 우연히 비좁은 뒷골목을 찾는다면, 아마 이렇게 외칠 것이다.

"와, 그림 같다!"

멋진 숙녀는 '아!' 하고 숨을 내쉬며 이렇게 말할 것이다.

"얼마나 평화롭고 낭만적인지 몰라요!"

하지만 평화롭고 낭만적이란 표현은 엄청난 잘못이며 거짓이다. 왜냐하면 뒷골목에는 가난한 사람들이 살고 있기 때문이다. 부유한 대도시에 사는 가난한 사람들은 비참하고 시기심이 많고 툭하면 싸움을 벌이기 일쑤이다. 그건 그 사람들 탓만이 아니라, 좁은 길 때문이기도 하다.

어린 팀이 그런 좁은 뒷골목으로 이사 온 건 세 살 적 일이었다. 동글한 얼굴을 가진 명랑한 어머니가 세상을 떠난 그 시절, 아버지는 일자리가 별로 없었기 때문에 공사장으로 나가야 했다. 그래서 아버지와 아들은 시립공원 근처의 불쑥 튀어나온 창문이 있는 밝은 집을 떠나 이곳 좁은 뒷골목으로 이사 오게 되었다. 이 골목에서는 후추와 카룸, 아니스 냄새가 하루 종일 진동했다. 왜냐하면 이 도시에 단 하나밖에 없는 양념 방앗간이 이 골목에 있기 때문이었다.

곧 팀에게는 빼빼 마른 몸에 쥐 얼굴을 닮은 새엄마와, 뻔뻔스러운 데다 버릇도 없고 얼굴은 창백하기 그지없는 의붓 형이 생겼다.

팀은 세 살밖에 되지 않았지만 활달한 사내아이였다. 특히 웃는 모습이 너무나 예뻤다. 팀은 혼자서 식탁 의자로 커다란 배를 만들거나 소파 쿠션으로 자동차를 만들어 조종하며 놀곤 했다. 의자와 쿠션들을 이용해 바다와 육지를 향한 긴 여행을 할 때면, 팀은 "칙칙칙, 미국이다."라고 소리쳤다. 그럴 때면 돌아가신 어머니는 배를 잡고 웃었는데 이상하게도 새엄마는 팀을 때렸다. 팀은 도무지 이해할 수가 없었다.

의붓 형 에르빈도 팀이 이해할 수 없는 존재였다. 왜냐하면 에르빈 형은 어린 팀에게 성냥을 던지거나 아니면 검댕이나 먹물, 잼을 처바르면서 자신의 우애를 증명했기 때문이다. 무엇보다 이해할 수 없는 건 그러고 나면 나중에 형이 아니라, 팀이 벌을 받는다는 거였다.

뒷골목 집에서 벌어지는 이런 이해할 수 없는 일들로 팀은 거의 웃음을 잊고 지냈다. 그래도 아버지가 집에 있으면, 깔깔거리는 꼬마의 귀여운 웃음소리가 나지막이 울려 퍼졌고 웃음소리는 딸꾹질로 끝을 맺었다.

하지만 아버지는 집에서 멀리 떨어진 공사장에서 일했기 때문에 대개 집에 계시지 않았다.(아버지가 재혼을 한 것도 팀을 혼자 두지 않기 위해서였다.) 그래도 일요일만큼은 아버지와 어린 아들이 함께 지냈다. 그럴 때면 아버지는 어린 팀을 안고 새엄마에게 말했다.

"우리 산책 다녀오겠소."

그러고는 아버지는 산책 대신 경마장으로 가서, 몰래 모아 둔 몇 푼을 경마에 걸었다. 아버지는 언젠가 경마에서 돈을 많이 따면 가족들과 함께 좁은 골목을 떠나 다시 밝은 집으로 이사할 수 있게 되기를 바랐다. 그렇지만 내기에 운이 따르기를 바라는 아버지의 희망은 헛된 것이었다. 대부분의 사람들이 그렇듯이 말이다. 아버지는 매번 돈을 거의 다 잃었고, 설사 돈을 딴다고 해도 딴 돈은 몇 푼 되지 않아서 몇 가지 군것질을 하고 맥주를 마시고 전차 값을 내는 데도 빠듯했다.

어린 팀에게는 말과 기수들의 경기가 별로 재미없었다. 그 모든 것이 너무 멀었고, 너무 빨리 팀 앞을 쌩하고 지나가 버렸다. 게다가 항상 앞에 사람들이 너무너무 많아서 어린 팀이 경기장을 내려다보려면 아버지의 어깨 위에서도 애를 먹어야 했다.

팀은 말과 기수에는 별 관심이 없었지만, 내기란 것이 어떤 것인지 금방 알게 되었다. 함께 전차를 타고 가고 아버지가 팀에게 사탕을 사 주면, 그날은 아버지가 내기에서 이긴 것이다. 반면에 아버지가 팀을 그냥 목말 태우고, 사탕도 사 주지 않고, 걸어서 집으로 가면 그건 내기에서 졌다는 뜻이다.

하지만 내기에서 이기건 지건 팀은 아무래도 좋았다. 팀은 전차를 타건 목말을 타고 가건 마냥 즐겁기만 했다. 심지어 아버지 어깨 위에서 목말 타는 게 더 즐겁기까지 했다.

중요한 건 아버지와 단둘이 있다는 거, 일요일이라는 거, 그리고 에르빈 형과 새엄마가 멀리, 두 사람이 세상에 존재하지 않는 것처럼 아주 멀리 있다는 거였다.

아쉽게도 나머지 엿새 동안은 두 사람이 세상에 존재했다. 그러면 팀에게는 마음씨 나쁜 새엄마를 둔, 동화 속의 아이들과 똑같은 일들이 일어났다. 다른 게 있다면 팀의 사정은 약간 더 안 좋았다는 거다. 왜냐하면 동화는 일 쪽에서 시작해서 기껏해야 십이 쪽에서 끝나고 말기도 하지만, 팀은 매일매일 겪는 학대를, 그것도 몇 년 동안 계속되는 학대를 이를 악물고서 견뎌 내야만 했기 때문이다. 만약 일요일이 없었다면, 팀은 아마도 순전히 반항심으로 말 안 듣고 고집만 부리는 아이가 되었을 것이다. 다행히 일요일이 있어서 팀은 여전히 즐겁고 웃음을 잃지 않는 소년으로 남을 수 있었다. 그래서 배 속 깊숙한 곳에서 올라와 딸꾹질로 끝을 맺는 고유한 웃음을 그대로 간직했다.

그렇지만 이 웃음을 웃는 일은 점점 더 드물어져 갔다. 팀은 마음의 문을 닫아걸고, 잔뜩 자존심만 내세우는 아이가 되어 갔다.

그런 식으로 팀은 그렇게까지 화낼 일이 아닌데도, 사소한 일에 툭하면 욕을 퍼붓는 새엄마에게 반항했다.

어느덧 학교에 가게 되자, 팀은 차라리 기뻤다. 학교에 가면 적어도 아침부터 점심때까지는 자기가 사는 골목을 벗어나 있을 수 있었기 때문이다. 학교까지는 실제 몇백 미터밖에 되지 않았지만 팀의 마음은 훨씬 더 멀리 골목을 벗어났다.

학교에 갓 입학한 팀은 다시 웃기 시작했다. 팀이 웃으면 선생님들은 팀이 저지른 자질구레한 잘못을 용서해 주곤 했다. 그러자 팀은 새엄마의 마음도 얻으려고 노력했다. 팀이 4.5킬로그램짜리 감자 부대를 혼자서 집으로 끌고 오자, 뜻밖에도 새엄마가 팀을 칭찬했다. 그러자 팀은 행복해했고, 금방 온순한 아이로 변해 언제라도 다시 새엄마를 도우려고 했다.

하지만 얼마 못 가 팀은 억울하게 꾸지람을 들었다. 그러자 팀은 다시 마음의 문을 닫고 자존심을 내세웠다. 그렇게 해서 팀은 사람들이 싫어하는 아이가 되었다.

팀과 새엄마 사이의 이런 변덕스러운 관계는 팀의 학교 생활에도 나쁜 결과를 몰고 왔다. 팀은 다른 아이들에 비해 반짝이는 아이디어가 많았지만 성적은 별로 좋지 않았다. 그건 바로 수업 시간에 팀이 산만했기 때문이었다. 그리고 숙제 때문이기도 했다.

말하자면, 집에서는 제대로 숙제를 할 수 없었던 거다. 숙제장을 가지고 부엌 탁자에 앉자마자, 새엄마가 와서 팀에게 아이들 방으로 가라고 했다. 하나 아이들 방은 잠시도 어린 동생을 가만 놔두지 않는 의붓 형 에르빈의 제국이었다. 팀과 놀려고 하던 형은 팀이 같이 놀아 주지 않으면 심술을 부렸다. 어떨 땐 집짓기 놀이를 하느라 형이 책상을 다 차지하고 있어서 팀은 공부할 자리가 없었다. 한번은 참다 못한 팀이 화가 나서 형의 손을 물어 버렸다. 물론 일은 팀에게 좋지 않게 흘러갔다. 새엄마는 피가 흐르는 형의 손을 잡고 사람 잡는다고 고래고래 소리를 지르고, 팀을 짐승 같은 놈이라며 야단쳤다. 심지어 아버지도 저녁을 먹는 동안 내내 팀과 한마디도 하지 않았다. 그 후로 팀은 응석받이 형과의 싸움을 포기하고 몰래 부모님 방에서 숙제를 했다. 이번에도 뒤따라온 형이 그걸 보고는 부모님에게 고자질했다. 뒷골목의 아이들이 지켜야 할 것 중 하나가 '부모님의 침실에는 들어가지 마라!'는 거였기 때문이다.

이제 팀은 형과의 신경전 속에서 어떻게 하면 숙제를 할 수 있을까 궁리해야 했다. 형이 방에 하나밖에 없는 책상을 두고 다시 시비를 걸자, 팀은 침대에 앉아 옆에 있는 작은 서랍장에서 숙제를 했다. 그렇지만 책상에서도, 작은 서랍장에서도 팀은 공부에 집중할 수 없었다. 다만 형이 오후까지 수업이 있는 수요일만큼은 선생님 마음에 들게 한껏 정성 들여 숙제를 할 수 있었다. 그토록 예쁘게 웃을 줄 아는 아이 팀은 자신의 주변 사람들과 어울려 잘 지내고 싶었던 것이다.

안타깝게도, 해가 갈수록 팀이 한 숙제는 선생님 마음에 별로 들지 않았다. 선생님은 "머리는 좋지만 게으르고 산만해." 하고 말했다. 팀이 날이면 날마다 숙제할 자리를 차지하기 위해 싸워야 한다는 걸 선생님은 알 턱이 없었다. 팀은 선생님이 당연히 아실 거라고 믿고 거기에 대해 이야기하지 않았다. 그렇게 해서 팀은 학교에서도 다시 서글픈 결론에 이르게 되었다. 즉 삶은 이해할 수 없는 것이고, 모든 어른들 — 아버지를 제외한 — 은 하나같이 공정하지 못하다는 것이었다.

그런데 이렇게 유일하게 팀을 지켜 주던 버팀목도 끝내 팀을 떠나고 말았다. 팀이 학교에 다닌 지 사 년 후, 그러니까 팀이 힘겹게 이 반에서 저 반으로 끌려 다닌 지 사 년 후, 아버지가 공사장에서 떨어지는 나무 판자에 깔려 돌아가시고 말았던 것이다.

그건 팀에게 세상의 어떤 일보다 더 이해할 수 없는 일이었다. 팀은 떨어지는 나무 판자 때문에 어떻게 그렇게 끔찍한 일이 일어날 수 있는지 이해하지 못했다. 처음엔 그 사실을 도저히 믿을 수가 없었다. 장례식 날이 되어서야, 흥분해서 울부짖는 새엄마가 구두를 닦아 놓지 않았다고 팀의 뺨을 때렸을 때에야, 팀은 자신이 혼자라는 사실을 깨닫기 시작했다.

왜냐하면 장례식 날이 바로 일요일이었기 때문이다.

비로소 이날 팀은 울기 시작했다. 자신의 처지가 슬퍼서, 돌아가신 아버지의 일이 슬퍼서 그리고 세상이 미워서 울었다. 엉엉 우는 팀에게 새엄마가 말했다.

"미안해, 팀. 그런 뜻은 아니었어."

새엄마가 이런 말을 한 건 처음이었다.

묘지에서 보낸 시간은 사람들이 빨리 잊고 싶어 하는 악몽과 같았다. 불쾌하고 혼란스러운 기억만이 남는 그런 악몽 말이다. 팀은 빙 둘러서서 이야기를 나누고 노래를 부르고 주기도문을 외는 사람들 모두가 미웠다. 게다가 누군가가 '깊은 애도'를 표하면, 훌쩍거리며 끊임없이 수다를 늘어놓는 새엄마의 모습에 더욱 화가 치밀었다. 팀은 아버지를 잃은 슬픔을 혼자서 달래고 싶었다. 그래서 장례식 모임이 끝나고 사람들이 뿔뿔이 흩어지는 어수선한 틈을 타서 가만히 그곳을 빠져나왔다.

팀은 정처 없이 이리저리 거리를 헤매었다. 그러다 문득 시립공원 옆에 있는, 옛날에 살았던 집 앞을 지나게 되었다. 어린 팀이 깔깔 웃으며 "칙칙칙, 미국이다." 하고 소리쳤던 그 집 앞을 지나치려 하자, 말로 표현할 수 없는 슬픔이 북받쳐 속이 다 울렁거릴 지경이었다. 지난날에 자기 방이었던 방 창문에서 어떤 낯선 소녀가 화려하게 옷을 입힌 비싼 인형을 안고 밖을 내다보았다. 팀이 쳐다보고 있다는 걸 알아챈 소녀는 혀를 쏙 내밀었다. 팀은 서둘러 그 집 앞을 지나갔다.

팀은 이리저리 거닐며 생각했다.

'내게 돈이 많으면, 내 방이 따로 있는 큰 집을 얻을 텐데. 형은 매일 용돈을 받고, 새엄마는 뭐든 갖고 싶은 걸 다 살 수 있을 텐데.'

그건 한낱 꿈에 지나지 않았다. 팀도 그걸 잘 알았다.

어느새 팀의 발걸음은 아버지가 살아 있던 행복한 일요일에 함께 찾곤 했던 경마장으로 향했다.

2장 체크무늬 신사

팀이 경마장에 들어섰을 때에는, 마침 첫 번째 경기가 절정에 달해 있었다. 구경꾼들은 소리를 지르고 휘파람을 불었다. '동풍'이라는 이름이 점점 더 자주, 점점 더 크게 울려 퍼졌다.

팀은 힘겹게 숨을 몰아쉬며 서 있었다. 거기에는 두 가지 이유가 있었다. 첫째는 많이 걸었기 때문이고, 둘째는 갑자기, 이렇게 소리지르고 환호하는 사람들 사이 어딘가에 아버지가 서 있을 것만 같은 생각이 들어서였다. 문득 팀은 다시 집에 돌아온 듯한 느낌이 들었다. 이곳은 아버지와 단둘이 있었던 곳이다. 새엄마 없이. 형도 없이. 아버지와 함께 보냈던 일요일의 기억들이 이 군중들 속에, 이 함성 속에 뒤섞여 있었다. 거긴 묘지도 없고 눈물도 없었다. 그러자 이상하게 마음이 편안해지고 즐거운 기분마저 들었다. 그래서 구경꾼들이 갑자기 환호성을 지르며 입을 모아 '동풍'이라고 외치자 팀은 딸꾹질로 끝나는 자신의 귀여운 웃음을 터뜨리고 말았다. 아버지가 한 말이 기억났기 때문이었다.

"'동풍'은 아직 어려, 팀. 너무 어린 것 같아. 그렇지마는 언젠가는 사람들이 녀석을 알아줄 거야."

그런데 이제 사람들은 정말 '동풍'을 환호하고 있다. 하지만 오늘 이 광경을 아버지는 보지 못한다. 팀은 자기가 왜 웃음을 터뜨렸는지 알 수가 없었지만 더 이상 거기에 대해 깊이 생각하지도 않았다. 하기야 팀은 자기 자신에 대해 그렇게 많은 생각을 할 나이가 아직 아니었다.

바로 곁에서 팀의 귀여운 웃음소리를 듣던 한 신사가 휙 머리를 돌려 팀을 찬찬히 뜯어보기 시작했다. 그 신사는 무슨 생각을 하는지 긴 턱을 어루만지더니 곧 결심을 한 듯 팀에게로 걸어왔다. 그런데 너무 서둘러 지나가다 그만 팀의 발을 밟고 말았다.

그 신사가 말했다.

"어이구, 미안하다, 얘야. 일부러 그런 건 아니란다."

"괜찮아요. 어차피 제 구두는 지저분한걸요, 뭘."

팀은 웃으면서 말하고는 자기의 발로 눈길을 던졌는데, 갑자기 잔디밭에 오 마르크(독일의 화폐 단위—옮긴이)짜리 동전이 반짝이는 게 보였다. 신사는 서둘러 팀 곁을 지나갔고 주위에는 아무도 없었다. 그러자 팀은 재빨리 한쪽 발을 동전 위에 올려놓고, 미심쩍은 눈으로 주위를 둘러본 다음, 신발 끈을 묶는 척하면서 눈에 띄지 않게 얼른 동전을 집어 주머니에 넣었다.

팀은 아무 일도 없었던 것처럼 일부러 어슬렁어슬렁 걸어갔다. 그때, 키 크고 깡마른 한 신사가 체크무늬 양복을 입고 팀에게 다가와 물었다.

"어이, 팀. 내기 걸려고 그래?"

팀은 당황한 얼굴로 그 낯선 신사를 쳐다보았다. 하지만 이 사람이 조금 전에 자기 발을 밟은 그 신사라는 걸 미처 눈치 채지 못했다.

그 낯선 신사는 줄 하나 그어 놓은 듯한 입에 가느다란 매부리코였다. 코 밑에는 아주 짧게 까만 수염이 나 있었다. 그리고 푸른 물빛이 나는 째진 눈 위로 둥근 모자를 이마 깊숙이 눌러쓰고 있었다. 모자도 양복과 같은 체크무늬였다.

그 낯선 신사가 갑작스럽게 말을 걸자, 팀은 목이 콱 막히는 느낌이 들었다. 한참 후에야 겨우 더듬거리며 말을 했다.

"전……, 전, 내기할 돈이 없는데요."

"에이, 오 마르크 있잖아."

그러면서 그 낯선 신사가 태연하게 덧붙였다.

"네가 그 돈을 줍는 걸 우연히 봤어. 그 돈으로 내기를 하려거든 이 마권을 써. 내가 벌써 이름을 다 써 놓았어. 확실히 딸 거야."

팀의 얼굴이 한순간에 붉어졌다 새하얘졌다 하더니, 서서히 본래의 색깔인 갈색 도토리 빛을(어머니한테 물려받은 것이다) 되찾았다. 팀이 여전히 더듬거리며 말을 했다.

"아이들은 내기를 하면 안 되는 걸로 아는데요."

그 낯선 신사는 그냥 물러서지 않았다.

"아이들이 내기하는 걸 눈감아 주는 경마장이 몇 있지. 이 경마장도 그래. 그렇다고 공공연히 허용된다고는 하지 않으마. 어쨌든 아이들도 다 해. 자, 팀, 내 제안에 대해 어떻게 생각하니?"

"전 아저씨를 오늘 처음 보는데요."

팀이 조그맣게 말했다.(그제야 낯선 신사가 자기 이름을 알고 말을 걸었다는 생각이 들었다.)

"하지만 난 너에 대해 잘 알고 있단다. 네 아버지를 잘 알지."

그건 결정적인 말이었다. 사실 아버지가 이렇게 괴상하고 세련된 신사와 친분을 가졌었으리라고는 얼른 상상이 되지 않았다. 그렇지만 그 신사가 팀의 이름을 알고 있는 걸로 봐선 어떤 식으로든 아버지와 알고 지낸 사이였던 게 틀림없었다.

팀은 조금 망설이다 자기 이름을 써 넣은 마권을 받고, 주머니에서 오 마르크를 꺼내 창구로 갔다. 두 번째 경기가 시작된다는 방송이 막 스피커를 통해 나오고 있었다. 그 낯선 신사가 소리쳤다.

"창구가 닫히기 전에 얼른 가렴. 내가 행운을 가져다준다는 걸 곧 알게 될 거야!"

팀은 창구에 있는 아가씨에게 돈과 표를 주고 영수증을 받았다. 그리고 신사를 향해 몸을 돌렸는데, 그 낯선 신사는 이미 자리에 없었다.

두 번째 경기가 시작되었다. 팀이 내기를 건 말이 월등히 좋은 성적으로 우승했다. 팀은 창구에서 여태까지 한 번도 본 적이 없는 두둑한 돈뭉치를 받았다. 팀의 얼굴이 또 한 번 붉어졌다 하얘졌다 했다. 하지만 이번에는 내기에서 이긴 기쁨과 자랑스러움에서였다. 팀은 환한 얼굴로 자기가 딴 돈을 누구에게나 보여 주었다.

참 이상하게도 즐거움과 슬픔은 아주 가까이 있는 것 같았다. 갑자기 팀은 오늘 땅속에 묻힌 아버지를 생각하지 않을 수 없었다. 아버지는 평생 이렇게 많은 돈을 따 본 적이 없었다. 생각이 거기에 미치자 팀의 눈이 젖어들었다. 결국 참다 못해 사람들이 보는 앞에서 끝내 울음을 터뜨리고 말았다.

"어이, 꼬마야, 너처럼 그렇게 운이 좋은 사람은 울지 않는 법이란다."

갑자기 팀 옆에서 어떤 목소리가 말했다. 걸걸한 남자 목소리였다.

눈에 눈물이 글썽거려 뿌연 가운데 한 남자가 보였다. 쭈글쭈글한 얼굴에, 쭈글쭈글한 양복을 입은 남자였다. 그 남자 왼쪽에서 빨간 머리에 꺽다리 젊은이가 성격 좋아 보이는 얼굴로 팀을 내려다보았다. 오른쪽에는 옷을 잘 입은 땅딸보 대머리 신사가 팀을 요리조리 뜯어보며 서 있었다.

세 사람이 거의 동시에 한목소리로, 내기에서 이겼으니 축하하러 레몬수 마시러 가지 않겠느냐고 묻는 걸로 봐서 그 남자들 모두 일행인 것 같았다.

하필 아버지 장례식을 치른 이 일요일에 뜻밖의 사람들을 통해 친절과 행운을 누리게 된 팀은 고개를 끄덕이며 다시 훌쩍거렸다.

"저기 뒤 정원으로 가요!"

그곳은 아버지와 팀이 자주 레몬수를 마시던 곳이었다.

"좋아, 애야. 정원으로 가자꾸나."

세 남자는 팀과 함께 굵은 밤나무 고목 아래, 그늘로 가서 앉았다.

팀에게 행운을 가져다주었던 그 낯선 신사는 더 이상 보이지 않았다. 더구나 팀은 그 사람을 까마득히 잊고 있었다. 식탁에 앉은 세 남자가 자기들은 맥주를, 팀에게는 레몬수를 시켜 주고는, 희한한 농담으로 행복한 승리자의 기분을 북돋아 주었기 때문이다. 키가 큰 빨간 머리 남자는 한 방울도 흘리지 않고 맥주 잔을 코 위에다 올려놓는 재주를 보여 주었다. 쭈글쭈글한 얼굴에 쭈글쭈글한 양복을 입은 남자는 팀이 아무렇게나 부른 카드를 매번 정확하게 끄집어냈다. 그리고 키 작은 대머리 신사는 팀의 돈으로 마술을 부렸다. 돈을 손수건에다 싸서 꽉 뭉쳤다가 다시 풀어 보자, 거기에는─돈이 사라지고 없었다.

대머리 신사가 킥킥거리며 말했다.

"네 왼쪽 바지 주머니에 손을 넣어 보렴!"

시키는 대로 손을 넣어 보니, 놀랍게도 딴 돈이 몽땅 거기 들어 있었다.

정말로 희한한 일요일이었다. 두 시경만 해도 팀은 한없이 처량한 마음으로 도시를 헤매고 다녔는데, 오후 다섯 시에는 이렇게 환하게 웃고 있으니 말이다. 정말 오래간만에 이렇게 웃어 보았다. 계속 웃느라 사레가 들리기도 했다. 팀은 새로 사귄 이 세 친구가 맘에 들었다. 게다가 아주 드문 직업을 가진 어른과 사귀게 되었으니 자신이 무척 자랑스럽기도 했다. 쭈글쭈글한 남자는 돈을 찍는 사람이라고 하고, 빨간 머리는 지갑 전문가라고 했다. 대머리 신사는 자기를 마권 영업자라고 소개했다. 팀은 그것들이 다 뭔지 잘 알지 못했다.

어깨에 잔뜩 힘이 들어간 팀이 물건 값을 내려고 하자, 세 사람은 미소를 지으며 한사코 말렸다. 결국 땅딸보 대머리 신사가 돈을 냈다. 팀이 마신 레몬수 값도 같이 내주어서, 팀이 그 사람들과 헤어졌을 때에는 딴 돈이 고스란히 주머니 안에 들어 있었다.

팀이 집에 가는 전차에 막 타려고 하는데, 불쑥 체크무늬 신사가 나타났다. 그 사람은 다짜고짜 이렇게 말했다.

"팀, 너 정말 바보로구나! 이제 넌 빈털터리야."

"무슨 말씀이세요? 여기 딴 돈이 있는걸요."

팀은 웃으며 주머니에서 돈뭉치를 꺼내 보여 주고는 잠시 망설이더니 말했다.

"당신 거예요."

신사가 깔보는 투로 말했다.

"네 손에 있는 그 돈은 가짜 돈이야."

팀이 소리쳤다.

"하지만 창구에서 직접 받은 건데요. 틀림없어요!"

"애야, 창구에서야 진짜 돈을 받았지. 하지만 정원에 있던 그 세 남자가 분명히 가짜 돈으로 바꿔 놓았을 거야. 내 그 녀석들을 잘 알지. 안타깝게도 난 네가 그놈들과 어울리는 걸 너무 늦게 보고야 말았어. 내가 오기 전에 그 녀석들이 감쪽같이 사라지고 말았지 뭐냐. 그놈들은 사기꾼이야."

"그럴 리가 없어요, 아저씨! 한 사람은 지갑 전문가이고……."

"그래, 팀. 소매치기!"

팀이 당황하며 물었다.

"네? 소매치기라고요? 그렇다면 돈을 찍는다는 그 사람은요?"

"위조 화폐를 만드는 사람이지."

"그럼, 세 번째 사람은요? 마권 영업자라고 했는데."

"자칭 마권 영업자라고 하고 다니지만, 사기 내기를 주선하는 사람이지."

팀은 도무지 믿을 수가 없었다. 결국 체크무늬 신사는 자신의 서류 가방에서 지폐를 꺼내 팀의 돈과 이모저모 비교해 보여 주었다. 정말로 빛에 비춰 보니 팀의 지폐에는 물방울 표시가 없었다.

"봐라. 내 말이 맞지, 팀?"

팀은 얼빠진 얼굴로 고개를 끄덕였다. 그러고는 갑자기 돈을 몽땅 바닥에 내던지고는 화가 나서 발로 짓이겼다. 마침 그곳을 지나가던 한 노인이 눈이 휘둥그레져서 팀과 돈, 체크무늬 신사를 번갈아 보더니 마치 뒤에서 악마가 쫓아오기라도 하는 듯 허둥대며 달아났다.

체크무늬 신사는 한동안 아무 말이 없었다. 그러다 주머니에서 오마르크를 꺼내, 풀 죽은 팀에게 건네주면서 다음 주 일요일에 그걸 갖고 다시 오라고 했다. 그러고는 금방 사라졌다.

'왜 자기가 직접 내기를 하지 않는 걸까?'

팀은 이상하게 생각했다. 하지만 곧 이 의문을 잊어버리고, 동전을 주머니에 넣은 다음 뒷골목 집을 향해 걸어갔다. 가짜 돈은 그냥 길거리에 내버려 두었다.

그날따라 이상하게도 새엄마는 팀을 때리지 않았다. 팀이 아주 늦게 집에 들어왔고, 또 아버지 장례식에서 슬쩍 사라졌는데도 말이다. 다만 저녁을 주지 않았고 별 말 없이 자러 가라고만 했다. 형은 자러 가지 않고, 장례식에 온 손님들 곁에 좀 더 있어도 되었다. 손님들은 이상하다는 듯이 묵묵히 팀을 바라보았다.

이 희한한 일요일이 지나간 후 다시 슬픈 한 주일이 시작되었다.

팀은 늘 그렇듯이 매를 맞았고, 평소보다 더 자주 선생님한테 꾸중을 들었다.

팀은 오는 일요일에 경마장에 갈까 말까 곰곰이 생각했다. 신사한테서 받은 동전 오 마르크는 형한테 들킬까 봐, 이웃집 담장 틈새에 숨겨 놓았다. 그 옆을 지날 때면, 알게 모르게 웃음이 나왔다. 내기에서 다시 한 번 더 이길지도 모른다는 생각을 하니 절로 신이 났다.

3장 잃은 것과 얻은 것

일주일 내내 손꼽아 기다리던 일요일이 되었다. 아침부터 팀은 오후에 다시 경마장에 가리라고 결심하고 있다가 벽시계가 세 번 울리자마자 몰래 집을 빠져나왔다. 그러고는 담장 틈새에서 오 마르크를 꺼내 마치 홀린 사람처럼 경마장으로 달려갔다.

뛰어가다 경마장 입구에서 어떤 남자와 부딪치고 말았는데, 바로 다름 아닌 체크무늬 신사였다.

"어이구, 이게 누구야?"

"죄송해요!"

팀은 숨을 헐떡거렸다.

"괜찮다, 얘야. 그러지 않아도 네가 오기를 기다리던 참이야. 옜다, 마권! 오 마르크 있지?"

팀은 고개를 끄덕이며 주머니에서 돈을 꺼냈다.

"좋아. 그럼 창구로 가서 내기를 걸어. 네가 이기거든 나중에 입구에서 나를 기다리렴. 너랑 할 이야기가 있어."

"알았어요, 아저씨."

그렇게 해서 팀은 다시 내기를 걸었고, 경기가 끝났을 때는 지난 일요일과 마찬가지로 많은 돈을 땄다.

하지만 이번에는 아무한테도 딴 돈을 보여 주지 않고 얼른 창구를 나왔다. 팀은 지폐를 잠바 안주머니에 넣고 태연한 얼굴을 한 채, 울타리에 난 구멍으로 경기장을 빠져나왔다. 팀은 체크무늬 신사를 다시 만나고 싶지 않았다. 그 사람은 왠지 으스스했다. 게다가 그 사람은 돈과 마권을 그냥 선물한 게 아닌가. 따지고 보면 빚진 것도 없는 셈이다.

경기장 뒤로는 참나무 몇 그루가 드문드문 서 있는 풀밭이 있었다. 팀은 거기서 제일 굵은 참나무 줄기 뒤 풀밭에 누워 번 돈으로 무엇을 할까 생각에 잠겼다. 팀은 그 돈으로 모든 사람을 친구로 만

들고 싶었다. 새엄마, 형, 선생님 그리고 학교 친구들까지. 그리고 아버지에게는 묘지에 대리석 묘비를 세워 주고 싶었다. 묘비에다 "영원히 아버지를 잊지 않을 당신의 아들이."라는 금빛 글씨를 새겨서 말이다.

그러고도 돈이 남으면, 스쿠터(한쪽 발을 올려놓고 다른 발로 땅을 차며 달리는 외발 롤러스케이트-옮긴이)를 하나 사고 싶었다. 빵집 아들이 가진 것과 같이 경적 소리도 나고 공기 타이어가 달린 걸로.

팀은 눈을 뜬 채로 꿈을 꾸기 시작하다 피곤해져서 결국 잠이 들고 말았다.

체크무늬 신사에 대해서는 더 이상 생각하지 않았다. 그때 만약 팀이 그 신사를 보았다면 분명 깜짝 놀랐을 것이다. 마침 그 기이한 신사는 지난 일요일에 팀에게 마실 것을 사 주고 사기를 쳤던 세 남자와 이야기를 나누고 있었기 때문이다.

다행히도―아니면 불행하게도라고 하는 게 더 맞을지도 모르겠다―팀은 그 사람을 보지 못했다. 팀은 잠이 들어 버린 것이다.

그때 웬 날카로운 목소리가 팀의 잠을 깨웠다. 눈을 떠 보니 목소리의 주인공은 바로 체크무늬 신사였다. 그 사람은 풀밭 위 팀의 발치에 서서 팀을 내려다보다 무뚝뚝한 목소리로 물었다.

"푹 잤냐?"

팀은 아직도 잠에 취한 채 고개를 끄덕이며 일어났다. 팀은 혹시 몰라 바깥쪽에서 잠바 주머니를 더듬어 보았다. 그런데 이상하게도 텅 빈 것처럼 느껴졌다. 팀은 재빨리 주머니에 손을 넣어 보았다. 갑자기 정신이 번쩍 들었다. 잠바 주머니는 정말로 텅 비어 있었다. 돈이 없어진 거였다.

체크무늬 신사가 빙그레 미소를 지었다.

팀은 더듬거리며 말했다.

"아, 아저씨가 돈, 돈을 가져갔어요?"

"아니, 이 잠꾸러기야! 돈은 네가 지난 일요일 함께 술을 마셨던 세 사기꾼 중 한 사람이 갖고 갔어. 그놈이 네 뒤를 밟았던 거야. 항상 한 발 늦는 것이 내 운명인 것 같구나. 내가 오는 걸 보고 그자는 도망을 가 버렸어. 그래서 여기 누워 있는 널 발견하게 된 거지."

"그 사람은 어디로 갔어요? 경찰을 불러야 해요."

"난 경찰을 좋아하지 않아. 그 사람들은 내가 상대하기엔 너무 점잖지 못하단 말이야. 그리고 사기꾼은 어차피 멀리 달아났잖아. 어쨌든 이제 그만 일어나라, 얘야! 자, 집에 가야지. 그리고 다음 일요일에 다시 오렴."

"전 이제 다시는 여기 못 올 것 같아요. 그렇게 자주 운이 좋을 수는 없어요. 아버지가 하는 걸 봐서 저도 알아요."

"팀, 행운과 불행은 항상 세 번 연달아 온다고들 하지 않던? 그리고 넌 분명 사고 싶은 물건이 몇 가지 있잖아. 안 그래?"

팀은 고개를 끄덕였다.

"자, 다음 주에 다시 와서 나랑 거래를 하면, 넌 그것들을 모두 살 수 있어."

그 낯선 신사는 시계를 보더니 갑자기 바쁜 일이 있는 것처럼 "다음 주 일요일에 보자꾸나." 하고는 서둘러 사라졌다.

머릿속이 뒤죽박죽 된 채, 팀은 새엄마의 매질과 그것을 고소해하는 형이 기다리는 집으로 걸어갔다.

그리고 다시 긴 한 주가 골목길로 숨어들었다. 이번 주에 팀은 놀랍도록 씩씩했다. 체크무늬 신사는 어쩐지 의심쩍었지만, 팀은 그와 거래를 하기로 굳게 결심했다. 왜냐하면 팀은 거래라면 정상적이고 합법적인 어떤 거라고 생각했기 때문이다. 거래란 주운 오 마르크로 부자가 되는 식이 아니라, 무언가를 주고받고 각자 자기 몫을 가지는 걸 말한다. 초등학교 오 학년짜리 아이가 그런 생각을 한다는 게 이상할지도 모른다. 하지만 생계를 위해 돈을 아껴야 하는 비좁고 가난한 골목에서는 아이들도 돈과 거래가 중요하다는 걸 일찍부터 배우게 마련이다.

다가오는 일요일에 대한 생각으로 팀은 그 주의 모든 짜증나는 일에서 벗어날 수 있었다. 가끔씩 팀은 혹시 아버지가 자기에게 무슨 일이 일어날 경우 보살펴 주라고 체크무늬 신사에게 부탁을 해 놓은 건 아닐까 생각해 보곤 했다. 그렇지만 만약 그랬다면 아버지는 아마도 더 친절하고 마음씨 좋은 사람을 찾았을 것 같았다.

어쨌든 팀은 그 낯선 신사와 거래를 할 준비가 되어 있었고, 그 생각을 하면 마냥 즐겁기만 했다. 갑자기 어릴 적에 웃었던 그런 웃음이 다시 터져 나왔다. 모든 사람이 이 웃음을 좋아했다. 팀에게는 졸지에 어느 때보다 많은 친구가 생겼다.

참 희한한 일이었다. 아무리 애써도 친구를 얻을 수 없었던 아이가, 바로 그 아이가 웃기만 하였는데도 거의 모든 사람을 친구로 만들 수 있었으니 말이다. 친구가 되지 않은 사람이라도 최소한 이 아이를 좋아하게 되었다. 심지어 전 같으면 야단을 들었을 나쁜 행동도 용서해 주었다.

한번은 수학 시간 중간에, 팀은 자기가 체크무늬 신사를 향해 열나게 달려갔던 일을 떠올렸다. 그런 생각을 하자, 팀은 당장 깔깔거리며 웃음을 터뜨렸고 마지막에는 딸꾹질을 했다. 그러다 수업 시간에 무례하게 갑자기 웃음을 터뜨린 것을 깨닫고, 놀라서 얼른 손으로 입을 막았다. 그런데 선생님은 팀을 조금도 나무라지 않았다. 팀의 웃음이 너무나 뜻밖이었고 너무나 우스꽝스럽게 들려서, 선생님을 포함한 반 전체가 폭소를 터뜨리고 말았다. 다만 선생님은 손가락을 들고 이렇게만 말했다. "웃음 폭탄은 내가 인정하는 유일한 폭탄이다, 팀. 하지만 너의 폭탄 세례를 수업 시간에는 퍼붓지 마라."

그 뒤로 팀은 '웃음 폭탄'으로 불렸고, 노는 시간에 팀하고만 놀려고 하는 아이들이 생겨났다. 새엄마와 형조차 가끔씩은 팀의 웃음에 전염되기도 했다.

체크무늬 신사가 팀을 상대로 벌인 일은 얼핏 잘 이해가 가지 않는 일이었다. 그렇지만 팀은 또다시 이해할 수 없는 일이 벌어진 것을 이번에는 의식하지 못했다.

뒷골목에서 쓰디쓴 경험을 숱하게 하긴 했지만, 아직 팀은 천진난만하고 악의 없는 아이였다. 팀은 모든 사람이 자기의 웃음을 좋아한다는 사실과, 아버지가 돌아가신 후로 수전노가 돈을 숨기듯, 자기가 이 웃음을 숨기고 있었다는 사실을 깨닫지 못했다. 단지 아이다운 생각으로, 자기가 경마장에서의 경험으로 더 똑똑해져서 이제 모든 사람과 잘 어울려 지낼 수 있게 된 것이라고 생각했다. 만약 자기 웃음이 얼마나 값진 것인지 팀이 그때 알았다면, 인생에서 그렇게 많은 고난을 겪지 않아도 되었을 텐데……. 그러나 팀은 아직 철부지 어린아이에 지나지 않았다.

한번은 팀이 학교 수업을 마치고 나왔을 때, 길거리에서 체크무늬 신사를 만난 적이 있었다. 그때 팀은 고양이가 잠든 틈을 타서 고양이 귀에 앉으려고 하는 벌을 구경하던 참이었다. 그 광경이 너무나 우스꽝스러워서 팀은 그만 웃음을 터뜨리고 말았다. 하지만 팀이 경마장에서 만난 낯선 신사를 알아보는 순간, 모든 우스꽝스러운 광경이 바람에 날려간 듯 사라져 버렸다. 팀은 고개를 숙여 "안녕하세요." 하고 인사를 했다.

그 낯선 신사는 팀을 못 본 체하며 지나치다가 퉁명스럽게 한마디를 던졌다.

"시내에서 우리는 서로 모르는 사이야."

그러고는 얼굴 한 번 돌리지 않고 가던 길을 계속 갔다.

'저렇게 이상하게 행동하는 것도 거래의 일부일 테지.'

팀은 속으로 생각했다. 그때 화들짝 놀라 잠에서 깨어난 고양이가 귀에 앉은 벌을 털어 내는 모습을 보고는 팀은 또다시 웃음을 터뜨렸다. 그 뚱뚱한 벌은 화가 난 듯 붕붕거리며 어디론가 날아가 버렸고, 팀은 휘파람을 불며 집으로 가는 골목으로 접어들었다.

4장 웃음을 팔다

기다리고 기다리던 일요일이 되었다. 팀은 평소보다 일찍 경마장으로 가 볼 생각이었다. 하지만 운 나쁘게도 새엄마는 두 시 반경에 벽에 걸린 달력을 우연히 쳐다보고는 오늘이 팀의 아버지와 결혼한 결혼 기념일이란 걸 기억해 냈다. 새엄마가 잠시 훌쩍거리고 나자 (새엄마는 툭하면 훌쩍거렸다), 갑자기 온 식구가 바빠지기 시작했다. 아버지 묘지에다 꽃을 갖다 두고, 케이크를 사 오고, 커피를 갈고, 이웃집 아주머니를 초대해야 했다. 새 옷을 다림질하고 옷을 갈아입어야 했다. 팀은 구두를 전부 닦고 형은 꽃을 사러 가야 했다.

팀은 차라리 꽃 사는 일과 꽃을 묘지에 갖다 놓는 일을 하고 싶었다. 그런 일이야 서두르면, 늦지 않게 경마장에 갈 수 있을지도 모르기 때문이다. 하지만 새엄마가 일단 흥분을 하면(새엄마는 흥분을 잘했다) 시키는 대로 하는 게 상책이었다. 뭐라고 의견을 내세우기도 어려웠지만, 만약 그랬다가는 흥분만 더하게 해서 기어코 새엄마가 울며불며 소파에 쓰러지기 때문에, 아예 처음부터 말을 잘 듣는 게 속 편했다. 그래서 팀은 반항하지 않고 고분고분 빵 가게로 갔다.("뒷문으로 가! 세 번 문을 두드려! 아주 중요한 일이라고 해!")

빵 가게 아주머니의 뚱한 얼굴도 개의치 않았다.("그 여자가 인상을 써도 상관 마! 빵을 주지 않거든 가게에서 한 발짝도 물러서지 마! 빵을 줄 때까지 그 투덜이 여편네 앞에 버티고 서 있어야 해!")

팀은 새엄마가 시키는 대로 했다.("꿀벌빵 여섯 개! 괜찮은 걸로! 제일 좋은 거로만! 그렇게 말해!")

하지만 팀은 새엄마가 준비해 주지 않은 대답을 들었다. 베버 아주머니가 — 빵 가게 아주머니의 이름이다 — 이렇게 말했던 거다.

"외상을 또 달기 전에 우선 외상값을 갚아야 해. 집에다 그렇게 전하렴. 먹을 돈이 없는 사람은 빵을 살 수 없어. 조용히 그렇게 말씀드려라. 빵값 이십육 마르크! 대체 누가 이 많은 걸 다 먹은 건지 궁금하구나! 수도국장 댁에서도 이렇게 많이 사 가지는 않아. 네게 살짝 귀띔해 주는 건데, 그 사람들도 우리 빵을 좋아한단다, 얘야."

팀은 놀라 잠시 할 말을 잃고 멍하니 서 있었다. 가끔 브레첼 빵 한 조각이나 꿀벌빵 반 조각을 새엄마한테 얻어먹긴 했지만 빵을 이십육 마르크어치나 먹었다니! 그건 산더미 같은 빵이 아닌가! 이웃집 아주머니가 커피를 마시러 오면, 새엄마는 아주머니랑 몰래 빵을 먹었던 걸까?

형과 자기가 학교에 가면, 여자들이 모여 자주 수다를 떨곤 한다는 걸 팀도 알고 있었다. 아니면 형이 빵 귀신이었던 걸까?

팀이 물었다.

"형이 달아 놓은 거예요?"

베버 아주머니가 투덜거렸다.

"그런 것도 있지. 그래도 대부분은 네 엄마의 아침용이었어. 네 새엄마 말이야. 전혀 몰랐니, 넌?"

팀은 얼른 아니라고 했다.

"아니, 아뇨. 물론 알고 있었어요."

하지만 사실은 전혀 모르고 있었다. 그렇다고 화가 나는 건 아니었다. 분노를 느끼지도 않았다. 다만 자기 몰래 빵을 먹었다는 사실이, 그래서 빚을 졌다는 사실이 슬플 따름이었다.

베버 아주머니가 계속해서 말했다.

"자, 이제 그냥 집으로 가서 내가 말한 대로 전하렴. 알겠니?"

팀은 꿈쩍도 않고 서 있었다. ("그 여자가 인상을 써도 상관 마! 빵을 주지 않거든 가게에서 한 발짝도 물러서지 마! 빵을 줄 때까지 그 투덜이 여편네 앞에 버티고 서 있어야 해!")

"하지만 오늘은 아버지와 어머니가, 제 말은 새어머니가 결혼하신 날이에요. 게다가…….."

불현듯 체크무늬 신사와 약속한 거래와 경마, 내기 생각이 나서 재빨리 덧붙였다.

"게다가, 베버 아주머니, 오늘 저녁에는 제가 외상값을 갚아 드리려고 했어요. 지금 사는 꿀벌빵 값도요. 꼭 약속할게요!"

"네가 돈을 갚는다고?"

베버 아주머니는 망설였다. 하지만 팀의 말투로 봐서, 적어도 일부라도 돈을 받을 수 있지 않을까 기대가 되기도 했다.

그래도 혹시 몰라 아주머니가 물었다.

"근데 저녁이면 돈이 어디서 난다는 거니?"

팀은 연극에 나오는 도적처럼 으스스한 표정을 짓고는 최대한 목소리를 굵게 해서 말했다.

"아주머니, 전 수도국장님 댁을 털 거예요."

팀이 너무나 실감나게 도둑 흉내를 내는 바람에 베버 아주머니는 웃음을 터뜨리고 한결 부드러워졌다. 이윽고 아주머니는 꿀벌빵 여섯 개만 준 게 아니라 덤으로 하나를 더 얹어 주었다.

팀이 빵을 가지고 돌아오자, 새엄마는 문에 서 있었다. 점점 더(아니면 또다시라고 할까?) 흥분한 새엄마는 쉼표도 마침표도 없이 수다스럽게 말했다.

"내가직접가야했었는데말이야, 외상으로달아놓은돈때문에 뭐라고하지않던? 꿀벌빵은좋은거지, 왜 아무말도하지않니?"

팀은 베버 아주머니와 한 이야기를 다시 하느니 차라리 혀를 깨물고 싶은 심정이었다. 더욱이 경마장에 가야 하는데, 흥분한 새엄마와 실랑이를 벌이다 보면 시간을 뺏길 게 분명했다. 그래서 이렇게만 말했다.

"꿀벌빵을 덤으로 하나 더 받았어요. 이제 놀러 가도 돼요, 엄마?"(새엄마 앞에서 '엄마'라는 말을 한 건 이번이 처음이었다.)

평소와 달리 새엄마는 얼른, 놀러 가라고 허락해 주었다. 가면서 먹으라고 꿀벌빵을 하나 쥐어 주기까지 했다.("여자들이 수다 떠는 데 있으면, 너야 심심하기만 하지, 뭐. 놀러 가렴. 하지만 늦지 않게 돌아와야 해. 여섯 시까지는 오렴.")

팀은 최대한 빨리 경마장으로 달려가면서 꿀벌빵을 먹었다. 그러다 부스러기를 최소한 세 조각은 떨어뜨렸는데, 그중 하나는 일요일에만 입는 검푸른 바지에 떨어졌다.

체크무늬 신사는 경마장 입구에 서 있었다. 그런데 첫 번째 경기가 이미 시작되었는데도 전혀 초조해하거나 흥분한 기색이 아니었다. 오늘따라 꽤 상냥해 보였다. 팀은 그 신사와 함께 식당에 앉아 레몬수를 마시고 또다시 꿀벌빵을 먹어야 했다. 일요일 내내 꿀벌빵

천지였다.

그런데 세상에서 가장 심각한 얼굴을 한 그 낯선 신사가 얼마나 웃기는 얘기를 잘하는지 팀은 웃느라 데굴데굴 구를 지경이었다.

'이 사람 알고 보니 좋은 사람이구나. 아버지가 이 사람을 좋아한 게 이제 이해가 돼.'

게다가 그 낯선 신사는 따뜻해 보이는 갈색 눈으로 팀을 온화하게 바라보았다. 만약 팀이 조금만 더 날카로운 관찰력을 가졌다면, 지난 일요일에는 그 신사의 눈이 물고기 눈처럼 푸른 물빛이었음을 알아챘을 것이다. 하지만 팀의 관찰력은 아직 그렇게 정확하지 못했다. 삶은 우선 팀에게 예리한 관찰자가 되도록 가르쳐야 했다.

마침내 체크무늬 신사가 거래에 대해 말을 꺼내기 시작했다.

"팀, 나는 네가 원하는 만큼 얼마든지 돈을 줄 수 있어. 물론 난 짤랑거리는 동전을 세어 탁자에 놔 줄 수는 없어. 대신 어떤 내기에서도 이길 수 있는 능력을 네게 줄게. 어떤 내기라도 말이야. 무슨 말인지 알겠니?"

팀은 불안한 얼굴로 고개를 끄덕였지만 하나하나 잘 듣고 있었다.

"물론 난 이 능력을 공짜로 줄 수는 없어. 너도 알겠지만, 그런 능력은 값어치 있는 거잖아."

팀은 다시 고개를 끄덕이고는 흥분해서 물었다.

"그러면 아저씨가 원하시는 게 뭐죠?"

그 낯선 신사가 잠시 머뭇거리다 생각에 잠긴 얼굴로 바라보았다.

그 신사는 껌처럼 쭉쭉 늘려서 말을 했다.

"내가 뭘—원—하—는지 알—고 싶니?"

그러더니 이번에는 거의 알아들을 수조차 없을 만큼 빠르게 말을 쏟아 냈다.

"……네우스믈가꼬시퍼!"

그 신사는 자기가 너무 빨리 말하는 바람에 팀이 알아듣지 못한 걸 눈치 챘는지 한 번 더 말했다.

"네 웃음을 갖고 싶어."

팀이 웃으면서 물었다.

"겨우 그것뿐이에요?"

하지만 갈색 눈이 무엇이라 표현할 수 없이 이상하게, 거의 슬픈 듯이 바라보자, 갑자기 딸꾹질도 없이 웃음이 뚝 멎었다.

체크무늬 신사가 물었다.

"어때? 동의하니?"

그 순간 우연히 팀의 눈길이 접시 위에 놓인 꿀벌빵으로 향했다. 팀은 베버 아주머니와 외상값, 그 밖에 많은 돈으로 살 수 있는 것들에 대해 생각했다.

팀은 이렇게 말했다.

"그게 정당한 거래라면, 동의할게요."

"좋아, 얘야. 그럼 계약서에 서명하는 일만 남았구나."

체크무늬 신사는 서류 가방에서 계약서를 꺼내 팀 앞에 펼쳤다.

"꼼꼼히 읽어 보렴!"

팀이 읽기 시작했다.

    1. 이 계약은 L. 마악 씨와 팀 탈러 씨가

           년   월   일에 체결한 것으로

      각각 두 개의 사본에 쌍방이 서명한다.

"쌍방이 뭐예요?"

"계약서에서는 계약하는 두 사람을 그렇게 부르지!"

"아, 그래요!"

팀은 계속해서 읽어 내려갔다.

    2. 이로써 팀 탈러 씨는 L. 마악 씨에게

      자기의 웃음을 마음대로 사용하도록 양도한다.

두 번째로 '팀 탈러 씨'라는 단어를 읽자, 팀은 자기가 어른이 다 된 것처럼 느껴졌다. 이 세 단어 때문에라도 팀은 서명할 마음이 생겼다. 그때는 이 두 번째 항이 자기의 삶을 어떻게 바꿔 놓을지 상상도 못했다.

팀은 계속해서 읽어 나갔다.

3. 웃음에 대한 대가로 L. 마악 씨는 팀 탈러 씨에게
   어떤 내기라도 이기게 해 줄 의무가 있다.
   단, 이것은 제한 없이 모든 내기에 해당된다.

팀의 가슴이 두근거리기 시작했다. 계속 읽었다.

4. 쌍방은 이 계약에 대한 비밀을 지킬 의무가 있다.

팀은 혼자 고개를 끄덕였다.

5. 만약 한쪽이 제삼자에게 이 계약 내용을 누설하여
   제4항의 의무를 어길 경우, 상대방은
   a) 웃을 혹은 b) 내기에 이길 능력을 계속 누리는 반면,
   의무를 어긴 쪽은
   a) 웃을 혹은 b) 내기에 이길 능력을 완전히 잃게 된다.

팀이 이맛살을 찌푸리며 물었다.
"이건 무슨 말이에요?"
L. 마악 씨가—이제 드디어 우리는 이 신사의 이름을 알았다—
설명했다.
"그건 이런 거란다, 팀. 만약 네가 비밀을 지킬 의무를 어기고 누

군가에게 이 계약에 대해 말하면, 넌 내기에 이길 능력을 잃게 되지. 그렇지만 넌 웃음도 되찾질 못해. 반대로 내가 비밀을 지킬 의무를 어길 경우, 넌 네 웃음을 되찾게 되고 그러고도 내기에 이기는 능력을 그대로 지니는 거란다."

팀이 해석했다.

"알겠어요. 비밀을 지키면 웃음 없이 부자로 있는 거고, 비밀을 말하면 웃음 없이 가난하게 살게 되는 거네요."

"바로 그거야, 팀. 계속 읽어 보렴."

팀은 계속해서 읽어 내려갔다.

> 6. 팀 탈러 씨가 내기에 질 경우,
>   L. 마악 씨는 팀 탈러 씨에게 웃음을 되돌려 줄
>   의무가 있다. 물론 팀 탈러 씨는 그럴 경우
>   앞으로 내기에 이길 능력도 잃게 된다.

"이건 뭐냐 하면……."

이번에도 마악 씨가 설명해 주려고 했다. 하지만 그 뜻을 이미 이해한 팀이 중간에 끼어들었다.

"뭔지 알아요. 내가 나중에 내기에서 지면 나는 웃음을 되찾게 되지만 내기에는 더 이상 이기지 못하는 거죠."

팀은 재빨리 마지막 항을 훑어 보았다.

7. 이 계약은 쌍방이 두 장의 사본에 서명하는 순간부터
   그 효력을 발생한다.
   장소   년   월   일

마악 씨는 왼쪽에다가 벌써 서명을 해 놓았다. 팀은 이것이 별 문제 없는 계약이라고 생각했다. 그래서 주머니에서 몽당 연필을 꺼내 서명을 하려고 했다. 그러자 마악 씨가 말렸다.

"서명은 만년필로 하는 거란다."

마악 씨는 팀에게 만년필을 내밀었다. 순금으로 된 듯한 만년필은 그 속에 미지근한 물이 들어 있는 게 아닐까 싶을 정도로 이상하게 따뜻하게 느껴졌다. 하지만 팀은 만년필이 금으로 된 것도, 따뜻한 것도 알아채지 못했다. 팀은 오직 자기가 앞으로 부자가 된다는 생각에만 몰두해 주저하지 않고 두 서류에다 이름을 썼다. 서명은 붉은 잉크로 했다.

팀이 서명을 끝내자마자 마악 씨는 세상에서 가장 아름답게 웃기 시작하면서 고맙다고 말했다. 팀도 "뭘요." 하면서 같이 웃으려고 했지만, 한 가닥 미소도 지을 수 없었다. 생각과는 반대로 입술이 꽉 다물어져서 입이 가느다란 선을 그려 놓은 것처럼 되었다.

마악 씨는 두 장의 계약서 중 하나를 집어 접더니 안주머니에 넣었다. 나머지 한 장은 팀에게 주었다.

"잘 숨겨 둬라! 잘못해서 누군가가 이 계약서를 보게 된다면 너는

비밀을 지킬 의무를 어긴 셈이 되고, 그러면 물론 네게 안 좋겠지."

팀은 고개를 끄덕이며 자기도 계약서를 접어 모자 안쪽 터진 곳에다 쑤셔 넣었다. 마악 씨는 오 마르크짜리 동전 두 개를 책상 위에 놓고 말했다.

"이걸 밑천으로 너는 부자가 될 거다."

마악 씨는 다시 팀의 웃음을 웃었다. 그러고는 갑자기 서두르더니 종업원을 불러 계산을 한 다음 "행운을 빈다, 얘야." 하고는 급히 사라졌다.

그러자 팀도 경마를 하려고 서둘렀다. 마지막 경기가 얼마 남지 않았기 때문이었다. 팀은 서둘러 창구로 가서 마권을 받고 별 생각 없이 '마우리티아 투'라는 말에다 돈을 걸었다. 모자 안에 든 계약서대로라면, 이 말이 이겨야 했다.

'마우리티아 투'가 정말로 이겼다.

십 마르크를 걸었던 팀은 몇백 마르크를 벌었다. 팀은 그 돈을 몰래 잠바 왼쪽 주머니에 넣고는 얼른 경마장을 빠져나왔다.

5장 저녁의 심문

팀은 경마장 입구에 와서야 비로소 조심스레, 딴 돈을 한 번 더 만져 보았다. 지폐가 바스락거리자 가슴이 벅차올랐다. 팀 탈러는 이제 부자였다. 아버지 묘비도 세워 줄 수 있고, 베버 아주머니네 외상값도 갚을 수 있다. 새엄마와 형에게 뭘 사 줄 수도 있고, 원한다면 스쿠터를 살 수도 있다. 그것도 경적 소리도 나고 공기 타이어가 달린 걸로!

자기에게 닥쳐온 행운을 만끽하려고 팀은 일부러 걸어서 집으로 갔다. 도중에 새엄마에게 줄 무언가를 사고 싶었다. 하지만 그날은 일요일이어서 대부분의 가게가 문을 닫았다. 팀은 주머니 속의 돈뭉치를 왼손으로 꼭 움켜쥐고 걸었다.

집으로 가는 도중에 같은 반 친구 세 명을 만났다. 그 친구들과 이야기를 나누는데, 한 친구가 물었다.

"팀, 네 주머니에 대체 뭐가 들은 거야? 개구리야?"

"아니, 증기 기관차."

그렇게 대답하며 팀은 웃으려고 했지만 이번에도 입술은 가느다란 선처럼 꼭 다물어졌다.

그것을 눈치 채지 못한 친구들은 팀의 대답에 웃음을 터뜨리며 떠들었다.

"그러면 그 기관차 좀 보여줘!"

"어쩌면 그거 타고 호놀룰루로 갈 수 있을지 모르잖아."

팀은 주머니 속의 돈을 더욱 세게 움켜쥐며 말했다.

"나 빨리 집에 가야 해. 안녕."

친구들은 팀의 대답에 순순히 물러서지 않았다. 팀이 몇 걸음 앞서 갈 때까지 기다렸다가 살금살금 뒤를 밟아서는 뒤에서 갑자기 팀의 손을 주머니에서 확 빼냈다.

그러자 놀랍게도 지폐들이 펄럭펄럭 공중에 날렸다. 이십, 오십,

아니 백 마르크짜리 지폐도 보였다.

팀은 소위 말하는 빈촌에 살고 있으므로 그건 정말 이상한 일이었다. 친구들도 팀이 빈촌에 산다는 걸 알고 있었다. 한 친구가 물었다.

"너 어디서 이렇게 많은 돈이 났어?"

"수도국장한테서 훔쳤어."

팀은 단단히 화가 났음에도 불구하고 농담을 하면서 웃으려고 했다. 하지만 너무나도 뻔뻔스러운 비웃음만 나올 뿐이어서, 세 친구는 소스라치게 놀라고 말았다. 팀의 말이 정말일 거라고 생각한 친구들은 놀라 모두 달아나기 시작했다. 멀리서 친구들이 외치는 소리가 들려왔다.

"팀 탈러가 돈을 훔쳤다! 팀은 도둑이다!"

팀도 그 소리를 듣고 있었다. 팀은 슬픈 얼굴로 흩어진 지폐들을 다시 집어 주머니에 넣었다. 그러고선 도시를 관통해 흐르는 작은 강가로 가 벤치에 앉아 헤엄치는 오리 가족을 바라보았다.

어린 오리들은 아직 서투른 걸음걸이로 풀밭에서 뒤뚱거렸다. 하루 전만 해도 팀은 그것을 보고 분명히 웃었을 것이다. 하지만 오늘은 하나도 우습지 않았다. 텅 빈 울타리를 보듯 그 광경을 무덤덤하게 바라볼 뿐이었다. 그러자 팀은 슬퍼지기 시작했다. 팀은 오늘 이 일요일에 자기가 생판 다른 사람으로 변해 버렸다는 사실을 깨닫기 시작했다.

슬슬 날이 저물 무렵에야 팀은 자기네 골목으로 돌아갔다.

골목 입구에서부터 새엄마가 몇몇 이웃과 함께 문 앞에 서 있는 게 보였다. 사람들은 흥분해서 뭐라 수군대다가 팀을 보자, 닭 떼처럼 흩어져 각자 집으로 돌아갔다. 하지만 모두 문을 반쯤 열어 놓거나, 팀이 지나가는 창문마다 커튼 뒤에 숨어 지켜보았다.

새엄마는 반쯤 열어 놓은 문 앞에서 마치 세상의 종말이라도 다가온 듯한 표정을 짓고 서 있었다.

창백한 얼굴에 빨간 뾰족코가 팀을 맞이했다. 팀이 가까이 다가오자마자, 새엄마는 다짜고짜 팀의 뺨을 후려치더니 집 안으로 끌고 들어갔다. 마루에서 새엄마가 새된 소리를 질렀다.

"돈은 어디 있냐?"

전혀 영문을 모르는 채 팀이 되물었다.

"돈이라뇨?"

다시 두 번 더 뺨을 얻어맞았다. 머리가 울리고 눈물이 핑 돌았다.

"돈 이리 내놔, 이 도둑놈아! 부엌으로 와!"

팀은 거의 끌려가다시피 하면서 아직도 무슨 일인지 영문을 몰랐다. 어쨌든 주머니에서 돈을 꺼내 부엌 식탁에다 내놓았다.

"아이고 맙소사, 수백 마르크네!"

새엄마는 소리를 지르면서 머리 둘 달린 송아지를 보듯 팀을 노려보았다.

다행히 바로 그 순간, 부엌 문이 열리고 베버 아주머니가 헐레벌떡 들어왔다. 아주머니 등 뒤로 에르빈 형도 나타나 탁자 위에 있는 돈을 보고 눈이 휘둥그레졌다. 베버 아주머니가 헐떡거리며 말했다.

"수도국장님 댁에는 도둑이 들지 않았대요. 땡전 한 푼도 없어지지 않았어요."

팀은 그제야 자기가 이런 대접을 받는 이유를 알게 되었다. 팀은 아주머니에게 수도국장 집을 털 거라고 농담을 했었다. 반 친구들에게도 같은 농담을 했었다. 그리고 그 애들은 팀의 주머니에 돈이 많이 든 걸 보았다. 그 애들이 고자질한 거였다. 그렇게 된 일이었다.

팀은 자초지종을 털어놓으려 했다. 하지만 이번에도 새엄마가 쉼표도 마침표도 없이 울부짖기 시작해서 도저히 끼어들 틈이 없었다.

"그러니깐 수도국장댁도 아니면! 그럼어디란 말이야. 어디서돈을 훔친거냐? 사실대로말해! 경찰이오기전에! 여기사는 사람들은다알아! 사실대로말하라고!"

팀은 사실대로 말했다.

"난 돈을 훔치지 않았어요."

이번에는 우박이 쏟아지듯 뺨을 맞고 머리를 쥐어 박혔다. 베버 아주머니가 가까스로 새엄마를 뜯어말리고 나서, 팀에게 조그마한 소리로 물었다.

"너, 오늘 저녁에 빵값을 주겠다고 하지 않았니, 팀?"

새엄마가 이성을 잃고 소리쳤다.

"빵값이라니? 이게빵값 하고무슨상관 이에요?"

베버 아주머니가 따끔하게 한마디 했다.

"제발, 조용히 얘랑 이야기 좀 하게 해 줘요."

새엄마는 울고불고하면서 부엌 의자에 털썩 주저앉아 에르빈 형의 손을 잡았지만 형은 별로 달가워하지 않는 눈치였다.

베버 아주머니는 심문을 계속했다.

"팀, 사실대로 말해 보렴. 오늘 저녁에 이렇게 많은 돈을 갖게 되리란 걸 어떻게 알았니?"

한참 동안 팀은 말이 없었다. 쫓기는 참새 떼처럼 여러 생각들이 머릿속을 맴돌았다.

'마악 씨에 대해서 말해서는 안 돼! 계약에 대해서도 절대로 말해선 안 돼! 안 그러면 계약은 무효가 되고 말아!'

마침내 팀이 더듬거리며 말했다.

"오래전에…… 오…… 아니, 십…… 마르크를 주웠어요. 그걸로 경마장에 가서 내기를 하려고 했어요."

어느새 팀은 자신 있게 술술 말하기 시작했다.

"어쩌면 돈을 따지 않을까 생각했죠. 그리고 '마우리티아 투'라는 말에다 돈을 걸었는데, 정말로 이 돈을 따게 된 거예요."

팀은 식탁 위의 돈을 가리켰다. 그러고는 주머니에서 마권의 반쪽 부분을 꺼내 돈 옆에다 놓았다.

베버 아주머니가 그 표를 보려고 했지만, 새엄마가 재빨리 작은 종잇조각을 낚아챘다. 새엄마는 종잇조각을 오 분 동안이나 요리조리 뜯어보았다.

한동안 부엌에 침묵이 흘렀다. 팀은 아무 말 없이 꼿꼿하게 서 있었다. 에르빈 형은 소심하게 팀을 힐끗거렸다. 베버 아주머니는 팔장을 낀 채 미소를 짓고 있었다.

마침내 새엄마는 종잇조각을 다시 식탁에 놓고 자리에서 일어났다. 그러고는 부엌을 나가면서 말했다.

"내기를 해서 딴 돈은 정당하게 번 돈이 아니야."

이번에는 베버 아주머니가 종잇조각을 보더니 고개를 끄덕이며 말했다.

"운이 좋았구나, 팀."

밖에서 새엄마가 에르빈 형을 부르는 소리가 들렸다. 새엄마의 아들은 팀에게 한마디 말도 하지 않고, 엄마의 부름을 받고 온순하게 얼른 나갔다.

웃음을 판 팀은 자기가 문둥병 환자라도 된 것 같았다. 팀은 눈물을 흘리지 않으려고 이를 악물고 베버 아주머니에게 "내기에서 딴 돈이 정말로 정당한 게 아니에요?" 하고 물었다.

빵집 아주머니는 그 질문에 대한 대답은 하지 않은 채, 다만 이렇게만 말했다.

"정육점 부부도 내기에서 이겨서 돈을 벌었어. 복권으로 말이야. 그 돈으로 집을 샀지. 난 그 사람들을 좋아한단다."

그런 다음 아주머니는 돈뭉치에서 삼십 마르크를 세어서 들고, 앞치마 주머니에서 사 마르크를 꺼내 식탁에 올려놓았다.

"외상값을 치른 거다, 팀. 힘내!"

베버 아주머니가 나가고 뒤에서 문 닫히는 소리가 들렸다.

팀은 부엌에 홀로 우두커니 서 있었다. 반항심과 절망, 커다란 슬픔이 밀려왔다.

한동안 생각에 잠긴 팀은 식탁 위의 돈을 도로 주머니에 넣고 집을 나가 버리려고 생각했다. 멀리 떠나고 싶었다. 아주 멀리.

그런데 팀이 마루로 나왔을 때, 새엄마의 목소리가 팀을 붙잡았다.

"당장 잠자리로 가!"

그리고 머뭇머뭇 덧붙였다.

"돈은 부엌 찬장에다 둬."

팀은 금세 분위기가 뒤바뀐 걸 알아챘다. 시키는 대로 돈을 다시 부엌에 두고, 배고픔을 안고 기진맥진하여 침대로 가 쓰러졌다. 옆 침대는 비어 있었다. 에르빈 형은 새엄마 곁에서 자는 모양이었다.

이런저런 생각을 할 틈도 없이 팀은 깊은 잠에 곯아떨어졌다.

여기서 첫 번째 이야기가 끝났고,
나는 호텔로 돌아가 들은 이야기를 적어 두었다.

둘째 날,

팀 탈러가 경마에서 많은 돈을 번 이야기,

배를 타기 위해 빈털터리로 집을 나선 이야기,

함부르크 출신의 친절한 신사분을 만난 이야기,

웃음이 있기에 인간은 동물과 다르다는 걸

인형극을 통해 배우게 된 이야기를 듣다.

다음날, 팀 아저씨와 나는 일을 마치고 다시 교정실에서
만났다. 나는 다음 이야기가 너무나 궁금해서 얼른 다음
이야기를 해 달라고 아저씨를 졸랐다.
곧 팀 아저씨는 내 말대로 해 주었다.

6장 꼬마 백만장자

팀에게 행운이 찾아온 다음날, 베버 아주머니네 빵집은 장사가 잘 되었다. 아주머니네 가게는 팀 탈러가 돈을 딴 이야기를 듣고 싶어하는 사람들로 거의 하루 종일 북적거렸다. 아주머니는 양념으로 자기네 빵 광고를 섞어 가며 아주 재치 있게 이야기를 들려주었다.

"······그러자 글쎄, 그 애가 나더러 수도국장님 댁을 털 거라고 하잖아요. 말이 나왔으니 말인데, 국장님은 우리 집 빵을 아주아주 좋아하시죠! 난 그 애가 주머니에 수천 마르크를 갖고 있단 말을 들었을 때 벼락이라도 맞은 기분이었어요. 그래서 일요일에 교회 갈 때 입던 옷을 그대로 입고 쏜살같이 수도국장님한테 달려갔지요. 그날 일요일, 국장님은 그렇지 않아도 케이크를 주문해 두셨거든요. 생일 축하한다는 말을 멋지게 새겨서 말이죠. 그런 건 우리 남편이 아주아주 잘해요! 그런데 가 보니 도둑이 안 들었다는 거예요. 국장님은 이렇게 말씀하셨어요, '허허, 아주머니께서 분별력이 있는 사람이고 아주머니네 빵 맛이 정말로 아주아주 좋다는 건 내 알지만, 이번에는 뭔가 착각하신 것 같은데요. 우리 집에는 도둑이 들지 않았어요.' 하시고는……."

그렇게 얘기는 끝도 없이 계속되었다.

팀은 그날의 영웅이었다. 이웃들에게나 학교에서, 심지어 어느 정도는 집에서도. 갑자기 외투에 털깃을 단 새엄마는 팀을 대하는 데 조심스러워졌다. 형은 기회만 있으면 경마에 대한 질문을 퍼부었다. 이웃들은 팀을 농담 반, 시샘 반으로 '꼬마 백만장자'라고 불렀다. 학교 운동장에서는 아이들이 팀에게 한 번 제대로 말을 걸어 보려고 애썼다.

팀은 모든 사람의 관심이 자기에게 쏠리는 게 기뻤다. 세 친구가 고자질한 것과 새엄마가 때린 것도 용서한 지 오래였다. 이제 세상 모든 사람과 즐겁게 웃으며 농담을 하고 싶은 심정이었다. 그런데 그렇게 되질 않았다. 웃으려고 하면 뻔뻔스러운 비웃음만 나왔다.

곧 팀은 더 이상 웃거나 농담을 하려고 들지 않았다. 이제 그의 얼굴은 심각한 표정을 짓는 데 익숙해졌다.

이웃 사람들은 "저 녀석, 거만해졌어." 하고 빈정댔다. 호기심이 가라앉자 반 친구들도 팀을 피하기 시작했고, 심지어 이제는 옛날보다 더 조용해진 새엄마도 팀을 시건방진 녀석이라고 불렀다.

그래도 새엄마는 경마에서 딴 돈이 정당하게 번 게 아니라는 말은 두 번 다시 하지 않았다. 갑자기 경마가 정당하고 합법적인 놀이가 되었던 것이다. 심지어 어느 일요일엔가는 팀에게 이십 마르크를 줄 테니 경마장에 가지 않겠느냐고 묻기도 했다.

그때까지, 자기가 딴 돈에서 단 한 푼도 받지 못해 첫 번째 꿈이었던 대리석 묘비와 스쿠터에 대한 꿈을 접어야 했던 팀은 반항하느라고 일부러 그 돈을 받지 않았다. 빵 가게 외상에 대한 일을 알고부터 팀은 새엄마를 다른 눈으로 보기 시작했다. 더 이상 새엄마를 믿을 수 없었다.

그 주에 팀은 난생처음으로, 차라리 일요일이 없었으면 하고 바랐다. 새엄마가 경마장에 가라고 자기를 부추길까 봐 두려웠다. 그리고 그 걱정은 곧 현실로 드러났다. 토요일 저녁부터 벌써 그런 낌새가 느껴졌다.

"빵 더 먹을래, 팀? 원래는 운이 좋으면 세 번 내기를 해야 하는 건데. 내일까지는 시간이 있으니깐, 뭐. 갈지 말지 조금 더 생각해 보렴. 알았지?"

물론 팀은 다시 경마장을 찾았다. 형과 새엄마가 아침을 먹으며 벌써부터 경마장에 관한 말을 꺼내서가 아니라 팀 스스로 모자 안감 속에 든 이 이상한 계약서를 한번 시험해 보고 싶은 생각이 들었기 때문이다. 팀은 그게 정당한 거래인지, 아니면 비열한 사기였는지 잘 가늠이 되지 않았다.

세 사람은 전차를 타고 경마장으로 갔다. 에르빈 형은 흥분한 나머지 처음으로 창백한 뺨에 붉은 반점이 생겼고, 새엄마는 다시 쉼표와 마침표 없이 도박의 위험과 암거래, 돈을 너무 많이 거는 것에 대해 수다를 늘어놓았다. 조심하라고 몇 번이고 필요 없는 말을 하고는 이십 마르크를 주며 덧붙였다.

"'행운의 여신'에게는 절대 돈을 걸지 마라, 팀. 전차에서 들었는데, 그 말은 이길 가능성이 전혀 없대. 말병인지 뭔지를 앓고 있다더라. 그러니 '행운의 여신'에게는 걸지 마."

팀은 옳다구나 하고 '행운의 여신'에게 걸어야겠다고 결심했다. 모자 속에 든 계약서와 함께라면 팀은 천하무적이었다. 더욱이 팀은 경마에 관한 한 자기가 새엄마보다 더 낫다는 걸 보여 주어 새엄마의 코를 납작하게 만들어 주고 싶었다.

막상 경마장에 도착하자, 새엄마와 형은 경마장 사람들을 구경하느라 더 이상 팀에게 신경 쓰지 않았다. 멋지게 차려입은 부인들과 우아한 신사들, 고삐에 잡혀 이끌려 가는 경기용 말과 빨간 모자를 쓴 기수들, 창구 앞과 담장가에서 요란스레 뒤죽박죽 엉킨 사람들의 모습을 보느라 정신이 없었다.

팀이 자기 마권을 창구에 내고 오자 새엄마가 물었다.

"너도 같이 구경하지 않을래?"

팀은 고개를 저었다.

형이 물었다.

"어떤 말에다 걸었어?"

팀은 일부러 크게 대답했다.

"'행운의 여신'한테."

새엄마가 왈칵 화를 냈다.

"하지만 내가, 하지만 너한테 말했잖아, 이 말은, 내가 전차에서, 들었는데……."

그때 경기 시작을 알리는 총소리가 났고 새엄마의 끝없는 수다도 마침내 멈추었다. 따각따각 말 달리는 소리가 들려왔다. 구경꾼들이 소리를 지르고 떠들기 시작했다. 새엄마와 형은 신사들과 숙녀들의 모자와 망사 틈을 비집고 경기를 구경하기 위해 서둘러 경마장쪽으로 갔다. 두 사람은 팀이 앉은 잔디밭에서 그리 멀지 않은 곳에자리를 잡았다. 때때로 흥분한 형이 팀에게 소리쳤다.

"'행운의 여신'이 3등이야!"

곧 다시 형이 소리쳤다.

"'행운의 여신'이 따라붙는다!"

마침내 환호하며 갈라진 목소리로 외쳤다.

"'행운의 여신'이 맨 앞이야!"

하지만 다음 순간 '행운의 여신'은 힘이 다 빠진 것 같았다. '행운의 여신'이 약간 뒤처지자 형이 소리쳤다.

"우리 돈이 날아갔어! '행운의 여신'은 더 이상 안 돼!"

그러자 새엄마는 팀에게 고개를 돌려 눈빛으로 '내 이럴 줄 알았지. 내가 들었는데.' 하고 말했다.

하지만 결승점 바로 앞에서 '행운의 여신'은 놀라울 정도로 속도를 내기 시작했다. 에르빈 형이 신들린 사람처럼 소리쳤다.

"잘한다, '행운의 여신'. 좋아, 행운의 여어신!"

곧 구경꾼들 사이에서도 함성이 터져 나왔다. 팀은 '행운의 여신'이 이겼다는 걸 알았다. 마악 씨도 같이 이긴 셈이었다.

그런데 팀은 혹시라도 마악 씨를 만나지 않을까 해서 일부러 따로 떨어져 앉은 것이었다. 하지만 몇몇 눈에 띄는 체크 모자 아래에는 낯선 얼굴들뿐이었다.(체크무늬 옷을 입은 건 아니지만 — 사실 마악 씨도 경마장에 있었다. 숨어서 실눈을 뜨고 팀의 얼굴을 살피고 있었다.)

에르빈 형이 헉헉거리며 뛰어왔다.

"이겼어, 팀!"

형의 말은 고함 소리에 가까웠다.

"표를 줘!"

하지만 팀은 마권을 손에 쥐고 그대로 있었다. 팀은 사람들이 창구 앞에서 사라지기를 기다린 다음에야 딴 돈을 찾았다. 딱 떨어지는 이천 마르크였다.

팀은 새엄마에게 돈을 내밀었다.

"상당히 많은 돈을 벌었네요. 이천 마르크예요."

"세어봤니, 팀? 맞는지 세어봤어?"

"맞을 거예요."

"아이고머니! 이리다오 내가 세어볼테니!"

새엄마는 팀의 손에서 낚아챈 돈을 세기 시작했다. 세다가 잘못 세어 다시 세어 보고는 말했다.

"맞다. 이천 마르크야."

갑자기 모두 꿀 먹은 벙어리가 된 것 같았다. 새엄마는 손에 든 돈 꾸러미를 뚫어져라 바라보았고, 에르빈 형은 입을 쩍 벌린 채 서 있었고, 팀은 여전히 굳은 얼굴을 하고 있었다.

마침내 새엄마가 침묵을 깨고 말했다.

"이 많은 돈으로 뭘 할까?"

팀이 말했다.

"나도 몰라요. 그건 엄마 거예요."

그러자 갑자기 새엄마가 울기 시작했다. 기뻐서인지, 감동해서인지, 아니면 그 모든 것을 합쳐서였는지 알 수 없었다. 새엄마는 번갈아 가며 두 아이에게 뽀뽀를 하고 손수건으로 눈물을 닦고는 말했다.

"가자, 얘들아. 축하를 해야지."

다시 한 번 팀은 야외 식당의 밤나무 아래에 앉았다. 그 나무 아래에 팀은 처음에는 아버지와, 다음엔 사기꾼과, 마지막으로는 체크무늬 신사와 앉았었다.

신이 난 새엄마는 말이 많아졌다.

"난 팀이 아주 특별한 이유로 '행운의 여신'한테 돈을 걸었다는 걸 알고 있었어. 넌 정말 약삭빠른 녀석이야!"

새엄마는 팀의 귓불을 꼬집었다. 곧 빵과 레몬수를 주문했다. 하지만 꿀벌빵은 주문하지 않았다.

형은 전기 기차와 고무창이 있는 갈색 구두에 대해 뭐라뭐라 떠들어 댔다. 더 이상 웃지 못하는 팀은 입을 굳게 다문 채 말없이 앉아 있었다.

7장 불쌍한 부자

팀은 이제 매주 일요일마다 새엄마와 형과 함께 경마장으로 가서 돈을 걸어야 했다. 팀에게는 별로 내키지 않는 일이었다. 어떨 때는 아프다는 핑계를 댔고, 어떨 때는 일요일 아침 다른 식구 몰래 집을 빠져나가 저녁에야 집으로 들어오곤 했다. 그러면 새엄마와 형, 둘 이서만 경마장으로 갔다. 하지만 두 사람한테는 운이 따르지 않았다. 잘해야 몇 마르크 버는 정도였다.

　그렇게 해서 팀은 별수 없이 다시 두 사람과 같이 가서 점점 더 많은 돈을 걸어야 했다. 팀은 곧 알록달록한 개처럼 경마장에서 유명 인사가 되어, 팀의 행운에 빗댄 말이 생겨날 정도였다. 누군가 운이 좋아 돈을 따면 사람들은 "팀처럼 운이 좋았네." 하고 말했다.

　더욱이 영리한 팀은, 한 번은 많이, 한 번은 적게 돈을 따도록 신경을 쓸 줄도 알게 되었다. 예를 들어 아주 많은 사람이 찍은 말에다 돈을 걸면, 따는 돈은 그리 많지 않았다. 반대로 거의 아무도 돈을 걸지 않는, 눈에 띄지 않는 말에다 돈을 걸면, 엄청나게 많은 돈을 땄다.

　새엄마는 처음에는 돈이 전부 팀 거라고, 자기는 단지 팀을 위해 돈을 관리할 뿐이라고 하더니 곧 '우리가 딴 돈', '우리 돈', '우리 계좌'라고 말했다. 팀이 받는 거라곤 용돈 몇 푼뿐이었다. 대리석 묘비 비용을 마련하느라 팀은 여전히 용돈을 아꼈다. 잔돈이 어느 정도 모이면 지폐로 바꿔, 괘종시계에다 숨겼다. 우연히 이 시계 바닥이 이중으로 윗부분을 들어올릴 수 있다는 걸 발견했기 때문이다.

　뜻하지 않게 생긴 많은 돈으로 새엄마는 도도해졌다. 곧 좁은 골목에 사는 모든 사람이 새엄마의 적이 되었다. 새엄마는 옛날에 함께 케이크를 먹으며 수다를 떨던 친구 면전에다 대고 옷이 그게 무슨 꼴이냐는 둥, 같이 길거리에 나갈 수가 없다는 둥 핀잔을 주었다.(자기보다 훨씬 더 가난한 친구에게 옷을 한 벌 사 줘야겠다는 생각은 하지 않는 것 같았다.) 다른 사람들 앞에서 베버 아주머니네 빵 맛이 형편없다고 깎아내리고는, 도심에 있는 빵집에서 훨씬 더 비싼 빵과 과자를 사다 먹었다.(베버 아주머니가 몇 주간에 걸쳐 산더미 같은 빵을 외상으로 주었다는 기억은 하지 않는 모양이었다.)

팀 몰래 새엄마한테 용돈을 더 받는 형은 이제 부잣집 도련님처럼 행세했다. 우스꽝스러울 정도로 바닥이 두툼한 신발을 신고 긴 바지에다 알록달록한 넥타이를 했다. 몰래 담배도 피우며 마치 경마의 전문가인 체하였다.

모두가 부유함을 즐겼지만, 이 부유함을 가져온 주인공인 팀만은 부유함을 저주했다. 팀은 혹시나 마악 씨를 만날 수 있지 않을까 하는 희망으로 종종 대도시의 외딴곳을 몇 시간이고 헤매 다니곤 했다. 앞으로 누리게 될 부를 포기하고, 체크무늬 신사에게서 웃음을 되찾고 싶었다. 하지만 마악 씨는 어느 곳에서도 볼 수 없었다.

사실 마악 씨 본인은 한시도 놓치지 않고 팀을 주시하고 있었다. 어떤 때는 커다란 자동차가 팀이 사는 동네를 지나갔는데, 푹신한 뒷자리에 체크무늬 모자를 쓴 신사가 앉아 있었다. 그 신사는 어디선가 팀을 발견하면, 운전사에게 차를 멈추게 하고 불안한 얼굴까지는 아니어도 걱정스러운 얼굴로 팀을 관찰했다. 또, 커피와 카카오, 버터의 광고 문구 사이에 유명한 사람들의 말을 끼워 넣은 광고 달력을 뒷골목 집들에다 나눠 주도록 했다. 우연찮게 제일 앞장에는 이렇게 씌어 있었다.

계약은 결혼처럼 신중히 해야 한다.

서명하기 전에는 심사숙고해야 하지만,

이미 체결한 다음에는 충실히 이행해야 한다.

—L. 마악

새엄마는 달력 뒷면이 별자리 해석으로 가득 차 있어서(새엄마는 전갈자리였다) 이 장을 뜯어 냈다. 팀에게는 차라리 잘된 일이었다.

무엇보다 팀이 가장 견디기 힘들었던 건 골목 사람들이 점점 더 자기를 싫어한다는 거였다. 사람들은 팀의 굳은 얼굴을 거만함과 오만함으로 해석해서, 팀도 에르빈이나 새엄마와 다를 바 없는 인간이라고 생각했다. 팀네 가족에게는 '벼락 부자가 된 허풍쟁이'라는 커다랗고 기름진 꼬리표가 늘 붙어 다녔다.

새엄마가 뒷골목 집을 떠나 좀 더 비싼 거리에 있는 일층집을 세내자 팀은 누구보다 이를 반겼다.(물론 아직 기뻐할 수 있는 한도 안에서 말이다.)

오래된 가구들은 아직 등을 돌리지 않은, 몇 안 되는 골목 사람들에게 나눠 주고, 새 가구만 갖고 이사를 갔다. 새엄마는 팀이 용돈을 숨겨 둔 괘종시계도 남에게 줘 버리려고 했다. 다행히 남에게 줘 버리기 전에 그 사실을 안 팀은 시계를 새 집의 자기 방에 걸게 해 달라고 부탁했다. 팀이 너무 간절하게 말해서 새엄마는 화를 내기보다 의아하게 생각했다. 결국 시간을 알리는 그 돈 창고는 팀이 처음으로 방해받지 않고 혼자서 숙제를 할 수 있게 된 방으로 팀과 함께 이사하게 되었다.

새엄마는 새 집에 가정부를 두었다. 하지만 며칠 버티는 사람이 없었다. 마리 다음에는 베르타, 베르타 다음에는 클라라, 클라라 다음에는 요한나가 오더니, 마침내 그리타라는 늙은 여자가 왔다.

이 노인은 달리 갈 곳이 없고, 새엄마와 싸울 때는 눈치껏 져 주었기 때문에 계속 남아 있을 수 있었다.

두 여자가 으르렁거리고 다시 화해하는 가운데 몇 년이 흘러가, 마침내 팀은 열네 살이 되었다. 이제 직업을 찾아야 할 나이가 된 셈이었다.

새엄마는 팀이 경마장 사무실에서 견습생으로 일하기를 원했고, 또 그렇게 하라고 명령했다. 거기에는 그럴 만한 이유가 있었다. 팀은 자기의 열세 번째 생일날, 아무도 관심을 갖지 않는 늙은 말에다 돈을 걸었다. 그 말은 경마장 사무실의 배려로, 은퇴하기 전에 마지막으로 달리게 된 말이었다. 팀 말고는 아무도 그 말에 돈을 걸지 않았다. 그런데 팀이 거기에 돈을 걸었다는 이유만으로 그 말은, 모든 경마 전문가들을 놀라게 하면서 일등을 차지했다. 그날 팀은 딱 떨어지는 삼만 마르크를 벌었다. 삼만 마르크를 손에 쥔 팀은, 이제 충분히 돈을 벌었으니 더 이상 경마장에 가지 않겠노라고 선언했다. 새엄마가 눈물로 애원을 하고 때리고 해 봤지만, 팀의 마음을 돌릴 수는 없었다. 팀은 더 이상 경마장으로 가지 않았다.

에르빈 형과 새엄마는 자기들도 팀처럼 운이 따르기를 바라며, 몇 번인가 둘이서 경마장에 갔다. 하지만 삼천 마르크나 잃고 고작 삼백 마르크도 안 되는 돈을 따자, 더 이상은 경마장을 찾지 않았다.

그리고 난 후 새엄마는 팀이 경마장 사무실에서 견습생으로 일하면서 다시 경마에 대한 흥미를 되찾기만을 바랐다. 새엄마는 그 도시에서 제일 잘 나가는 경마 회사와 벌써 얘기까지 해 둔 터였다. 팀은 자기는 바다로 가서 배를 타겠다며, 더 이상 경마에는 손대고 싶지 않다고 완강히 버텼다.

그러던 어느 날—며칠 전부터 팀은 더 이상 학교에 다니지 않았다—새엄마는 또다시 팀의 장래 직업에 대해 말을 꺼냈다. 그것도 늘 하던 식으로.

"넌 이제 더 이상 아이가 아냐, 팀. 무슨 일이든 시작 해야잖아. 경마장 사무실에서 넌 네 재능으로 다시 한번 부자가 될 수 있어, 팀. 난 네가 최고가 되었으면해. 나를 위해 하는 말이 아냐. 다 널 위해 하는 말이야."

팀이 말했다.

"아무리 그래도 난 경마장 사무실에서 일하지 않을 거예요. 난 바다로 가서 배를 타고 싶어요."

그러자 새엄마는 벌컥 화를 내다 곧 울분을 터뜨리더니 급기야는 흐느끼기 시작했다. 늘 하던 대로 울며불며 소리를 질렀다.

"내가 늙어 한 푼 없이 동냥이나 다니라고 그러지? 나랑 에르빈을 불행하게 해놓고 너 혼자 부자가 되려고 그러는 거지? 넌 가족에 대한 애정이라곤 눈곱만큼도 없는애야! 한번 웃지도않잖아!"

마지막 말은 새엄마가 생각한 것보다 더 무겁게 팀의 심장을 찔렀다. 머리 위로 피가 솟구치는 것 같았다. 당장에라도 집을 뛰쳐나가고 싶었다. 하지만 팀은 웃음을 잃어버린 뒤로 그 또래의 아이답지 않게 자기 감정을 잘 다스렸다. 이번에도 새엄마는 팀의 얼굴이 붉어졌다는 것 외에는 별다른 낌새를 눈치 채지 못했다.

"다음 주 일요일에, 지난번 마지막 내기에 걸었던 만큼 돈을 줘요. 어쩌면 돈을 많이 딸지도 모르죠."

새엄마의 반색하는 대답이 끝나기도 전에, 팀은 집을 뛰쳐나가 강가로 달려갔다. 솟구치는 감정을 가라앉히기 위해 강가의 외진 곳에 있는 벤치에 앉았다. 이번에는 감정이 쉽게 가라앉지 않았다. 팀은 눈물을 흘렸다. 울지 않으려고 하면 할수록, 흐느낌은 더욱 격렬해졌고 마침내 팀은 절망에 몸을 내맡겼다. 한참을 울고 나서야 울음과 격정이 서서히 가라앉았다. 열네 살 난 소년은 그 순간 침착하고 냉정하게 자신의 미래에 대해 생각하기 시작했다.

팀은 오는 일요일, 다시 다른 사람들이 외면하는 말에 돈을 걸어 많은 돈을 벌기로 결심했다. 그 돈을 새엄마한테 주고는 새엄마와 형을 떠나 멀리 갈 작정이었다. 어쩌면 선원이 될 수도 있고, 어쩌면 다른 일을 할 수도 있으리라. 돈 걱정은 할 필요가 없었다. 어디서든 내기를 할 수 있으니. 부자가 되는 건 하나도 재미없는 일이었다 ─ 이제 팀은 그걸 잘 알았다. 자신에게 아무 쓸모없는 걸 받고 자기의 웃음을 판 셈이다.

팀은 강가 벤치에서 중대한 결심을 했다.

'그래, 웃음을 되찾는 거야!'

마침내 팀은 웃음을 뒤쫓아 가기로 했다. 세상 어딘가에 있을 마악 씨를 찾아가기로 결심한 것이다.

만약 팀에게 자신의 결심을 털어놓을 누군가가 있었다면 얼마나 좋았을까 ─ 뭐, 술 취한 마부나 제정신이 아닌 부랑자 같은 사람이라도 말이다. 다른 사람과 이야기를 나누다 보면 가장 힘겨운 일도 간단한 일로 바뀔 수 있는 법이다. 하지만 팀은 (가슴속에 비밀을 묻어 둔 채) 꼭 닫힌 조개처럼 입을 다물고 있어야만 했다.

괘종시계의 이중 바닥에 모아 둔 지폐 몇 장이 팀을 하늘 아래에서 가장 외롭고 가장 슬픈 아이로 만든 것이다. 팀은 혼자였다. 하늘 아래 달랑 혼자라는 생각이 들자, 오직 아버지와 대리석 묘비를 위해 모아 둔 돈만이 소중하게 여겨졌다. 팀은 한 가지를 더 결심했다. 떠나기 전에 아버지 묘비를 세워 드리기로. 물론 쉽지 않은 일일 것이지만, 무슨 어려움이 있더라도 그렇게 하기로 굳게 다짐했다.

팀은 조용히 벤치에서 일어섰다. 이제 계획이 섰다. 그러자 팀은 용기가 샘솟았다.

8장 마지막 일요일

일요일이 되자—그날은 팀이 고향에서 보낸 마지막 일요일이었다—새엄마는 아침을 먹으며 벌써부터 흥분했다. 평소보다 진하게 커피를 끓여 후루룩 마셨을 뿐 다른 건 거의 입에 대지도 않았다. 새엄마는 팀이 달라고 한 것보다 조금 더 많은 돈을 주었다. 그리고 화려하게 수놓인 비단옷에 여우 모피를 걸쳤다.

새엄마가 수다스럽게 말했다.

"우리가 돈을 딸 수 있을지 궁금하구나. 어느 말에 걸지 벌써 생각해 봤니, 팀?"

팀은 사실대로 대답했다.

"아뇨."

"그래? 아직 생각도 안 해 봤니? 어떻게 그렇게 아무렇게나 돈을 걸수 있니?"

형이 끼어들었다.

"그냥 두세요. 혼자서도 잘하잖아요."

형은 매번 경마에서 성공을 거두는 의붓 동생에게 존경심과 함께 질투심을 느끼고 있었다.

아침을 먹은 뒤 세 사람은 택시를 타고 경마장으로 향했다. 새엄마는 곧장 창구로 가려고 했지만 팀은 사람들이 뭐라고 하는지 좀 들어 봐야겠다고 했다. 새엄마와 형도 그러겠다며, 둘이서 사람들 틈에 끼었다. 팀은 혼자서 사람들 틈에 섞여 사람들이 나누는 이야기에 귀를 기울였다.

일 년 동안 한 번도 경마장에 오지 않은 터라, 팀을 알아보는 사람은 별로 없었지만 그래도 몇몇 사람들은 팀을 가리키며 수군거렸다. 그중에 팀에게 특별히 관심이 많아 보이는 사람이 있었다. 그 사람은 갈색 곱슬머리에 이상하게 째려보는 푸른 물빛 눈을 갖고 있었다. 주인 곁을 맴도는 개처럼 그 사람은 팀 주변을 서성대며 팀을 몰래 지켜보았다. 그러다 팀이 말 이름이 적힌 목록을 들여다보자 슬쩍 옆으로 다가왔다.

그 사람은 팀을 쳐다보지도 않고, 애써 무심한 척하며 말했다.

"'동풍'에는 아무도 돈을 걸지 않은 것 같네그려. 너도 말에 돈을 걸 거니?"

팀이 대꾸했다.

"네. 그것도 '동풍'에다 모두 다 걸 거예요."

그제야 그 낯선 사람이 고개를 돌렸다.

"얘야, 그건 아주 무모한 생각 같구나. '동풍'이 이길 확률은 거의 없는데."

"두고 보죠, 뭐."

어쩐지 팀은 웃고 싶은 기분이었지만 웃을 수 없었다. 팀이 무모한 내기를 하는 거라고 익살스럽게 떠들며 그 낯선 사람은 팀과 함께 창구로 걸어갔다. 팀은 굳은 얼굴로, 약간 슬프게 그 사람을 쳐다보았다.

창구로 가는 내내 그 사람은 키 작은 기수에 대한 우스운 농담을 하면서 팀의 얼굴을 자세히 살폈다. 하지만 팀은 아무런 표정도 짓지 않았다.

창구 바로 앞에서 그 사람은 발걸음을 멈췄다. 자기도 모르게 팀도 걸음을 멈추자 그 사람이 말했다.

"난 크레쉬미르라고 해. 너랑 잘 지내고 싶구나. 네가 이 경마장에서 한 번도 돈을 잃은 적이 없다는 걸 알아. 그건 아주 드문 일이기도 하지만 이상한 일이기도 하지. 뭘 좀 물어봐도 되겠니?"

그 사람의 물빛 눈을 가만히 보고 있자니, 어디선가 본 듯했지만 어디서였는지는 생각나지 않았다.

팀이 말했다.

"네, 물어보세요."

크레쉬미르는 팀에게서 눈을 떼지 않고 목소리를 낮추어 물었다.

"애야, 왜 넌 한 번도 웃지 않는 거니? 웃는 걸 싫어하니? 아니면…… 웃을 수가 없는 거니?"

그 말을 듣는 순간 팀의 가슴이 심하게 방망이질 치며 뛰었다.

'이 사람은 누구일까? 무슨 속셈으로 묻는 걸까?'

갑자기 이 남자의 눈이 마악 씨의 눈과 닮았다는 생각이 들었다.

'마악 씨가 변장하고 날 시험하는 건 아닐까?'

팀은 한참 동안 우물쭈물 대답을 못 했다.

"말을 못 하는 걸 보니 충분히 대답이 되는구나. 어쩌면 내가 널 도울 수 있을지도 몰라. 내 이름은 크레쉬미르야. 기억해 두렴. 그럼 또 만나자."

그 남자는 경마장의 손님들 속에 파묻혀 곧 더 이상 보이지 않았다. 팀은 불안한 마음으로 창구로 가서 가진 돈을 몽땅 털어 '동풍'에다 걸었다.

크레쉬미르를 만나고 나서, 팀은 늦어도 내일까지 이 도시를 떠나기로 더욱더 굳게 마음을 먹었다.

새엄마와 형이 창구에 있던 팀을 찾아냈다. 거기서 팀을 기다리고 있던 게 분명했다. 팀은 어느 말에 걸었는지 말해 주지 않았다. 그 대신 처음으로 두 사람과 함께 경기를 지켜보았다.

'동풍'은 세 번째로 경기에 나온, 어린 수말로 아주 활기차 보였다. 사람들은 '동풍'이 너무 어린 나이에 경기에 나왔다고 했다. 지금까지는 중간 정도의 성적을 거두는 게 목표였다. 일찍이 '동풍'이 쏜살같이 선두로 나선 적이 한 번 있긴 했지만 곧 뒤로 물러나 중간 정도면 잘한다는 말을 듣는 정도였다.

팀은 이 모든 것을 곁에 서 있던 두 남자의 대화를 듣고 알았다. 팀은 크레쉬미르와 이야기를 나눈 뒤, 체크무늬 신사와의 계약이 무효가 된 건 아닌지 내심 걱정이 되었다. 이 경기의 결과를 보면 자기의 걱정이 터무니없는 것인지 아닌지 곧 알게 될 것이다.

출발을 알리는 총소리가 울렸다. 말들이 출발하자, '동풍'은 예상대로 네 번째로 달렸다. 팀 옆에 있는 두 남자는 선두에 선 말에 대해 이야기를 나누었다. 그러다 두 사람은 '동풍'을 입에 올리기 시작했다. 구경꾼들이 점점 더 크게 떠들어 대는 바람에 이야기는 토막토막 들렸다.

"……많이 배웠네그려…….”

"……힘을 비축해 뒀나 봐…….”

"……속도를 내는구먼…….”

그래도 '동풍'이 이길 확률은 없는 것 같았다. '동풍'은 4등으로 달렸지만 앞선 말들도 더욱 박차를 가하고 있었으니까.

형과 새엄마는 사람들을 헤집고 몇 번이고 팀에게 어느 말에 걸었는지 물었다. 팀은 불안해지기 시작했다. 불안한 눈으로 경기장의 말들을 쫓았다. '동풍'은 간신히 앞으로 나아가고 있었다. 하지만 결승점까지는 얼마 남지 않았다.

그때 갑자기 선두에서 달리던 말이 비틀거렸다. 그러자 뒤를 바짝 쫓던 두 말이 순간적으로 겁을 먹고 약간 옆으로 비꼈다. 그 순간 '동풍'은 눈부시게 도약을 해서 곧장 앞선 말들을 제치고 눈 깜짝할 사이에 일등으로 골인했다. 누가 봐도 확실한 일등이었다.

관중들의 함성은 환호라기보다는 실망하는 소리에 더 가까웠다. 팀 옆에서 누군가 이렇게 떠들었다.

"보다 보다 이렇게 희한한 경기는 생전 처음 보네."

커다란 게시판에 '동풍'이라는 이름이 맨 위에 올랐다. 그제야 팀은 마음을 놓았다. 깔깔 웃고 싶은 마음이 굴뚝같았다. 하지만 팀은 웃는 대신 아무 말 없이 주머니에서 마권을 꺼내 새엄마에게 건네주었다.

"우리가 이겼어요. 돈을 찾아 오세요."

새엄마는 형과 함께 허겁지겁 창구로 달려갔다. 팀은 두 사람을 기다리지 않고, 전차를 타고 집으로 돌아왔다. 그리고 괘종시계에서 계약서와 모아 둔 용돈을 꺼내, 하나는 모자 안감에다, 다른 하나는 외투 안쪽 주머니에다 넣었다. 팔에 외투를 걸치고 막 집을 나서려는데 새엄마와 형이 들어오는 소리가 났다. 팀은 청소 도구를 두는 작은 방의 커튼 뒤로 얼른 숨었다.

새엄마가 팀을 부르는 소리가 들렸지만, 팀은 꼼짝하지 않았다.

"얘가 대체 어디 있는 거야? 요즘 영 이상하단 말이야." 하는 소리가 들렸다.

집 안에서 하는 말은 잘 들리지 않았다. 형이 묻는 소리가 겨우 들렸다.

"우리 이제 부자예요?"

새엄마가 찢어진 목소리로 "……사만 마르크!"라고 하는 것 같았다.

팀은 냉정하고 차분하게 생각했다.

'됐어. 이제 두 사람한테는 더 이상 내가 필요하지 않을 거야.'

팀은 청소 도구 방을 나와, 한껏 소리를 낮춰 현관문을 열고 밖으로 나왔다. 창문 아래를 지나 공원 건너편으로 부지런히 걸어갔다. 그러고는 전속력으로 달려 도시 동쪽에 있는 공동묘지로 갔다.

공동묘지 입구에서 콧수염을 기른 뚱뚱한 묘지기가 묘지 번호를 물었을 때에야 비로소 팀은 묘비를 만드는 데로 가려고 했는데, 묘지로 잘못 왔음을 깨달았다. 어쨌든 한번 물어나 볼 일이었다.

"대리석 묘비를 세우고 싶은데요."

"대리석 묘비는 여기서는 금지되어 있어. 사암이면 모를까."

콧수염이 투덜거리며 덧붙였다.

"게다가 번지수를 잘못 찾았어. 묘비를 하려거든 석공한테 가야지. 그렇지만 일요일에는 문을 닫았을걸."

갑자기 팀에게 대범한 생각이 떠올랐다.

"우리 아버지 묘지에 대리석 묘비가 세워지는지 아닌지 저랑 내기 할래요? 묘비에는 금빛으로 '아버지를 결코 잊지 않는 아들 팀으로부터'라고 새겨서 말이에요."

"그런 내기라면 내기를 하기도 전에, 벌써 넌 진 거란다, 얘야."

"그래도 저랑 내기해요, 아저씨! 초콜릿을 걸고요."(팀은 관리실 창틀에서 초콜릿을 하나 보았었다.)

"네가 지면 초콜릿을 살 돈이 있기나 한 거냐?"

팀은 외투 주머니에서 지폐를 꺼내 보여 주었다.

"이제 내기하는 거죠?"

묘지기가 중얼거렸다.

"내 평생 이런 이상한 내기는 처음이네그려. 나로서야 뭐, 좋아."

두 사람은 손바닥을 쳐서 내기를 걸고는 공원처럼 거대한 묘지를 걸어서 팀 아버지의 묘지로 갔다.

멀리서도 작업복을 입은 세 남자가 아버지의 묘지 앞에 있는 모습이 보였다. 뚱뚱한 묘지기는 걸음을 재촉했다.

"아니, 저건……."

묘지기는 해마처럼 씩씩대더니 마침내 거의 달리다시피 했다.

팀 아버지의 묘지 앞에는 방금 세운 묘비가 서 있었다. 그것도 대리석으로. 묘비에는 금빛으로 팀의 아버지의 이름과 생년월일이 적혀 있었다. 그리고 그 아래에는 '아버지를 결코 잊지 않는 아들 팀으로부터'라고 씌어 있었다.

묘지기가 비명을 지르는데도 일꾼들은 아랑곳하지 않았다. 그 사람들은 이 묘비를 세우는 데에 전혀 문제가 없음을 증명하는 몇 가지 서류를 보여 주었다. 그들은 대리석 묘비를 세우는 데에 필요한 특별 동의서까지 갖고 있었다. 자기들이 왔을 때 마침 묘지기가 깜빡 졸고 있어서 굳이 깨우고 싶지 않았다고 말했다.

일꾼들 중 한 사람이 중얼거렸다.

"그런데 팀 탈러라는 사람이 돈을 지불하기로 되어 있는데……."

"맞아요. 여기 있어요."

팀은 외투 주머니에서 돈을 꺼내 세어서 한 일꾼의 손에 쥐어 주었다. 남은 돈은 고작 오십 페니히(독일의 화폐 단위. 일 마르크는 백 페니히이다.—옮긴이)뿐이었다.

묘지기는 구시렁거리며 터덜터덜 관리실로 돌아갔다. 일꾼들도 장비를 치우고, 모자를 툭툭 털더니 역시 그 자리를 떠났다.

팀은 현금 오십 페니히와 기이한 계약서를 들고 아버지 묘지 앞에 홀로 서서, 살아 있는 사람에게 들려주고 싶은 모든 이야기를 죽은 아버지에게 다 털어놓았다.

마침내 이야기를 끝낸 팀은 묘비를 한 번 더 잘 살펴보았다. 팀은 묘비가 아주 좋은 것임을 확인하고는 말했다.

"내가 웃을 수 있거든 다시 올게요. 곧 돌아올 거예요!"

팀은 잠시 말을 쉬었다가 다시 덧붙였다.

"꼭 그렇게 될 거예요!"

관리실에서 팀은 심술이 난 묘지기한테서 초콜릿을 받았다. 그러고는 마지막 남은 돈으로 차표를 샀다. 어디로 가야 할지 막막했다. 팀이 아는 건, 이제 체크무늬 신사를 찾아 자기가 판 웃음을 되찾아야 한다는 것뿐이었다.

9장 웃음을 찾아서

전차 안은 거의 텅 비다시피 했다. 승객이라곤 팀 말고 통통한 얼굴을 한 중년 신사 한 사람뿐이었다.

중년 신사가 팀에게 어디로 가는지 물었다.

"역으로요."

"그렇다면 갈아타야 할걸. 이 전차는 역으로 가지 않는단다. 나도 그리로 가는 길이라 내가 잘 알지.”

모자를 무릎 위에 올려놓은 팀은 손가락 끝에서 계약서 종이가 바스락거리는 걸 느끼고 있었다.

갑자기, 가능하면 말도 안 되는 내기를 해 보자는 생각이 들었다. 어쩌면 그렇게 하면 내기에 지고 웃음을 되찾을 수 있을지도 모르니 말이다.

그래서 팀이 말했다.

“아저씨, 이 전차가 역으로 가는지 안 가는지 내기하실래요?”

그 신사는 웃으면서 뚱뚱한 묘지기와 똑같은 말을 했다.

“그런 내기라면, 넌 내기를 시작하기도 전에 진 거란다.”

그리고 덧붙여 말했다.

“지금 우린 9번 전차를 타고 있어. 9번 전차는 한 번도 역으로 간 적이 없단 말이다.”

“그래도 아저씨랑 내기할래요.”

팀은 그 신사가 의아하게 생각할 정도로 자신 있게 말했다.

“얘야, 넌 네가 하는 일에 흔들림이 없는 아이로구나. 그래 뭘 걸고 내기를 할 거니?”

“함부르크행 기차표를 걸겠어요.”

팀은 얼른 말했다. 이런 갑작스러운 생각에 누구보다 팀 자신이 가장 많이 놀랐다.(어쨌든 그 생각만큼은 확실한 거였다. 팀은 오래 전부터 바다로 가서 배를 탈 계획이었기 때문이다.)

"너 함부르크로 갈 거니?"

팀은 고개를 끄덕였다.

사람 좋아 보이는 통통한 얼굴이 빙그레 미소를 지었다.

"그렇다면 얘야, 넌 내기를 하지 않아도 되겠구나. 나도 함부르크로 가는데 한 객실을 전부 다 쓰거든. 나랑 같이 가기로 했던 사람이 사정이 생겨 못 가게 됐어. 그러니 네가 그 자리에 앉아도 돼."

팀은 진지하게 말했다.

"그래도 아저씨랑 내기하고 싶어요."

"좋아! 그렇다면 내기를 하자꾸나. 하지만 미리 경고하는데 넌 질 거다! 근데 네 이름이 뭐니?"

"팀 탈러요."

"예쁜 이름이구나. 돈이 많은 것처럼 들리는구나.(팀의 성 탈러 Thaler 는 독일의 옛날 은화인 탈러 Taler와 소리가 같다.—옮긴이) 난 리케르트라고 한다."

두 사람은 악수를 나누었다. 그렇게 해서 서로 인사를 나누고 내기를 하게 되었다.

차장이 표 검사를 하러 돌아다니자, 리케르트 씨가 물었다.

"이 차 역으로 갑니까?"

차장이 막 대답을 하려고 할 때, 갑자기 전차가 멈춰 서는 바람에 팀이 리케르트 씨한테로 미끄러졌다.

차장은 무슨 일인가 하고 서둘러 플랫폼 앞으로 갔다. 마침 어깨에 두꺼운 은색 장식끈을 한 직원이 그리로 나왔고, 두 사람은 목청 높여 뭐라 이야기를 나누었다.

곧 차로 돌아온 차장은 리케르트 씨에게로 왔다.

"손님, 우리 노선의 전선이 고장나서 오늘만 예외로 역으로 갈 겁니다. 하지만 보통 이 전차는 그쪽으로 가지 않죠."

차장은 모자 챙을 손가락으로 툭 치더니 다시 앞으로 갔다.

리케르트 씨가 웃으면서 말했다.

"이럴 수가, 팀 탈러 군! 이거야말로 한 방에 결판이 난 내기구먼! 전선이 망가진 걸 미리 알고 있었지. 그렇지?"

팀은 서글픈 표정으로 고개를 저었다.

'내기에 졌으면 했는데.'

아무튼 마악 씨는 사람들이 비범하다고 할 만한 능력을 사용하는 게 분명했다.

역에 닿자 리케르트 씨는 팀에게 짐이 없냐고 물었다.

팀은 아주 애매하게, 너무나 아이답지 않게 대답했다.

"필요한 건 전부 갖고 있죠. 신분증은 잠바 안에 있고요."

팀은 정말로 신분증을 갖고 있었다. 열네 살이 되자, 팀은 새엄마에게 떼를 써서 신분증을 만들었다. 경마장 창구에서 신분증을 보여야 할지도 모른다고 새엄마를 설득했던 것이다. 새엄마를 이해시키는 데에 그 이상의 말은 없었다. 왜냐하면 그 당시 팀은 다시는 경마장에 가지 않겠노라고 선언했기 때문이다.

그 신분증이 팀에게 얼마나 도움이 되는지 몰랐다. 함부르크로 기차를 타고 가니 말이다.

리케르트 씨는 일등칸 객실을 썼다. 객실문의 작은 팻말에 그의 이름이 씌어 있었다. 크리스티안 리케르트, 선박회사 대표.

그런데 그 아래에 이름이 하나 더 있었다. 그 이름을 읽자 팀의 얼굴이 창백해졌다. 거기에는 분명히 '루이스 마악 남작'이라고 적혀 있었기 때문이다.

두 사람이 객실로 들어가 자리를 잡고 앉자, 리케르트 씨가 물었다.

"괜찮니, 팀? 갑자기 얼굴이 창백해졌네."

"가끔 그래요."

팀은 그렇게 대답했다. 그건 사실 어느 정도는 진실에 가까운 말이기도 했다. 세상에 가끔 창백해지지 않는 사람이 어디 있겠는가?

기차는 엘베 강을 따라 한참을 달렸다. 리케르트 씨는 강과 강가 풍경을 보며 즐거움을 감추지 못했다. 하지만 팀에게는 바깥 풍경이 하나도 눈에 들어오지 않았다.

퉁퉁한 얼굴을 한 리케르트 씨의 친절한 눈이 힐끗힐끗 팀을 살피다가는 매번 다시 눈길을 돌려 강가의 경치를 바라보았다.

팀의 굳은 얼굴을 이상히 여긴 리케르트 씨는 선원 생활의 진기한 이야기로 팀의 기분을 풀어 주려 했지만, 곧 팀의 마음이 딴 데 가 있어서 제대로 듣지 않는다는 걸 눈치 챘다.

그러다 리케르트 씨가 팀의 자리에 오기로 되어 있던 마악 남작 이야기를 꺼내자, 팀은 퍼뜩 정신이 들어 잔뜩 관심을 보이기 시작했다. 팀이 물었다.

"그 남작은 분명 부자겠지요?"

"엄청난 부자지. 세계 어디나 그 사람 회사가 있어. 내가 대표로 있는 함부르크 선박회사도 그 사람 거야."

"남작이 함부르크에 사나요?"

리케르트 씨는 '내가 어떻게 알겠어?'라고 말하듯 아리송한 손짓을 했다.

"어디에나 산다고 할 수도 있고, 어디에도 살고 있지 않다고 할 수도 있어. 오늘은 함부르크, 내일은 리우데자네이루, 모레는 어쩌면 홍콩일지도 모르지. 다만 내가 알기로, 그 사람이 주로 머무르는 곳은 메소포타미아에 있는 성이야."

"그 사람을 잘 아시나 보죠?"

"그 사람을 잘 아는 사람은 아무도 없단다. 그 사람은 카멜레온처럼 자신을 바꾸지. 예를 들면, 그 사람은 오랫동안 꽉 다문 입과 찢어진 눈을 하고 있었어. 눈 색깔은 푸른 물빛이었고 말이야. 그런데 어제 그 사람을 만났을 때는 따뜻한 갈색 눈을 하고 있는 거야. 거기에다 길거리인데도 평소에 쓰던 선글라스도 쓰고 있지 않았어. 더더욱 이상한 건, 전에는 한 번도 그 사람이 웃는 걸 보지 못했는데, 어제는 어린 소년처럼 웃는 거야. 그리고 입술을 꼭 다무는 게 평소 습관이었는데 어제는 그러지도 않았단 말이야."

팀은 재빨리 창문 쪽으로 얼굴을 돌렸다. 자기도 모르게 입술을 꽉 다물었던 것이다.

리케르트 씨는 자기 이야기가 팀을 당혹스럽게 했다는 걸 눈치 채고 화제를 바꿨다.

"근데 함부르크에서는 무슨 일을 하려는 거니?"

"배에서 웨이터 일을 배울까 하고요."

팀은 갑작스러운 결정에 또 한 번 스스로 놀랐다. 그렇지만 결심은 분명했다. 배를 타고 바다에 나가려면 무슨 일이든 시작해야 하지 않겠는가.

맞은편에 앉은 퉁퉁한 얼굴이 환하게 웃었다. 팀을 도와줄 수 있는 게 분명했다.

"팀, 넌 정말 항상 운이 좋구나! 네가 역으로 가려고 하면, 전차가 너 때문에 일부러 역으로 가고. 네가 일자리를 찾으면, 네게 일자리를 줄 사람이 삽시간에 나타나고 말이야."

거의 축하하는 분위기였다.

"저에게 웨이터 일자리를 주실 거예요?"

"배의 웨이터를 스튜어드라고 한단다."

리케르트 씨가 팀의 말을 바로 고쳐 주고 나서 덧붙였다.

"아마도 넌 견습생으로 일을 배우게 될 거다. 그것보다 중요한 건 네 부모님이 동의하셨느냐는 거지."

팀은 잠시 생각하고는 말했다.

"전 고아예요."

새엄마가 있다는 말은 하지 않았다. 새엄마가 팀이 배를 타는 걸 동의할 리 없었다. 더욱이 지난 일은 별로 생각하고 싶지 않았다. 그 대신 팀은 다른 일을 골똘히 생각하고 있었다.

'리케르트 씨를 우연히 만난 게 정말 행운일까? 아니면 대리석 묘비나 전차와 같이 이번에도 체크무늬 신사가 조종을 한 걸까?'

팀은 웃음과 함께 한 가지를 더 잃어버렸다. 세상과 사람에 대한 믿음과 천진함, 팀은 그것도 함께 잃어버렸던 거다.

리케르트 씨가 뭘 물으면 팀은 우선 그 말이 무슨 뜻으로 하는 말인가 하고 정신을 똑바로 차렸다. 그러면 머릿속에서 오만 가지 생각들이 몰려왔다.

"내가 널 좀 돌봐 줘도 될까 하고 물었는데, 무슨 생각을 그렇게 골똘히 하니? 아니면 내가 네 맘에 들지 않는 거니?"

팀은 얼른 대답했다.

"아, 아니에요! 아주 맘에 드는걸요!"

그 말은 진정이었다. 리케르트 씨가 체크무늬 신사의─팀 생각으로는 체크무늬 신사가 부유한 마악 남작인 것 같았다─직원이긴 하지만, 같은 패거리는 아닐 거라는 확신이 들었다.

팀은 다시 천진한 아이로, 그러니까 열네 살짜리의 보통 사내아이로 돌아왔다.

리케르트 씨가 솔직하게 물었다.

"대체 어떻게 된 거냐? 오늘 넌 웃을 일이 아주 많았는데도 도통

웃질 않으니 말이야. 뭐 안 좋은 일이라도 있었니?"

지금 심정으로 말하자면, 팀은 연극에 나온 사람들처럼 리케르트 씨의 목에 매달리고 싶었다. 단지 다른 게 있다면 이건 연극이 아니라는 것이고, 팀이 모든 것을 털어놓을 수 있는 사람을 절실하게 소망한다는 거였다.

그 소망을 억누르기가 무척이나 힘들고, 또 의지할 데 없는 절망적인 처지에 대한 설움이 북받쳐, 팀의 눈에서는 굵은 눈물이 방울방울 흘러내렸다.

리케르트 씨는 팀 옆에 앉아 애써 아무 일 아니라는 듯 말했다.

"자, 울지 말고! 무슨 일인지 말해 보렴!"

"그럴 수가 없어요!"

팀이 소리쳤다. 그러고는 그냥 리케르트 씨에게 기대어 눈물만 줄줄 흘렸다. 그러다 온몸을 들썩이며 흐느꼈다.

키 작고 퉁퉁한 리케르트 씨는 팀의 손을 잡았다. 그리고 팀이 지쳐 잠들 때까지 그 손을 놓지 않았다.

10장 인형극

팀은 함부르크와 제노바를 오가는 화물 여객선 '돌고래'에서 일하게 되었다.

배가 출발하기까지는 삼 일간의 시간이 있었다. 그래서 리케르트 씨는 팀을 자기 집에 묵게 했다. 리케르트 씨 집은, 엄밀히 말해 집이라기보다는 고급 별장에 더 가까웠다.

격조 높은 엘프 가에 있는 그 집은 여름 하늘의 구름처럼 하얀 색이었다. 앞쪽으로는 세 기둥이 받치고 있는 둥근 발코니가 나 있고 발코니 아래에는 작은 옥외 계단이 있었다. 계단 양편으로는 사자두 마리가 떡 버티고 서서 부드럽게 바라보고 있었다.

팀은 마음을 졸이며 이 밝고 기분 좋은 집을 바라보았다. 팀이 웃을 수 있는 뒷골목의 아이였더라면 분명히 이 집은 동화에 나오는 행복한 왕자의 집처럼 보였을 것이다. 하지만 웃음을 판 사람은 행복해질 수 없는 법이다.

팀은 심각하고 슬픈 얼굴로, 부드러운 사자들 사이를 지나 집으로 들어갔다.

리케르트 씨는 어머니와 함께 살았다. 포동포동한 이 할머니는 하얀 곱슬머리에 소녀 같은 목소리를 하고서는 아이처럼 곧잘 웃었다.

할머니가 안타까운 듯 팀에게 말했다.

"넌 항상 슬퍼 보이는구나, 얘야. 네 나이 때는 그러면 안 되지. 삶은 나중에 심각해져도 늦지 않지. 그렇지 않니, 얘야?"

리케르트 씨는 어머니의 말에 고개를 끄덕이더니, 어머니를 한쪽으로 모시고 갔다. 그리고 팀에게 뭔가 끔찍한 일이 있었던 것 같다고, 제발 아이 마음에 상처를 주지 않게 조심스럽게 대해 달라고 말씀드렸다.

할머니는 아들이 하는 말을 잘 이해하지 못했다. 할머니는 어릴 때부터 부유하고 인자한 부모 밑에서 명랑하게 자라나, 남부럽지 않은 결혼을 하여 행복하게 살았고, 그리고 지금은 넉넉한 환경 속에서 마음 편하게 늙어 가고 있는 것이다. 대도시 뒷골목에 대해서는 다만 가슴 아픈 사연들로만 알고 있었고, 그런 이야기를 들으면 슬피 울었다. 싸움이나 질투, 음험함 따위는 생각지도 않을 뿐더러, 실제로 그런 것들을 보지 않고 살 수 있었다. 그래서 평생 동안 아이 같은 마음을 지닐 수 있었다.

아들과 이야기를 한 후 할머니가 말했다.

"애야, 이렇게 하면 어떨까? 내가 그 애를 데리고 외출을 좀 해 보마. 난 꼭 그 애를 웃게 하고 말 거야. 두고 보렴."

리케르트 씨가 말했다.

"하지만 걔한테 상처를 주지 않도록 조심하세요, 어머니."

할머니는 그러마 하고 약속했다.

팀은 여든 살 난 사랑스러운 아이 같은 할머니를 무척 좋아했기 때문에, 그만큼 더 할머니와 함께 나가는 게 힘들었다. 할머니의 부드럽고 조그만 손이 자기 손을 잡을 때면, 마주 쳐다보며 눈짓을 하고 웃고 싶은 마음이 절로 생겨났다. 마음 같아선 누나한테 하는 것처럼 어리광을 부리며 장난치고 싶었다.

하지만 팀의 웃음은 너무나 멀리 떠나 버렸다. 이 세상 어디에선가, 기이한 부자 남작이 그 웃음을 달고 돌아다닐 터였다.

팀은 그제야 자신의 가장 소중한 것을 팔아 버렸음을 절실하게 깨달았다.

그러던 화요일 날, 할머니에게 기발한 생각이 떠올랐다. 신문에서 한 인형극단이 '달라붙는 백조'라는 동화를 공연한다는 기사를 읽고 떠올린 생각이었다. 그 동화는 할머니도 잘 아는 이야기였다. 그래서 그 인형극을 보기로 결심했다. 그것도 웃을 수 없는 아이와 함께 보기로.

할머니는 그것을 정말 '멋진 생각'이라고 여겼지만, 일단은 아무한테도 말하지 않았다. 다만 아침 내내 혼자서 킥킥대다가, 오후가 되어서야 아들과 팀을 공연에 초대했다. 할머니가 말하는 건 거역하는 법이 없는 두 사람은 할머니를 따라 나섰다.

공연장은 집에서 그리 멀지 않은 함부르크의 교외, 외벨괸네에 있었다. 엘베 강과 높은 강가 언덕이 넓게 펼쳐진 그곳에는 정원이 딸린 깨끗하고 자그마한 집들이 쭉 늘어서 있었다. 그곳 한 식당의 뒤쪽 방에 인형극장이 있었다.

작은 홀은 아이들로 가득 차 있었다. 어른이라곤 중간중간에 앉아 있는, 아빠, 엄마로 보이는 몇몇 사람들뿐이었다.

할머니는 두 번째 줄에 좌석 세 개가 비어 있는 걸 보고는 따라오라는 손짓을 한 뒤 웃으면서 비집고 들어갔다. 리케르트 씨와 팀도 할머니의 뒤를 따랐다. 모두 자리에 앉자, 홀 안이 어두워지더니 무대의 붉은 막이 올랐다.

연극은 왕과 떠돌이 사이의 시적인 대화로 시작되었다. 두 사람은 보름달이 뜬 날 밤 들판에서 우연히 만났다. 왕의 얼굴은 창백하고 근엄했다. 반대로 떠돌이는 뺨이 불그스레하고 입에는 늘 미소를 머금고 있는 모습이 달빛 아래에서도 보였다. 무대에 선 두 사람이 대화를 나누기 시작했다.

> 왕: 착한 사람이여, 성에서 내 들었느니,
> 웃을 수 없는 공주에 대해 들었느니.
> 진지한 남자로서 나도 웃음을 거부하네.
> 그래서 공주를 내 아내로 삼고 싶다네.
> 하지만 난 공주가 사는 곳을 모른다네.
> 나한테 말해 줄 수 있겠나. 후사하겠네!

> 떠돌이: 왕이시여, 제가 성으로 모실 수 있지요.
> 저 역시 공주에게로 가는 길이지요.
> 하지만 진지하게 말씀드리자면, 희망을 갖진 마세요.
> 제가 가면 공주는 웃을 테니까요!

> 왕: 떠돌이여, 자네는 헛수고를 하고 있네.
> 공주는 웃지 않을 걸세! 이유야 이런 거지.
> 모든 것이 결국은 사라진다는 걸 아는 사람이라면
> 씁쓸하게도 결국 같은 결론에 이르지.
> 세상은 반짝이는 구슬처럼 보이지만,

언젠가는 터지고 마는 비눗방울 같은 것.

그런 생각을 하는 세상 사람들이라면 웃을 게 아니라,

진지하고 엄숙하게 품위를 지켜야 하지 않을까?

떠돌이: 왕이시여, 당신은 똑똑한 분인 것 같군요.

하지만 잘못 생각하고 계시군요.

죽음을 향해 사는 사람은 속고 있는 거지요.

왕이시여, 삶은 현재이니까요.

유리잔은 깨지기 위해 만들어진 게 아니지요.

포도주로 빛나기 위해 만들어진 거지요.

언젠가는 깨질 거란 걸 알지만

유리잔은 유리잔. 그것으로 족하지요!

왕: 언젠가 산산조각 날 걸 안다면

어떻게 유리잔이 지금 빛난다고 기뻐할 수 있을까?

떠돌이: 영원히 빛나는 게 아니란 걸 알기 때문에,

바로 그렇기 때문에 기쁜 거지요.

왕: 떠돌이 양반, 내 말을 못 알아듣는구려.

같이 공주에게 가세.

가서 웃어 보게나. 공주가 같이 웃으면

내 왕의 자리를 내놓겠네!

떠돌이: 왕이시여, 내기를 하신 겁니다!

하지만 제 말씀을 믿으세요.

웃음이 있기에 인간은 동물과 다른 거지요.

웃어야 할 때에 웃을 수 있어야 사람인 거지요.

막이 내리고 홀 안이 다시 깜깜해졌다. 닫힌 막 사이로 희미한 빛 줄기가 흘러나올 따름이었다. 짧은 서곡을 이해하지 못한 대부분의 아이들은 웅성거리고 귓속말을 하며 진짜 연극이 시작되기를 초조하게 기다렸다.

두 번째 줄에 앉은 세 사람은 각자 자리에 조용히 앉아 서로 다른 생각을 하고 있었다. 할머니는 자신이 떠돌이와 같은 의견이라는 데에 화가 났다. 할머니는 떠돌이를 하찮게 여기고 있었던 것이다.(비록 거지들에게 많은 돈을 나눠 주긴 하지만.) 마음 같아선, 왕이 너무나 근엄하고 멋있게 보여서 그의 말을 옳다고 하고 싶었다.

할머니 왼쪽에 앉은 리케르트 씨는 어두침침한 가운데서도 팀의 얼굴을 보려고 했다. 하지만 가느다란 불빛만이 왕의 얼굴처럼 창백한 팀의 이마를 비출 따름이었다. 인형극을 보자는 어머니의 생각이 그리 좋은 생각이 아닌 건 아닐까 슬슬 걱정이 되기 시작했다. 왜냐하면 그 전날 팀이 우는 걸 보았기 때문이다.

팀은 오로지 한 가지 생각에만 몰두하고 있었다.

'제발 지금 나한테 아무도 말 걸지 말기를!'

팀은 누가 목을 죄기라도 하는 듯 숨이 막히고 답답했다. 몇 번이고 서막의 마지막 말을 되씹었다.

'웃음이 있기에 인간은 동물과 다른 거지요. 웃어야 할 때에 웃을 수 있어야 사람인 거지요…… 웃을 수 있어야…… 웃을 수…….'

그때 다시 막이 올랐다. 너무나 창백하고 심각한 얼굴을 한 공주가 성의 창문으로 내다보자 모든 시선이 그리로 쏠렸다. 팀의 생각도 점점 그곳으로 모아졌다.

창 아래에 있는 성의 정원에 아버지 왕이 나타났다. 공주는 아버지를 보자 소리 죽여 재빨리 창문에서 물러났다. 부왕은 우물가에 털썩 주저앉아, 물과 꽃에게 자신의 고통을 하소연했다. 부왕은 딸을 웃게 하기 위해 세상의 모든 재미있는 농담과 우스갯소리를 해 보았지만 아무 소용이 없었다고 했다.

부왕은 한숨을 내쉬며 자리에서 일어났고, 홀 안의 아이들은 숨을 죽였다.

부왕은 성의 정원을 이리저리 거닐며 자신과 공주에 대해 탄식을 하다 갑자기 뚝 멈춰 서서 외쳤다.

"공주를 웃게 만드는 사람이 있다면 얼마나 좋을까! 그럼 당장 공주와 결혼을 시키고 나라의 반을 줄 테야!"

그 순간, 떠돌이가 슬픈 얼굴을 한 낯선 왕과 함께 성의 정원으로 꺾어 들어왔다. 부왕의 절망적인 외침을 들은 떠돌이는 곧바로 소리쳤다.

"폐하, 약속을 지키셔야 합니다! 제가 공주를 웃기면 공주를 제 아내로 주십시오. 하지만 나라의 반은 그냥 두십시오. 여기 함께 온 이분이 저에게 나라를 통째로 주실 겁니다."

부왕은 우연히 자기의 외침을 들은 두 방랑자를 놀란 얼굴로 바라보았다. 창백한 낯선 왕이 붉은 뺨의 건강한 떠돌이보다 더 부왕의 맘에 들었다.(왕들이란 이런 일에서는 비슷한 취향을 갖는 법이다.) 그렇지만 부왕은 자기가 한 말을 지켜야 했다.

"낯선 이여, 만약 네가 공주를 웃길 수 있다면, 공주를 얻으리라!"

떠돌이는 부왕의 약속에 만족했다. 떠돌이는 두 왕을 남겨 두고 혼자서 어딘가로 달려갔다.

다시 막이 내리고 짧은 휴식 시간이 시작되었다. 어린 관객들에게 얘기는 점점 더 흥미를 더해 갔다. 과연 공주가 웃게 될까?

팀 탈러는 내심 공주가 웃지 않기를 바랐다. 이 짧은 연극에서 공주는 팀에게 누이동생처럼 여겨졌다. 자기와 손을 맞잡고 세상 천지가 다 웃더라도 둘만은 웃지 않고 끝까지 버텼으면 하고 바랐다. 하지만 대부분의 동화가 어떻게 끝을 맺는지 팀은 잘 알고 있었다. 팀은 공주가 웃게 될 그 순간을 마음 졸이며 기다렸다.

그리 오래 기다릴 필요도 없었다. 막이 오르자 공주는 다시 창가에 기대어 서 있고, 두 왕은 샘물가에 앉아 있었다. 무대 뒤에서 노랫소리와 웃음소리가 들려왔다. 그때 갑자기 떠돌이가 성의 정원으로 들어왔다. 떠돌이는 금줄을 한 백조를 데리고 있었다. 한 뚱뚱한 남자가 달라붙은 듯, 오른손을 백조의 꼬리털에 대고 있었다. 왼손은 빼빼 마른 난쟁이를 이끌고, 난쟁이는 다시 늙은 여자를, 늙은 여자는 소년을, 소년은 소녀를, 소녀는 개를 한 마리 끌고 왔다. 모두가 마법에 걸려 서로서로 달라붙은 것처럼 보였다. 보이지 않는 깃털에 의해 움직이듯, 이리저리 모두가 깡충거리고 펄쩍펄쩍 뛰었다. 그러면서 성의 정원이 울릴 정도로 크게 웃었다.

공주는 그제야, 더 잘 보려는듯 창문 밖으로 몸을 내밀었다. 눈을 휘둥그레 뜨긴 했지만, 여전히 진지한 얼굴이었다.

'웃지 마, 누이야! 온 세상이 다 웃어도 우리 둘만은 웃지 말자!'

팀은 속으로 공주에게 간절히 부탁했다.

하지만 소용없는 일이었다. 슬픈 얼굴을 한 낯선 왕이 행렬의 끝에 있는 개를 쓰다듬자 갑자기 한 손이 개 꼬리에 달라붙어 떨어지지 않았다. 낯선 왕은 놀란 나머지 다른 손으로 다른 왕, 그러니까 공주 아버지의 오른손을 잡고 말았다. 그러자 두 왕도 단단히 달라붙어 기이한 행렬의 끝에 서게 되었다. 움찔움찔하는 모습으로 봐서는 모두 이 이상한 마법에서 풀려나길 바라는 것 같았지만 그렇게는 되지 않았다. 그들 모두가 이 괴상한 상황에서 빠져나오지 못했다. 그들은 오히려 이 어처구니 없는 상황에 재미를 느끼는 것처럼 보이기도 했다.

발이 서투르게 춤을 추는가 하면, 입가가 씰룩거리고, 갑자기 어설프고 우스꽝스럽게 폴짝폴짝 뛰더니 숨이 차게 웃기 시작했다.

바로 그 순간, 창문에서 공주가 웃음을 터뜨렸다. 곧 음악이 울려 퍼지고 모두가 춤을 추며 즐겁게 뛰고 웃었다. 홀 안의 아이들도 덩달아 웃고, 즐거운 나머지 발을 굴렀다.

가엾은 팀만 요란한 웃음의 바다 한가운데에 외로운 돌멩이처럼 앉아 있었다. 옆에 앉은 할머니는 너무 우스워서 눈물이 다 날 정도였다. 그래서 두 손으로 얼굴을 감싸 쥐고 허리를 꼬부리고 웃었다.

그 순간 팀은 웃는 행동과 우는 행동이 얼마나 많이 닮았는지를 처음으로 깨달았다. 그리고 팀은 아주 끔찍한 행동을 했다. 마치 웃는 것처럼, 얼굴을 손으로 가리면서 몸을 숙였던 것이다.

팀은 몸을 숙이고 울었다. 울면서 중얼거렸다.

"누이 공주야, 왜 웃었어? 왜? 왜 웃었어?"

막이 내리고 불이 들어오자, 할머니는 지갑에서 손수건을 꺼내 손수건 끝으로 눈물을 찍어 내고는 팀에게도 그것을 건네주었다.

"자, 팀, 눈물을 닦으렴. 너도 웃느라 눈물을 흘렸구나. 이런 공연을 보면 네가 웃을 줄 알았어!"

할머니는 보란 듯이 아들을 쳐다보았다.

리케르트 씨는 공손하게 말했다.

"네, 어머니. 정말 좋은 생각이셨어요."

하지만 그렇게 말하는 리케르트 씨의 얼굴은 슬퍼 보였다. 리케르트 씨는 팀이 절망과 호의로 어머니를 속였다는 걸 알고 있었다. 팀도 리케르트 씨가 자신의 마음을 꿰뚫어 본 걸 느꼈다.

경마장에서 저 운명적인 날이 있은 이래 처음으로 팀의 마음 속에서 남작에 대한 분노가 이글이글 타올랐다. 팀은 분노를 삼키고, 팔아 버린 웃음을 기필코 되찾겠다고 더욱 결심을 굳게 다졌다. 어떤 대가를 치르더라도!

여기서 둘째 날의 이야기가 끝나고,
나는 그것을 적어 두기 위해 호텔로 돌아갔다.

셋째 날,

팀 탈러가 배를 타고 바다로 나간 이야기,

배에서 아는 사람을 만난 이야기,

이 사람이 남작과 나누는 이야기를 엿듣고

피가 거꾸로 솟은 이야기, 배의 선원과

터무니없는 내기를 한 이야기, 그 내기에

이겨서 인생이 완전히 바뀐 이야기를 듣다.

셋째 날, 팀 아저씨와 내가 일을 마치고 교정실에서
만났을 때는 바람이 많이 불었다. 그렇게 외딴 방에까지
바람 소리가 들리자, 팀 아저씨가 말했다.
"이렇게 바람까지 부니 오늘 이야기에 딱 맞는 날씨인걸."
"어서 다음 이야기 해 주세요."
내가 재촉하자 곧 아저씨가 이야기를 시작했다.

11장 남작과의 재회

인형극장에서의 일이 있고 난 이튿날, 팀은 함부르크에서 제노바로 출발하는 게 오히려 기뻤다.

할머니는 하얀 저택의 계단에 서서 팀에게 손을 흔들었고, 팀도 할머니가 더 이상 보이지 않을 때까지 하염없이 손을 흔들었다.

리케르트 씨는 손수 팀을 배까지 배웅해 주었다. 그 전에 리케르트 씨는 팀에게 옷과 구두, 손목시계와 신제품으로 나온 선원용 가방을 사 주었다. 그리고 부두에서 팀에게 손을 내밀며 말했다.

"꿋꿋해야 한다! 삼 주 후에 돌아오면 세상이 달라 보일 거야. 그럼 넌 분명 다시 웃을 거야. 약속할 수 있지?"

팀은 그 말을 듣고 잠시 머뭇거리다가 말을 했다.

"다시 찾아올 때면 난 다시 웃을 거예요. 약속해요!"

팀은 목이 메어, 고맙다는 말을 겨우 하고, 서둘러 배로 연결된 널빤지를 지나 갑판으로 갔다.

선장은 술을 좋아했으며 성격은 털털했으나 좀 무뚝뚝한 사람이었다. 팀이 자신을 소개하자, 보는 둥 마는 둥 퉁명스럽게 말했다.

"스튜어드에게 가 봐. 그 친구도 새로 왔어. 두 사람이 같은 선실을 쓰게 될 거야."

태어나서 처음으로 배에 오른 팀은 스튜어드를 찾느라 철제 계단과 좁은 복도, 갑판 앞쪽과 뒤쪽을 오가며 우왕좌왕했다. 이 배의 선원들은 마도로스 제복을 입고 있지 않았다. 다만 직원들이 입은 작업복으로 직원과 수많은 승객을 구분할 수 있을 따름이었다. 그래서 팀은 누구에게로 가야 할지 도통 알 수가 없었다.

길을 잃고 헤매던 팀은 중간 갑판의 열린 문으로 들어가 일종의 대기실 같은 곳으로 갔다. 그 방 중간에는 반짝반짝 래커 칠이 된 둥근 계단이 아래로 나 있었다. 계단에는 난간이 달려 있고, 양탄자가 깔려 있었다. 아래로부터 구운 생선 냄새가 위로 올라오자 팀은 아마 계단 아래쪽이 자기가 일할 곳인가 보다 하고 짐작했다.

계단 끝 바로 오른쪽은 음식 냄새가 진동하는 주방이었다. 열린 날개문 바로 뒤에는 잘 꾸며진 식당이 있었다. 거기에는 식탁과 의자가 나사로 바닥에 고정되어 있었다.

흰색 웃옷을 입은 한 남자가 마침 탁자보를 덮고 있었다. 그런데 몸집으로 보나 곱슬한 갈색 머리카락에 둥근 머리 모양을 보나 누구라 딱히 말할 수는 없지만, 왠지 눈에 익은 모습이었다.

팀이 식당 안으로 들어가자 하얀 옷을 입은 그 남자가 몸을 돌리더니 놀라지도 않고 태연하게 말했다.

"너 왔구나!"

하지만 팀은 깜짝 놀랐다. 그 사람은 팀이 아는 사람이었다! 이상하게도, 심지어 이름까지 기억이 났다. 그 사람은 크레쉬미르였다. 경마장에서 당혹스러운 질문 끝에 "어쩌면 내가 널 도울 수 있을지도 몰라." 하고 덧붙였던 사람이었다. 찢어진 눈에 푸른 물빛을 한 그 사람의 눈동자는 바로 팀이 찾고 있는 마악 남작의 눈을 생각나게 했다.

크레쉬미르는 팀이 가만히 생각에 잠길 틈을 주지 않고 바로 같이 사용할 선실로 안내했다. 그는 팀의 가방을 침대에다 던지고는 자기 옷과 같은 체크무늬 바지와 하얀색 웃옷을 건넸다.

새 제복은 팀에게 그런대로 어울렸다.

"넌 타고난 스튜어드 같구나."

크레쉬미르가 웃었다. 하지만 팀의 굳은 얼굴을 보더니 곧 웃음을 거두었다. 생각에 잠긴 얼굴로 팀을 살펴보더니, 혼잣말처럼 중얼거렸다.

"어떤 거래를 했는지 알고 싶군."

그러고는 기분 나쁜 생각을 쫓으려는 듯, 기지개를 펴고 하얀 웃옷의 매무새를 살짝 고치더니 무뚝뚝하게 말했다.

"일하러 가자! 주방에 있는 엔리코한테 가서 감자 껍질 깎는 걸 도와줘. 필요하면 널 부를게. 빨랑빨랑!"

팀은 저녁까지 주방에서 감자 껍질을 까야 했다. 주방장인 엔리코는 제노바 출신의 늙은이로 선장과 마찬가지로 별로 까다롭지 않았다. 배라는 좁은 세계에서 선장은 주인이자 명령자일 뿐만 아니라, 모든 것에 대한 척도가 된다. 선장이 엄하고 부지런하면, 선원들도 그렇게 된다. 선장이 팀이 탄 '돌고래'의 선장처럼 털털한 사람이면, 누구나, 엔리코와 같은 주방장까지도 털털하게 마련이다.

이 엔리코란 사람은 잠시도 쉬지 않고 팀에게 독일어와 이탈리아어를 섞어 가며 재미난 이야기를 들려주었다. 팀이 한 번도 웃지 않자, 엔리코는 팀이 자기가 하는 말을 이해하지 못한 거라고 여겼다. 그래도 주방장은 제 흥에 겨워 계속해서 이야기를 들려주었다. 팀이 감자를 너무 두껍게 깎는다는 것도 모르는 눈치였다.

오후 늦게, 배가 드디어 함부르크 항구를 출발하자, 팀은 크레쉬미르를 도와야 했다. 그런데 크레쉬미르의 푸른 물빛 눈이 늘 자신을 지켜보고 있다는 걸 눈치 채고, 팀은 당황하기 시작했다. 너무 마음을 졸이다 몇 가지 일을 뒤바꿔 하기도 했다. 어느 미국 여자에게는 위스키 대신에 레몬주스를, 한 스코틀랜드 남자에게는 계란과 햄 대신에 호두 케이크 두 조각을 가져다주었다.

크레쉬미르는 한마디 꾸중도 하지 않고 이 뒤바뀐 일들을 제대로 돌려 놓았다. 그뿐만 아니라 팀에게 새로운 일에 대한 요령을 가르쳐 주기도 했다.

"항상 왼편에서 서비스를 해라. 오른손으로 서비스를 할 때는 왼손은 등 뒤로 하고. 포크는 왼편에, 칼은 오른편에. 칼날은 접시쪽으로 향하게."

저녁을 먹은 후, 팀은 저녁 설거지를 돕기 위해 다시 주방으로 가야 했다. 팀은 설거지를 하면서도 머릿속에 수백 가지 '왜?'가 떠올라 무척이나 산만하고 조급했다. 왜 마악 남작은 팀이 리케르트 씨와 같이 함부르크로 온 그 기차 객실을 이용하지 않은 걸까? 왜 크레쉬미르는 팀이 견습 선원으로 일하는 이 배의 스튜어드가 되었나? 왜 리케르트 씨는 하필이면 팀을 이 배로 데려다주었나? 왜? 왜? 왜?

그런데 팀의 생각 속으로 울려 오는 진짜 '왜?'라는 말소리가 있었다. 어떤 남자 목소리가 물었다.

"왜 당신이 이 배에 있는 거요?"

다른 누군가가 대답했다.

"왜 내가 여기 있으면 안 되나요?"

그건 크레쉬미르의 목소리였다.

첫 번째 목소리가 명령조로 말했다.

"갑판으로 갑시다!"

뒤 갑판으로 나 있는 작은 철제 사다리를 올라가는 발소리가 들렸다. 곧 발소리와 목소리가 멀어져 갔다. 하지만 팀의 기억 속에서 그 소리들은 점점 더 커져 갔다. 크레쉬미르와 말하던 그 목소리는 어디선가 들어 본 목소리였다.

그리고 — 막 수프 접시를 마른 행주로 닦던 참이었다 — 불현듯 그 목소리의 주인공이 누군지 떠올랐다.

그건 자기의 웃음을 산 남자, 바로 남작의 목소리였다.

수프 접시가 팀의 손에서 미끄러져 주방 바닥에서 쨍그랑 하고 깨졌다. 깜짝 놀란 주방장이 '아이고머니' 하면서 옆으로 달려왔다. 하지만 팀은 목소리를 쫓아 뒤 갑판으로 내달렸다.

갑판 위에는 아무도 보이지 않았다. 두 개의 등불이 갑판 위의 선실과 돛대를 펼친 작은 보트를 희미하게 비추었다. 그런데 어디선가 소곤대는 소리가 들렸다. 소리가 들리는 왼쪽을 돌아보자, 작은 보트 아래에서 뭔가 희미하게 움직이는 게 보였다. 발끝으로 살금살금 다가가 보니, 작은 보트 아래로 남자 바지와 다리 네 개가 보였다. 더 자세한 건 볼 수가 없었지만 두 남자의 목소리가 보트 뒤에서 들려오는 건 분명했다. 팀은 숨을 죽이고 한 걸음 한 걸음 작은 보트로 다가갔다. 갑판의 나무판에서 삐걱거리는 소리가 한 번 났지만 보트 뒤에 있는 두 사람은 눈치 채지 못한 것 같았다.

마침내 소곤대는 소리를 엿들을 수 있을 만큼 가까이 다가갔다.

남작의 목소리가 신경질적으로 말했다.

"……정말 우습기 짝이 없군요! 주식 판 돈을 벌써 다 써 버렸단 말로 날 속이려 드는 건 아니겠죠!"

크레쉬미르가 차분하게 답했다.

"당신이 주식을 준 뒤, 곧 주식 값이 확 떨어졌어요."

남작이 팀에게서 사 간 웃음을 터뜨렸다.

"그랬겠지요! 내가 주식 시장에다 몇 가지 영향력을 행사해 주식 값이 떨어졌지요. 그럼에도 불구하고 이십오만 마르크는 남았을 텐데요."

"남은 이십오만 마르크를 은행에다 넣었는데 곧 은행이 망하고 말았어요, 남작."

"저런, 운이 나빴군요!"

마악 남작이 다시 웃었다. 엿듣고 있던 팀은 온몸에 전율을 느꼈다. 당장 앞으로 뛰쳐나가고 싶은 마음이 간절했다.

하지만 팀은 참고 좀 더 귀를 기울이는 것이 낫겠다는 생각을 할 만큼 영리한 소년이었다.

"당신이 다시 일해야 한다손 칩시다. 그렇다 해도 하필이면 이 배에서, 그 애와 함께 일할 이유가 있나요?"

이번에는 크레쉬미르가 웃었다. 그러다 버럭 소리를 질렀다.

"남이야 어디서 일하든 당신이 무슨 상관이에요!"

마악 남작은 목소리를 죽이고 신경질적으로 말했다.

"목소리를 낮춰요!"

그러자 목소리를 낮춘 채로 크레쉬미르가 계속해서 말했다.

"난 당신에게 내 눈을 팔고 당신의 물고기 눈을 끼웠어요. 그 대가로 당신한테 백만 마르크어치의 주식을 받았지만, 내 주머니에는 돈한 푼 들어오지 않았어요. 당신은 나보다 더 교활했어요. 하나 남작, 이번에는 내가 더 교활할 거예요. 난 당신이 경마장에서 그 애와 같이 있는 걸 두 번이나 지켜봤어요. 나중에 난 그 애가 어떤 내기에서도 이기는 걸 확인했지요. 그리고 또 그 어린아이가 늙고 병들고 외로운 은퇴자처럼 어둡고 화난 얼굴이 된 것도 확인했고요."

크레쉬미르가 하는 말을 듣고 있자니, 목이 메어 왔다. 하지만 팀은 조용히 꿋꿋하게 버텼다.

계속해서 크레쉬미르의 얘기가 이어졌다.

"당신이 그 애와 무슨 거래를 했는지 내가 꼭 밝혀 내고 말겠소, 남작! 난 4년 전부터 그 애를 쭉 지켜보았고, 이 배에서 스튜어드가되기 위해 약간의 노력도 했어요. 이제는······."

남작의 목소리가 크레쉬미르의 말을 잘랐다.

"다시 백만 마르크를 주겠소. 그것도 현금으로 당신 손에 쥐어 주겠소."

크레쉬미르가 아주 신중하게 말했다.

"남작, 이번에는 내가 유리한 입장에 있어요. 당신은 내가 아는 사실에 대해 세 가지 방법으로 값을 치를 수 있어요. 내 눈을 돌려주든지, 백만 마르크를 주든지, 아니면 — 아마도 이게 괜찮은 방법 같은데 — 당신이 그 애와 무슨 계약을 했건 그 애를 계약에서 풀어 주는 거지요."

팀은 어둠 속에서 주먹으로 입을 눌렀다. 거칠게 숨을 내쉬다 들키지 않기 위해서였다.

잠시 조용했다. 곧 남작의 목소리가 다시 들려왔다.

"그 애와의 일은 당신이 상관할 바 아니오. 다만 당신의 옛날 눈 문제라면, 경우에 따라서는 난……."

크레쉬미르가 씩씩대며 중간에 말을 끊었다.

"그래요, 남작. 나한테는 나의 원래 눈이 중요해요. 천진하고, 바보 같고, 착해 보이는 옛날 내 커다란 눈이 온 세상의 부보다 훨씬 더 중요하단 말이오. 당신은 절대로 이해하지 못할 테지만."

남작의 목소리가 그렇다고 수긍했다.

"그래요. 난 정말 이해할 수 없군요. 그렇지만 경우에 따라서 난 거래를 물릴 수도 있지요. 이 손거울로 당신 얼굴을 봐요!"

쥐 죽은 듯 조용한 가운데 팀의 가슴만 요란하게 방망이질했다. 두 사람의 대화를 듣고 흥분한 나머지, 또 들키지 않으려고 꼼짝 않고 있느라 힘이 든 나머지, 팀은 온몸이 땀 범벅이 되었다.

마침내 크레쉬미르가 나지막이 말하는 소리가 들렸다.

"내 눈이 다시 돌아왔어."

뒤이어 남작의 목소리가 들려왔다.

"이제 내 조건을 말하겠어요."

그러나 팀은 더 이상의 말을 듣지 못했다. 크레쉬미르는 다시 자기 눈을 되찾았는데, 팀은 잃어버린 자기 웃음을 여기 바로 코앞에 두고 있지 않은가. 이 세상 무엇과도 바꿀 수 없이 소중하고 고귀한 웃음을.

도저히 참을 수가 없었다. 팀은 앞으로 뛰쳐나가며 외쳤다.

"돌려줘요……."

그 순간 팀은 밧줄에 걸려 보트의 앞쪽 뱃머리에 머리를 부딪힌 다음, 쿵 하고 갑판 위로 넘어져 의식을 잃고 쓰러졌다.

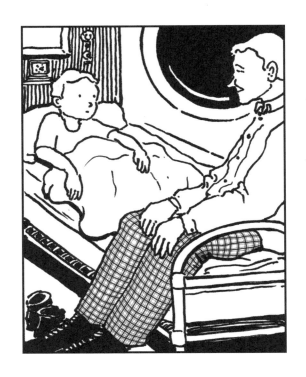

12장 눈을 되찾은 크레쉬미르

팀이 다시 깨어났을 때는, 별 하나가 둥근 선창 앞에서 이리저리 춤을 추고 있었다. 그 별은 사악하게 이글거리는 마르스의 눈(마르스 는 로마 신화에 나오는 전쟁의 신이다. 팀이 남작에 대한 공포감으로 선창에 비친 별을 보고 자 연스럽게 발음이 같은 전쟁과 파괴의 신 Mars(화성)를 연상한 것이다.–옮긴이) 같았다. 팀 은 크레쉬미르와 함께 쓰는 선실의 이층 침대에 누워 있었다. 수평

선 너머로 뿌옇게 동이 터 왔다.

누군가 선실에서 부산하게 움직였다. 고개를 돌려보니 크레쉬미르였다. 마침 크레쉬미르도 팀을 쳐다보았다. 침대 등불이 희미하게 비추는 가운데 두 사람의 시선이 마주쳤다.

크레쉬미르의 눈은 따뜻한 갈색이었다.

"자, 애야, 좀 어떠니?"

크레쉬미르가 다정하게 물었다. 팀은 아직 완전히 정신이 들지 않았다. 어떻게 여기까지 왔는지도 전혀 기억나지 않았다. 또한 자신을 걱정하는 크레쉬미르도 어제 식당에서 일을 도왔던 사람과는 딴판으로 보였다. 지금은 훨씬 더 침착하고, 친절하게 보였다.

크레쉬미르가 침대로 다가왔다.

"이제 좀 괜찮니, 애야?"

그제야 어제저녁의 일이 서서히 다시 기억나기 시작했다. 주방 문앞에서 들은 목소리, 보트 뒤에서 엿들은 두 사람의 대화, 자신의 비명과 넘어짐.

팀이 물었다.

"남작은 어디 있죠?"

"나도 몰라, 팀. 이 배에는 없어. 그런데 한 가지만 내게 말해 주렴. 너, 어제저녁 우리가 하는 말을 엿들었니?"

침대에 누운 채 팀이 고개를 끄덕였다.

"아저씨 눈을 되찾게 되어 기뻐요."

"그런데 너는? 넌 남작에게 무얼 되찾으려 한 거니?"

"내……."

팀이 하려던 말을 멈추었다. 문득 계약이 떠올라 얼른 입술을 꽉 다물었다.

갑자기 크레쉬미르가 손바닥으로 이마를 치며 소리쳤다.

"왜 내가 그걸 진작 몰랐지! 그 잘난 사기꾼이 어린아이처럼 웃는 걸 보고도 말이야. 뭔가 그 작자한테 어울리지 않는 게 있다고 생각 했는데, 이제 그게 뭔지 정확히 알겠어. 그건 바로 웃음이었어. 오 히려…… 그건 너한테 잘 어울릴 그런 웃음이었어."

크레쉬미르가 팀을 똑바로 쳐다보았다.

팀이 소리쳤다.

"난 그걸 말하지 않았어!"

잠시 기억을 더듬던 팀이 불안스레 물었다.

"아니면, 혹시 내가 어제저녁에 그렇게 소리쳤나요?"

"아니, 그러지 않았어, 팀. 넌 운이 좋았던 거야. 남작과의 계약에 서는 침묵의 의무를 지켜야 한다는 걸 나도 알지. 안심하렴. 넌 아무 말도 하지 않았어."

하지만 팀은 좀처럼 진정할 수가 없었다. 계약이 아직도 유효한지 당장 시험해 보지 않고는 견딜 수 없었다. 그래서 크레쉬미르와 내 기를 하기로 했다. 그것도 터무니없는 걸로.

팀은 침대에서 일어나려고 했다. 몸을 곧추세우자, 머리가 지끈

지끈하고 하늘이 빙빙 돌았다. 그래서 다시 자리에 눕고 말았다.

크레쉬미르가 물 한 잔과 알약을 가져왔다.

"이걸 먹어, 팀! 오늘은 침대에 누워 있어야 해. 내일이면 괜찮을 거야. 키잡이가 혹이 생긴 것 말고는 괜찮다고 그랬어. 그 친구, 옛날에 위생병이었거든."

팀은 크레쉬미르가 시키는 대로 알약을 삼키면서 어떤 내기를 할지 생각했다. 마침 한 가지 기가 막힌 생각이 떠오르자, 팀은 다시 남작 얘기를 꺼냈다. 내기가 남작과 관계된 것이었기 때문이다.

"남작이 어떤 조건을 내세웠어요? 제 말은, 옛날 눈을 되돌려받는 대신에 말이에요."

크레쉬미르가 웃었다.

"아무 조건도 없었어. 네가 소리를 지른 뒤 갑판에 쿵 하고 쓰러지자, 선원들이 달려오는 바람에 남작은 보트 그림자 속에 몸을 숨겨야 했어. 거기서 내가 그 작자한테 귓속말로 말했지. 내 눈을 조건 없이 돌려주지 않으면 사람들한테 이 사실을 다 떠들어 대겠다고 말이다."

"그래서요?"

크레쉬미르가 다시 웃었다.

"흥분한 남작이 말을 더듬으며 말했지. '조……건……없……이!' 라고 말이야."

팀은 얼른 벽 쪽으로 머리를 돌렸다. 웃고 싶은, 이룰 수 없는 소망으로 얼굴이 일그러졌기 때문이다.

크레쉬미르가 중얼거렸다.

"남작이 지금 어디 숨어 있는지 궁금해."

그건 팀이 기다리던 말이었다. 다시 냉정을 되찾은 팀이 말했다.

"선배님이랑 내기……."

크레쉬미르가 팀의 말을 끊으며 한마디 했다.

"그냥 아저씨라고 해."

"우리가 오 분 안에 남작이 어디 있는지 알게 될 거라고 아저씨랑 내기해도 좋아요."

"뭘 걸 거니, 팀?"

"호두 케이크 한 조각을 걸게요."

"그거 살 돈은 있지. 내가 착각하지 않았다면, 네가 내기에 이길 테니……. 다른 내기들처럼 말이야. 좋아, 내기하자!"

팀은 크레쉬미르가 내민 손바닥을 마주 쳤다.

그 순간 옆 선실에서 누군가 라디오를 켰다. 아나운서가 일기예보를 전하고 있었다. 곧 뉴스가 이어졌다.

처음에는 라디오 소리에 아랑곳하지 않던 팀과 크레쉬미르는 바짝 귀를 기울였다. 스피커에서 들려오는 목소리가 말했다.

"재산이 수십 억 달러에 달할 것으로 추정되는 저명한 사업가 마악 남작이 오늘 밤 리우데자네이루에서 그곳 사업가들을 초대해서 인사를 나누었습니다. 남작은 연회가 시작되자 곧 자리를 떠났다가 두 시간 후에 상당히 당황한 얼굴로 돌아왔습니다. 그런데 남작이 선글라스를 다시 끼고 나타나 사람들의 이목을 끌었습니다. 오래전에 완치된 것으로 믿었던 눈병이 재발한 것으로 추측됩니다. 전화 통화로 확인한 바로는, 연회는 이 시간 현재 계속되고……."

그때 라디오가 꺼졌다. 그리고 옆 선실에서 물 흐르는 소리가 들리기 시작했다.

팀의 얼굴이 새벽 하늘빛처럼 창백해졌다. 내기에 이긴 걸로 봐서 계약은 아직 유효했다. 팀을 경악하게 만든 건 그 이상한 뉴스였다.

팀은 넋이 나간 얼굴로 물었다.

"어떻게 그렇게 빨리 리우데자네이루로 갈 수 있어요?"

크레쉬미르가 대답했다.

"돈이 많으면 안 되는 일이 없지."

팀은 침대에서 소리쳤다.

"그래도 그렇게 빨리 나는 비행기는 없어요!"

크레쉬미르는 팀의 말에 잠시 멈칫하더니 다시 툴툴거리는 말투로 말했다.

"네가 누굴 상대하고 있는지 알고 있는 줄 알았는데."

크레쉬미르는 갑자기 일하러 가야 한다고 서두르더니, 나가다 문에서 팀을 한 번 돌아보고 말했다.

"잠을 좀 청해 보지그래, 팀! 침대에서 아무리 머리를 굴려 봤자 아무것도 안 나와."

다행히 타고난 건강 덕택으로 팀은 정말로 깊은 잠에 빠져들었다. 잠에서 다시 깨어났을 때는 점심때쯤이었다. 크레쉬미르가 수프 한 그릇과, 내기에 진 대가로 호두 케이크 한 조각을 가져다주자, 이상하게도 마음이 가벼워졌다.

　　팀은 처음으로 자신의 끔찍한 비밀을 다른 사람과 함께 나눈 셈이었다. 게다가 그 사람은 남작과의 게임에서 이긴 사람이 아닌가. 그건 팀에게 너무나 큰 희망과 기대에 부풀게 했다. 그러느라 팀은 리우데자네이루에서 온 그 이상한 소식은 일단 잊어버렸다.

　　오후에 키잡이가 잠시 들렀다. 함부르크 출신의 거구인 이 사람 이름은 요니였다. 요니는 팀이 어떤지 물어보고, 몸에 비해 놀라울 정도로 조심스레 손가락으로 혹을 만져 보고는, 알약을 하나 더 가져다주었다.

　　"내일이면 괜찮을 거야! 앞으로는 그물에 걸리지 않길 바란다."

　　그렇게 말하고는 다시 가 버렸다.

　　'내가 얼마나 끔찍한 그물에 걸려 넘어진 건지 저 사람이 안다면!'

　　팀은 생각했다. 그러다 다시 잠이 들었다. 키잡이가 준 약은 수면제였던 것이다.

　　밤에 크레쉬미르가 선실로 돌아왔을 때에야, 팀은 다시 잠에서 깨어났다. 크레쉬미르는 팀의 침대 모서리에 팔을 괴고 말했다.

　　"그 녀석 정말 나쁜 놈이구나, 얘야!"

　　"선배님, 무슨……."

팀은 말을 하려다 말고 얼른 고쳐 말했다.

"아저씨, 무슨 말이에요?"

"말한 그대로지! 네가 말을 해서는 안 된다는 걸 나도 알아. 좋아, 말하지 마! 그래도 난 알고 있어. 그 사람이 네 웃음을 웃는 대신, 너는 어떤 내기에도 이긴다는 걸. 그런데 네가 내기에 지면 어떻게 되지?"

"그러길 바라죠."

팀은 작은 소리로 그렇게만 말했을 뿐, 더 이상은 입을 열지 않았다.

"거기에 대해 우리 한번 생각해 보자꾸나."

크레쉬미르는 옷을 벗고 침대로 올라왔다.

침대 등불을 끄고, 크레쉬미르는 자기의 고향 이야기를 하기 시작했다.

아저씨네 고향은 크로아티아 해안의 석회암 지대였다. 어린 크레쉬미르는 일주일에 칠 일은 배를 곯았고, 일주일에 칠 일은 행운과 부를 꿈꾸었다. 그러던 어느 날, 자동차 한 대가 마을로 들어섰는데, 운전석에는 체크무늬 양복을 입은 신사가 앉아 있었다. 그 신사는 석류 한 봉지를 아이에게 주었다. 봉지에는 그 당시 한 알에 1디나르(유고슬라비아의 화폐 단위–옮긴이)나 하는 석류가 일곱 개나 들어 있었다. 어린 크레쉬미르는 그것을 가지고 십 킬로미터나 떨어져 있는 해안의 해수욕장으로 달려가, 석류를 돈으로 바꿨다.

"팀, 난 그때 난생처음으로 내 돈이란 걸 가져 보았어. 내가 느끼기엔 엄청난 돈이었어. 7디나르라니! 내가 그걸로 뭘 샀는지 알아? 그렇게 배가 고팠는데도 하얀 빵이 아니라, 케이크 한 조각을 샀어. 크림과 버찌가 듬뿍 얹히고 가운데에 호두 반 개가 든 그런 케이크를 말이야. 그건 바다에 갔다 온 마을 소녀들한테 들은 이야기 속에 나오는 그런 케이크였어. 그런 케이크 한쪽을 사기 위해 난 내가 가진 돈을 몽땅 털어야 했어. 난 방파제에 있는 나무 판대기 뒤 어딘가에서 그걸 먹어 치웠지, 한입 한입. 먹으면서 생각했어. '하늘의 천사는 이런 걸 매일매일 먹겠지?' 그런데 나중에 난 그만 그걸 토하고 말았어. 이런 말을 해서 미안하군. 하지만 사실이니까. 불쌍한 내 작은 위장은 그걸 소화해 내지 못한 거야. 난 왜가리처럼 꽥꽥 게워냈어. 구역질을 끝내고 방파제에서 마을로 돌아왔을 때, 다시 체크무늬 신사와 차가 서 있었어."

크레쉬미르는 더 이상 말이 없었다. 팀은 후추와 카룸, 아니스 냄새가 진동하던 뒷골목의 소년을 생각했다.

곧 크레쉬미르는 이야기를 계속했다. 어떻게 해서 체크무늬 신사가 석류를 가지고 마을에 자주 나타나게 되었는지, 어떻게 해서 그 사람이 어느 일요일엔가 부모님과 이야기를 하게 되었는지, 어떻게 어린 크레쉬미르를 자기 배들 중 하나에 스튜어드로 일하게 해 주었는지, 어떻게 해서 나중에 가끔씩 자기를 여행에, 무엇보다 경마장에 데리고 갔는지, 어떻게 해서 크레쉬미르가 어리석은 내기로 체크무늬 신사에게 빚을 지게 되었는지, 결국 어떻게 해서 자신의 가장 아름다운 유산인 눈을 팔게 되었는지.

크레쉬미르는 이야기를 끝맺으며 말했다.

"이제 내 소중한 눈을 되찾았어. 그리고 너도 네 웃음을 되찾게 될 거야. 무슨 일이 있더라도 꼭 그렇게 될 거야. 잘 자라!"

팀은 목이 메어 겨우 모기만 한 소리로 가늘게 대답했다.

"잘 자요, 아저씨! 고마워요!"

13장 폭풍우 치는 바다

크레쉬미르의 이야기는 팀의 마음을 온통 뒤흔들어 놓았다. 게다가 이날 밤부터 폭풍우가 휘몰아치기 시작했다. 팀은 쉽사리 잠을 이루지 못하고 이리저리 뒤척였다.

살짝 잠이 들었나 했는데 천둥 치는 소리가 요란했다. 곧 무시무시한 번개가 자고 있는 팀의 눈꺼풀 위로 번득였고, 다시 우르릉 쾅 쾅 하는 천둥소리가 얼얼하게 팀의 귀에 들려왔다.

그때 팀은 비명을 지르며 벌떡 일어났다. 천둥소리에 뒤섞여 자기의 웃음소리를 들은 것만 같았다.

번쩍 눈을 떠 선창을 보니, 창을 통해 푸른 물빛 눈동자가 선실 안, 팀의 얼굴을 똑바로 노려보고 있었다.

너무 끔찍하고 놀라서 팀은 다시 눈을 감고 말았다. 땀이 비 오듯 하고 옴짝달싹도 할 수 없었다. 팀은 그렇게 몸을 구부린 채로 한참을 웅크리고 있었다. 그러다 겨우 죽을힘을 다해 눈을 다시 뜨고 기어 들어가는 소리로 크레쉬미르를 불렀다.

하지만 크레쉬미르는 대답이 없었다. 배의 바깥, 얇은 철제 벽 뒤에서는 바다가 요동을 치고 거의 규칙적인 간격으로 굉음을 내며 벽을 쳤다. 팀은 두 번 다시 창밖을 바라볼 엄두가 나지 않았다.

다시 좀 더 큰 소리로 크레쉬미르를 불러 보았지만 이번에도 대답이 없었다.

그러자 팀은 큰 소리로 울기 시작했다. 소리가 얼마나 컸던지 제 소리에 스스로 겁이 날 지경이었다.

"아저씨!"

다시 불러 보았다. 너무나 절박하여 더 이상 인간이 내는 소리 같지 않았다. 그런데 그렇게 소리를 질렀는데도 대답이 없기는 마찬가지였다.

팀은 창 쪽을 보지 않으려고 눈을 감고 더듬더듬 머리 위에 있는 등불의 짧은 끈을 찾았다. 손가락 사이로 끈을 느꼈을 때는, 너무 흥분한 나머지 끈을 툭 끊고 말았다. 그래도 용케 불은 들어왔다. 그제야 팀은 눈을 떴다.

어둠과 함께 무서움도 달아났다. 팀은 크레쉬미르를 찾기 위해 침대가로 몸을 숙여 아래를 내려다보았다. 하지만 아래 침대는 텅 비어 있었다.

그러자 선실 사방 구석에서 다시 무서움이 스멀스멀 피어올랐다. 팀은 온몸을 덜덜 떨기 시작했다. 세면대 위의 거울 속에 오들오들 떨고 있는 자신의 모습이 비쳤다. 자신을 노려보는 심술궂게 일그러진 얼굴을 보고 팀은 ― 그게 자기의 얼굴이었는데도 ― 소스라치게 놀랐다.

이상하게도, 거울 속에 비친 자기의 모습을 보고, 팀은 격분해서 움직이기 시작했다. 침대에서 뛰어내려 성난 짐승처럼 허겁지겁 옷을 꿰어 찼다. 마치 무서움일랑은 거울 속의 모습으로 쫓아내고, 저 자신은 자기가 원하는 대로 자유롭게 행동하게 된 것처럼 보였다. 선실을 나가 복도 쪽으로 달려갈 용기도 생겼다. 배가 요동치는 가운데 철제 사다리를 더듬어 기어 올랐다. 위로 가자 휘몰아치는 파도에 온몸이 흠뻑 젖었다. 하지만 밧줄과 막대기들을 휙휙 지나, 넘어지지 않으려고 완강하게 버티며 보트의 갑판 쪽으로 가, 뽀얗게 김이 서린, 따뜻한 항해실로 마침내 들어갈 수 있었다. 두꺼운 유리창을 통해 거기서 흐릿한 불빛이 흘러나왔기 때문이다.

함부르크 출신의 곰, 요니가 자리에서 일어나 의아한 얼굴로 팀을 바라보았다.

"이런 날씨에 여기는 웬일이니?"

파도가 바깥 벽에 부딪히면서 내는 굉음들 사이로, 요니에게 들릴 수 있게 팀은 거의 고함을 지르다시피 했다.

"아저씨, 크레쉬미르 아저씨는 어디 있어요?"

"얘야, 그 사람은 아프단다. 너무 걱정하지 않아도 돼. 맹장염일 뿐이야. 요즘엔 그런 걸로 죽지 않아."

팀은 고집스럽게 되풀이해서 물었다.

"근데 아저씨는 어디 있어요? 지금 어디 있는 거예요?"

"우연히 근처 해안에서 경비정이 왔어. 그 사람들이 아저씨를 뭍으로 데려갔단다. 엔진이 멎는 걸 몰랐니?"

"네."

의기소침해진 팀이 대답했다. 곧 차분히 가라앉은 목소리로 덧붙였다.

"크레쉬미르 아저씨는 아픈 게 아니에요. 모두 남작이 꾸민 짓이에요. 난 선창을 통해 그 사람 눈을 보았어요."

요니가 웃음을 터뜨리고는 달래듯 말했다.

"창에서 남작의 눈을 보았다고? 얘야, 넌 꿈을 꾼 거야! 옷 벗고, 저기 이불 덮고 긴 의자에 좀 누우렴. 여기 위에서라면 분명 악몽을 꾸지는 않을 거야."

따뜻한 항해실에서, 환한 얼굴의 사람 좋아 보이는 거인 곁에 있으니 팀 자신도 방금 전의 일이 꿈처럼 여겨지는 듯했다.

그 순간 다시, 남작이 리우데자네이루로 사라졌다는 라디오 뉴스가 생각났다. 세면대 위 거울에 비친 자기의 모습도 보지 않았던가. 벌벌 떨며 일그러진 얼굴을 말이다. 팀은 남작에 관한 모든 일을 더 이상 꿈이 아닌 것으로 믿기로 했다. 그리고 가능한 한 다시는 남작에 대해 겁을 먹지 않겠다고 단단히 마음을 먹었다. 운 좋게도 팀은 크레쉬미르가 눈을 되찾을 때 남작의 약한 모습을 보았던 것이다.

팀은 그제야 아무 말 없이 긴 의자에 누웠다. 아래 선실보다는 윗부분이라서 그런지 배가 더 심하게 흔들려서 의자가 이리저리 요동을 쳤다.

실타래처럼 엉킨 생각과 속마저 메슥거리는 통에 팀은 쉽사리 잠들지 못했다. 요니가 가끔씩 담배를 피우며 묵묵히 항해키를 잡고 서 있는 동안, 팀은 몇 시간이고 가만히 누워 있었다. 시간이 지나자 폭풍우도 서서히 잦아들었다.

팀은 누워 있는 몇 시간 동안 터무니없는 내기를 생각해 내느라 골몰했다. 어떻게든 내기에 지려면, 그건 아주 이상야릇한 것이어야 했다.

남작은 팀을 불안하게 했다. 그러니 이번에는 남작이 불안해할 차례였다. 하지만 아무리 머리를 싸매고 생각해도 좋은 방법이 떠오르지 않았다. 어떤 내기를 해도 악마와 같은 남작의 능력과는 견줄 수 없을 것 같았다. 호두가 코코넛보다 더 크다고 내기를 한다고 치자. 우선 누가 그런 멍청한 내기를 하려고 들겠는가? 게다가 또 누가 알겠는가, 남작이 온 세상을 샅샅이 뒤져 정말로 코코넛보다 더 큰 호두를 찾게 될는지. 팀은 이 내기도 관두기로 했다. 그날 밤, 팀이 이런 식으로 포기한 내기가 한둘이 아니었다.

때마침, 리케르트 씨와 함께 전차를 탔던 일이 생각났다. 갑자기 팀은 머리를 굴리기 시작했다.

'만약 전차의 전선을 망가뜨려 놓을 수 없다면 어떻게 될까? 전차와 같은, 철로 된 단단한 물건이 갑자기 선로를 벗어나 날아야 한다면? 전차가 종달새는 아니잖아. 그리고 남작이 아무리 무시무시한 능력을 지녔다고 해도 마법사는 아니지 않은가.'

팀은 자기가 남작의 약점을 찾아냈다고 믿었다. 팔을 쭉 뻗고 팀이 소리쳤다.

"요니 아저씨, 제노바에는 나는 전차가 있다는 걸 아세요?"

요니는 별로 놀라지도 않고 대꾸했다.

"잠이나 자렴. 너 또 꿈을 꾼 거로구나."

"미안하지만 아저씨, 이번에는 정말로 꿈꾼 게 아니에요. 제노바에 나는 전차가 있다는 걸 전 알고 있어요. 럼주 한 병을 걸고 내기해도 좋아요."

"맙소사! 근데 너 무슨 돈으로 럼주 한 병을 사겠다는 거냐?"

팀은 거짓말을 했다.

"제 가방에 있어요. 어때요, 내기할래요, 안 할래요?"

요니가 돌아보며 말했다.

"네가 백만 마르크를 걸어도 난 믿질 않아. 난 두 가지 다에 훤하거든. 제노바와 전차 모두."

"그럼 마음 놓고 내기하세요. 아저씨한테는 럼주 한 병이 한 모금 목 축일 것도 안 되잖아요."

"내가 내기를 하면, 네가 다시 누워 눈을 감고 자겠다고 약속할 수 있니?"

팀이 소리쳤다.

"네, 약속해요!"

그러자 요니가 손을 내밀며 말했다.

"만약 제노바에……."

그때 뭔가 딱딱한 것이 항해실 창문에 부딪쳤다. 요니는 잠시 얘기를 멈추고 주위를 살피더니 별거 아니라고 생각하고는 다시 말을 이었다.

"제노바에서 나는 전차를 보면, 내가 내기에서 진 거고 그럼 너한테 럼주를 줘야 하는 거야. 하지만 하늘을 나는 전차를 보지 못하면, 네 가방에 든 럼주는 내 것이 되는 거야. 자, 이제 좀 편히 누우렴! 세 시간 후면 일할 시간이야."

이번에야말로 팀은 정말로 잠이 들었다. 팀은 꿈속에서 자기 웃음 소리를 들었다. 그런데 팀의 머리 위에서 하늘을 나는 전차의 양철

종소리가 웃음 속으로 퍼져 왔다. 동 틀 무렵, 키잡이 요니가 팀을 깨울 때까지도 종소리가 쟁쟁하게 귀에 맴돌았다. 그것이 팀을 불안하게 했다.

팀은 제노바에 가기가 무서웠다.

14장 터무니없는 내기

팀은 제노바에 가기가 무섭기도 했지만 한편으로는 빨리 가고 싶기도 했다.

팀의 걱정 섞인 초조함은 힘겨운 시험대에 올랐다. '돌고래' 선박이 마침내 제노바 항에 도착하기까지는 나흘이 더 걸렸던 것이다. 도착한 때는 화창한 날 정오 직전이었다. 팀은 핑계를 대고 항해실로 갔다. 그리고 요니 곁에 서서 저 너머 제노바 위쪽 도시를 바라다보았다. 팀은 흑백 체크무늬 바지에, 주방장이 감자 껍질을 깎을 때 쓰라고 준, 두꺼운 회색 앞치마를 두르고 있었다. 도시의 집들이 선명히 보이기 시작했다. 거리의 자동차와 버스도 보였다. 그 순간, 시야가 더 선명해졌다.

갑자기 요니가 혼자서 놀란 소리를 냈다. 그 소리는 딸꾹질 같기도 하고, 툴툴대는 소리 같기도 했다. 팀이 놀라서 요니를 쳐다보았다. 요니는 두 눈을 꼭 감고 있었다. 잠시 뒤에 다시 눈을 뜨긴 했지만, 얼른 또 감았다가 다시 크게 떴다. 그러더니 느릿느릿, 거의 들뜬 목소리로 말했다.

"이거 나 원 참, 미치겠네!"

그제야 팀은 뭔가 짚이는 게 있었다. 그 순간, 목이 콱 막혀 왔다. 다시 제노바 쪽으로 눈을 돌릴 엄두가 나지 않아서 꼼짝 않고 서서 요니를 뚫어져라 쳐다보았다.

그러자 요니가 팀을 마주 보고 고개를 저으며 말했다.

"네 말이 맞다, 팀. 제노바에 나는 전차가 있어. 네가 이겼어."

팀은 힘겹게 침을 꿀꺽 삼켰다. 어차피 피할 수 없는 거라면 외면해 봤자 소용없는 일이었다. 팀은 고개를 돌려 위쪽 도시를 건너다보았다.

거기에는 집들 사이 거리에 전차가, 진짜 전차가 공중에 둥둥 떠 있었다. 그건 의심할 바 없이 하늘을 나는 전차였다!

그런데 갑자기 전차 아래로 아스팔트 길이 나타났다. 그것도 선로가 나 있는 단단한 아스팔트 길이었다. 삽시간에 그 전차는 더 이상 날지 않고 거리를 따라 선로 위를 구르고 있었다.

팀이 거의 환호성에 가까운 소리를 질렀다.

"저건 신기루예요! 내가 졌어요!"

"넌 마치 내기에 지는 걸 원하는 것처럼 보이는구나."

요니가 놀란 얼굴로 말하자, 팀은 아차 실수했구나 하고 생각했다. 얼른 그게 아니라고 말하려는데, 요니가 계속 말했다.

"그래도 네가 이긴 거야, 팀. 내기는 제노바에서 나는 전차를 볼 수 있느냐를 두고 한 거잖아. 그게 정말로 있느냐가 아니라. 그리고 난 그걸 봤어, 이 두 눈으로 똑똑히."

"그럼 내가 이긴 거네요. 아이, 신나."

팀이 말했다. 이번에는 기쁜 목소리를 내려고 했다. 하지만 목소리는 잠겨 들었고, 기쁜 기색이라곤 전혀 묻어 있지 않았다. 요니가 조종키에 신경을 써야 해서 차라리 다행이었다.

어깨너머로 요니가 물었다.

"그런데 어떻게 그런 기상천외한 내기를 할 생각을 한 거니? 넌 그런 이상한 내기를 자주 하니?"

팀은 무심히 대답했다.

"난 한 번도 내기에 진 적이 없어요. 언제나 이겨요."

요니가 팀을 힐끗 바라보았다.

"너무 우쭐대지 마, 인마! 도저히 이길 수 없는 내기도 있으니까."

호기심에 가득 찬 얼굴로 팀이 물었다.

"예를 들면요? 어떤 게 있는지 말해 보세요!"

요니가 다시 힐끔 석연찮은 눈길을 던졌다.

'이 녀석, 뭔가 이상하단 말이야.'

하지만 요니는 어떤 질문에라도 곧잘 대답하는 사람이었다. 요니는 하얀 모자를 이마 뒤로 젖히고 뒷머리를 긁적였다. 그때 뭔가 딱딱한 것이 창문으로 다시 날아들었다. 요니가 고개를 돌렸지만 아무것도 보이지 않았다. 그때 갑자기 대답이 떠올랐다.

"네가 도저히 이길 수 없는 내기가 있긴 하다만, 팀."

"그게 뭔지 듣기 전에, 난 내기부터 걸래요, 아저씨. 내가 지면, 아저씨 럼주를 내게 주지 않아도 되잖아요."

"뭔지도 모르면서 성급하게 굴긴. 어쨌든 좋아. 럼주는 럼주고, 네가 어떻게든 지고 싶다면야 뭐! 그러니깐 내기는……."

요니는 하던 말을 멈추고 팀을 한 번 보고 나서 말했다.

"너 분명히 이 내기를 나랑 하는 거야. 럼주 때문에 한 번 더 물어보는 거다."

"네, 물론이죠."

팀이 하도 단호하게 말해서, 요니는 마음을 놓았다.

"그럼 오늘 저녁 네가 세상에서 가장 부자인 사람보다 더 부자가 될 거라고 난 내기를 걸겠어."

숨이 찰 정도로 빠르게 팀이 말했다.

"그러니깐 마악 남작보다 더 부자가 된단 말이죠?"

"바로 그거야!"

그러자 팀은 요니의 예상보다 더 빨리 오른손을 내밀었다. 이건 정말 이길 수 없는 내기였다. 팀이 질 게 틀림없었다. 큰 소리로 팀이 말했다.

"오늘 저녁에 내가 마악 남작보다 더 부자가 될 거라는 내기에 럼주 한 병을 걸겠어요."

"얘야, 너 정말 멍청하기 짝이 없구나! 어쨌든 적어도 내 럼주를 되돌려받을 수는 있겠는걸."

이렇게 말하며 요니는 팀의 손을 놓아 주었다.

그때 선장이 항해실로 들어왔다.

선장이 퉁명스럽게 물었다.

"견습생이 여기서 뭐 하는 거야?"

요니가 말했다.

"커피 한 잔 갖다 달라고 시켰습니다, 선장님."

"그럼 빨랑빨랑 움직여야지!"

팀은 주방으로 냅다 달려갔다. 노래라도 부르고 싶은 심정이었다. 하지만 웃지 못하는 사람은 노래도 할 수 없는 법이다.

팀이 커피가 약간 넘친 커피잔을 항해실로 가져왔을 때에도 선장은 아직까지 거기 있었다. 요니가 늙은 선장의 등 뒤로 빙긋이 웃으며 눈을 찡긋해 보였다.

팀도 마주 눈을 찡긋했다. 물론 굳은 표정으로였다. 팀은 앞갑판 아래로 훌쩍 뛰어내렸다. 마음 같아선 소리 내어 깔깔 웃고 싶었지만 그럴수록 입만 찌그러질 뿐이었다. 기분 좋은 딸꾹질도 배에서 올라오지 않았다.

갑판에서 마주 오던 키 작은 중년 부인이 팀의 찡그린 얼굴을 보고는 화들짝 놀랐다. 나중에 부인은 옆방 선실에 있는 다른 부인에게 이렇게 말했다.

"그 소년에게는 악마가 숨어 있어요. 밤에는 선실 문을 꼭 잠그세요."

흥분한 팀은 배의 끝부분에 있는, 닻을 올리는 기구 뒤로 기어가 밧줄 다발 위에 웅크리고 앉았다. 제노바에 도착할 때까지 거기 앉아 있기로 작정했다. 제노바에 유명한 인형극장이 있다는 말을 들은 적이 있었다. 팀은 그곳에 가서 웃는 사람들 틈에서 같이 웃고 싶었다. 더욱 신나는 것은, 거리를 산책하면서 낯선 사람들에게 미소를 지어 보이는 자기의 모습을 상상해 보는 것이었다. 낯 모르는 소녀나 할머니에게 미소를 지으면 얼마나 좋을까.

팀은 햇살과 친절함이 가득한 그런 세계를 맘껏 그려 보았다. 푸른 하늘에서 태양이 팀의 얼굴을 따사로이 비추자, 꿈은 더욱더 선명해지고 금방이라도 이루어질 것만 같았다. 갑판의 스피커를 통해 뭔가 알리는 방송이 나왔지만 팀은 아랑곳하지 않았다. 팀은 꿈을 꾸고 있었다.

잠시 후 다시 방송이 나왔다. 얼핏 자기의 이름을 들은 팀은 귀를 쫑긋 세워서 방송의 끝부분이나마 들을 수 있었다.

"……탈러 씨는 즉시 항해실로 오세요!"

비눗방울이 터지듯 꿈은 깨졌다. 갑자기 이글거리는 태양이 흐릿해 보였다. 무뚝뚝한 성격에 남의 일엔 전혀 관심도 없는 선장은 아직까지 한 번도 팀에게 신경을 써 준 적이 없었다. 그러니 선장이 팀을 부를 때에는 뭔가 특별한 이유가 있는 게 분명했다.

닻을 올리는 기구 뒤에서 몸을 일으킨 팀은 불안스레 갑판을 지나 오늘 아침 세 번째로 항해실로 올라갔다. 철제 난간을 붙잡은 두 손에 땀이 흠뻑 배어 있었다.

선장은 항해실에서 팀을 의아하게 바라보았다. 평소와 달리 무관심한 표정은 온데간데없었다. 요니는 앞만 뚫어지게 볼 뿐 옆으로 고개 한 번 돌리지 않았다.

"네 이름이……."

선장은 헛기침을 하느라 말을 멈추었다 다시 이었다.

"당신 이름이 팀 탈러가 맞습니까?"

"네 그런데요, 선장님."

"그러니까 당신이 태어난 게……."

선장은 손에 든 종이에서 팀의 생년월일을 읽었고 팀은 하나하나 물을 때마다 "네, 선장님." 하고 맞다고 확인해 주었다. 그러는 동안 터질 듯한 기대감으로 팀의 눈에는 눈물이 고여 왔다.

짧은 심문이 끝나자, 선장은 손에 든 종이를 내렸고 잠시 묘한 침묵이 흘렀다. 바닥에서는 햇빛이 만든 둥근 고리가 흔들리고 있었다. 팀은 여전히 꼼짝 않고 앞만 보는 요니의 넓은 목덜미를 보고 있었다.

마침내 선장이 침묵을 깨고 입을 열었다.

"그럼 제가 첫 번째로 축하를 드려야겠군요."

팀의 목소리가 기어 들어갔다.

"뭘요, 선장님?"

선장은 고개로 손에 있는 종이를 가리키며 물었다.

"여기 이걸요! 마악 남작하고는 친척간인가요?"

"아뇨, 선장님."

"하지만 개인적으로 알긴 하지요?"

"네, 그렇긴 합니다만……."

"그렇다면 내가 요점만 읽어 줄게요."

선장은 나직한 소리로 읽어 주었다.

마악 남작 사망. 팀 탈러를 단독 상속자로 지명함. 팀 탈러가 성년이 될 때까지 고인의 쌍둥이 형제인 새 마악 남작이 후견인이 됨. 파닉스 선박회사 마악 제노바 주식회사, 그란디치 사장 드림.

팀은 여전히 굳은 얼굴로 요니의 목덜미를 쳐다보았다. 세상에서 가장 터무니없는 내기에서조차 팀이 이긴 것이었다. 그것도 단 한 병의 럼주를 걸고서. 열네 살 난 팀이 세상에서 제일가는 부자가 되는 순간이었다. 그러나 팀의 웃음은 남작과 함께 죽어 버려서 같이 땅에 묻힐 것이다. 세상에서 제일가는 부자가 제일 불쌍한 사람이 되고 말았다. 팀은 영원히 자기의 웃음을 잃어버린 거였다.

요니의 목덜미가 움직이기 시작했다. 요니는 느릿느릿 고개를 돌리고는 낯설고 놀란 눈으로 팀을 바라보았다. 그렇지만 팀은 그 눈을 한순간 불안스럽게 쳐다보았을 뿐이다. 의식을 잃고 쓰러지는 팀을 요니의 팔이 때맞춰 받아 주었다.

15장 끝없는 혼란

　면도를 하지 않아 덥수룩한, 골격 좋은 얼굴이 친절해 보이는 푸른 눈으로 팀을 내려다보고 있었다. 나지막한 목소리가 들렸다.
　"내 말 들려?"
　팀이 속삭였다.
　"네, 요니 아저씨."

요니는 한 손으로 팀의 머리를 들어 올리더니 천천히 조심스레 입을 물로 축였다. 그러면서 팀의 귀에 대고 속삭였다.

"왜 내가 제노바에서 나는 전차를 본 거지? 왜 남작이 그렇게 때맞춰 죽은 거지? 왜 넌 내기에 지기를 바라고, 내기에서 이기니까 기절을 해 버린 거지?"

몽롱하게 깨어나는 기억 속으로 요니의 '왜'가 울려 퍼지며, 팀 자신이 지난날 던졌던 '왜'라는 의문이 되살아났다. 끝없는 혼란으로 다시 기절할 지경이었다.

그때 두런두런하는 말소리와 발소리가 들리더니, 선장이 낯선 신사를 데리고 항해실로 들어왔다.

긴 의자에 누워 있던 팀의 눈에 가장 먼저 들어온 것은 검정 윗옷 주머니에 볼록 솟아오른, 커다랗고 새하얀 손수건이었다. 그 다음엔 그 낯선 사람 특유의 냄새가 났다. 신사가 가까이 다가와 자신을 소개하자, 카네이션 향이 확 풍겼던 것이다.

"그란디치라고 합니다. 회사를 대표해서 첫 번째로 축하를 드리게 되어 영광입니다. 편찮으시다니 유감스럽습니다. 충분히 이해합니다. 충격을 조금……."

그란디치 사장은 두 손을 펴고 고개를 갸우뚱했다.

"아, 한순간에 이렇게 부자가 되셨으니, 그건 정말 쉬운 일이 아니지요. 하지만……."

그란디치 사장이 계속해서 하는 말을 팀은 알아듣지 못했다. 듣고 있자니 힘이 들었다. 다만 사장이 자기에게 몸을 숙여 마지막으로 한 말만큼은 정확하게 알아들었다.

"이제 제가 큰 모터보트로 모시겠습니다!"

그러자 요니가 나섰다.

"그 애를 내게 맡겨 두시오. 내가 그 배로 데려다 주겠소. 선장님! 그동안 키를 맡아 주세요!"

요니가 퉁명스럽게 말했다. 그 순간 배가 정박하고 있었지만, 너무 혼란스러운 상황이라, 선장은 묵묵히 시키는 대로 키를 잡았다.

마악 남작의 상속인을 데려갈 선박회사의 모터보트가 배 옆에 바짝 붙어 있었다. 요니는 빨래 꾸러미를 들고 가듯, 팀을 안고 사다리와 계단을 오르내렸다. 그란디치 사장은 주인을 졸졸 따라다니는 푸들 강아지처럼, 향기나는 손수건을 꽂은 채 요니를 쫓아갔다.

그건 그렇고, 팀은 그제야 사장이 거의 대머리란 걸 알게 되었다. 양쪽에 남은 검은 머리카락 두 다발이 이마 쪽으로 삼각형 모양으로 넘어가 있었다. 그런 머리다발이 둥근 얼굴에 위험하고 음험스러운 분위기를 만들어 냈다.

모터보트에서 요니는 둥근 벤치의 푹신한 구석자리에다 팀을 내려놓았다. 요니는 팀을 내려놓으며 팀에게 귓속말을 했다.

"너 나한테 럼주 두 병 받을 거 있어. 내기에서 이겼으니깐 말이야. 여덟 시에 콜럼버스 동상으로 오렴. 혼자 와야 해. 도움이 필요하다면, 꼭 와야 해. 알았지?"

팀은 고개를 끄덕이지 않았다. 다만 '음' 하는 소리만 냈다. 이런 저런 일을 겪으면서 팀은 신중함을 배웠던 것이다.

"그럼 행운을 빌어, 팀!"

요니는 사장의 귀에 들리도록 큰 소리로 말했다. 그런 다음 작별 인사로 우악스러운 손을 내밀고는 다시 자기 배로 기어 올라갔다.

모터보트가 배에서 멀어지자, 다시 카네이션 향이 나기 시작했다. 그란디치 사장이 팀 곁에 앉았다. 사장은 뱃머리에 앉아 있던, 말끔하게 차려입은 두 신사에게 조용히 하라고 손짓을 했다. 두 사람은 알았다고 고개를 끄덕이고는, 서로 귓속말을 하며 호기심에 가득 찬 눈으로 팀을 바라보았다.

사장이 목소리를 낮추고 말했다.

"회장님, 제가 호텔로 모셔다 드리겠습니다. 거기서 한 시간 정도 쉬시면 선박회사에서 주최하는 조촐한 환영식이 있을 텐데, 괜찮으시겠습니까?"

방금 전까지 그저 그런 화물 여객선의 견습생에 지나지 않았던 팀은 한순간에 모두가 굽실거리는 부유한 상속자가 되어 있었다. 하지만 웃음을 사냥하러 나선 길에서 이미 여러 가지 술수에 익숙해져 있던 터라, 팀은 제법 침착하게 행동했다. 팀은 완전히 다른 일로 흥분하고 있었다. 바로 자신의 사냥길에 더 이상 사냥감이 없다는 사실, 자기의 웃음이 죽었다는 사실이었다.

팀은 그란디치 사장이 소개하는 사람들 모두에게 고개를 끄덕였다. 다만 딱 한 번, 사장이 여덟 시에 기자 회견이 있다고 하자, 팀은 고개를 가로저었다.

"아, 기자들을 좋아하지 않으시는군요! 하지만 신문은 쓸모가 있습니다. 아주 쓸모가 있지요!"

"나도 알아요!"

팀이 대답했다. 가볍게 흔들리는 모터보트에서 팀은 이제 다시 기운이 나는 것 같았다.

사장이 집요하게 물고 늘어졌다.

"신문이 쓸모 있다는 걸 아시면서, 왜 기자 회견은 안 하시려는 건지?"

"왜냐하면……."

팀은 열심히 핑곗거리를 찾았다. 한참 머뭇거리다 팀이 말했다.

"왜냐하면 나한테는 모든 게 너무나 새로워서요. 기자 회견을 내일로 미루면 안 될까요?"

"물론 되지요, 회장님. 그럼 오늘 저녁에는……."

"오늘 저녁엔 혼자 시내 구경을 하고 싶어요."

팀이 그란디치 사장의 말을 가로막으며 말했다. 사장까지 팀 앞에서 굽실거리자, 팀은 사장을 들이받고 싶어졌다. 하지만 그란디치 사장은 그리 호락호락한 사람이 아니었다.

사장이 딱 잘라 거절했다.

"안 됩니다. 혼자서는 안 돼요. 항상 경호원이 같이 다닐 겁니다.

회장님은 이제 엄청난 부자라고요. 그걸 아셔야죠!"

팀이 외치듯 말했다.

"하지만 난 혼자서 시내 구경을 하고 싶어요!"

갑판에 있던 잘 차려입은 신사들이 놀라서 팀을 쳐다보았다. 한 사람이 흔들리는 모터보트에서 넘어지지 않으려고 균형을 잡으며 팀에게로 왔다.

"제가 뭐 도와드릴 일이라도? 아 참, 저는 밤피니라고 합니다. 회사의 수석 통역관이죠."

밤피니는 이 기회를 이용해 부유한 상속인에게 자기를 소개하려는 게 분명했다. 하지만 팀에게 손을 내밀려고 할 때, 마침 모터보트가 오른쪽으로 쌩 하고 돌았다. 밤피니는 팀의 무릎으로 넘어져, 몇 번이고 죄송하다는 말을 하며 겨우 일어섰다. 하지만 이번에는 배가 반대쪽으로 돌아 그란디치 사장의 무릎으로 넘어지고 말았다.

얼굴이 붉으락푸르락해진 사장은 우선은 통역관에게, 그 다음에는 키잡이에게 고함을 쳤다. 통역관에게는 촐랑이라고 하고, 키잡이에게는 멍청한 놈이라고 소리쳤다. 그러다 키잡이가 독일어를 못 알아듣는다는 생각을 해내고는 이탈리아어로 다시 욕을 했다. 그건 독일어보다 적어도 다섯 배는 더 길었다.

통역관은 풀이 죽어 갑판에 있는 벤치 구석 자리로 되돌아갔다. 모터보트는 곧 부두에 도착했다.

파란색 양복을 입은 운전사가 파란 모자를 벗어 들고 공손한 자세로 기다리고 있었다. 팀은 운전사에게 이끌려 맨 처음 보트에서 내렸다. 사장이 팀을 부축하는 시늉을 했다. 사람들은 팀을 병든 노인처럼 대했다.

부둣가에 쭉 늘어선, 검은 양복의 신사들에 가려 제노바 시가지가 보이지 않았다. 그란디치 사장은 순서대로 그 사람들을 팀에게 소개했다. 그들의 이름은 하나같이 '이치'나 '오치'라는 말로 끝나는데, 팀은 돌아서면서 곧 잊어버렸다.

그 무엇보다 우스꽝스러운 건, 축하의 말과 소개를 받는 주인공이 흑백 체크무늬의 요리사 바지에—게다가 무릎이 튀어 나와 있었다—요니의 헐렁한 스웨터를 걸친 열네 살짜리 소년이라는 거였다. 정확히 말하자면, 배꼽을 잡고 웃을 광경이었다. 그래도 모든 것이 진지하기 그지없었고, 아마도 그러는 편이 불쌍한 팀에게는 나은 건지도 몰랐다.

엄숙하게, 미리 계산된 품위를 가지고 일은 계속 진행되었다. 문이 여섯 개나 달린 검은 자동차에 탈 때에도 운전사는 팀에게 먼저 문을 열어 주고 다음으로 그란디치 사장에게 문을 열어 주었다. 붉은색 가죽 소파에 앉자 차가 출발하였고, 떠나는 차를 향해 쭉 늘어선 신사들이 오른손을 흔들어 정중하게 환송을 했다.

차를 타고 달리기 시작해서야 팀은 리케르트 씨가 사 준 선원용 가방이 생각났다. 자기 물건이 전부 들어 있는 그 가방을 배에 두고 왔던 것이다. 그 이야기를 하자, 사장이 미소를 지었다.

"물론 배에서 회장님 물건들을 가져올 수 있지요. 하지만 남작께선 벌써 우아한 옷들을 마련해 두셨습니다."

팀이 놀라서 물었다.

"남작이라뇨?"

"새 남작 말입니다, 회장님!"

"아, 네!"

그제야 팀은 뒤로 기대어 창문을 통해 제노바 시가지를 내다보았다. 대리석 입구를 지나자, '팔마로 호텔'이라고 씌어 있는 황동 표지가 보였다. 가슴까지 오는 야자수도 지나고, 가운데를 라벤더 꽃다발로 꾸며 놓은 꽃밭도 지났다.

차는 아주 부드럽게 멈추었다. 문이 열리고 금줄로 장식된 제복을 입은 수위가 팀의 팔을 잡으며 노인을 부축하듯 아주 조심스럽게 밖으로 모셨다.

팀이 대리석 계단 앞에 서자, 계단 맨 위에서 누군가 외쳤다.

"어서 오세요, 환영합니다."

위를 쳐다보니 체크무늬 양복에, 커다란 선글라스를 낀 신사가 서 있었다.

그란디치 사장이 팀의 귀에 대고 속삭였다.

"새 남작이십니다. 돌아가신 남작의 쌍둥이 동생이시지요."

팀은 아무래도 쌍둥이 동생이란 말이 미심쩍었다. 그때 새 남작이 계단 아래로 내려와 웃으면서 외쳤다.

"이 얼마나 매력적인 강도의 차림인가그래!"

그 순간, 팀은 사장보다 더 많은 걸 알게 되었다. 자기의 웃음소리를 듣고 그 사람이 누군지 알아보았던 것이다. 마악 남작의 쌍둥이 동생이라곤 애당초 있지도 않았다.

남작은 살아 있었던 것이다. 그리고 남작과 함께 팀의 웃음도.

여기서 세 번째 날의 이야기가 끝났다.

나는 호텔로 돌아가 그것을 적어 두었다.

넷째 날,

팀 탈러가 부유한 상속자로 살아가는 이야기,
샹들리에가 박살난 이야기, 두 명의 감시원을
따돌리고 좋은 친구를 만나게 된 이야기,
자기의 처지에 맞는 영국 속담을 배운 이야기,
남작과 아테네로 가게 된 이야기를 듣다.

팀 아저씨와 내가 교정실에서 만난 네 번째 날, 나는
아저씨에게 물었다.
"저주받은 계약에서 팀 탈러가 빠져나올 방법이 전혀 없는
거예요?"
팀 아저씨가 대답했다.
"이야기 안에 답이 들어 있단다. 계속 들어 보렴."
팀 아저씨는 이야기를 계속했다.

16장 박살 난 샹들리에

방이 세 개나 되는 화려한 호텔 방으로—아니, 아파트라 하는 게 더 맞겠다—도망와서야 팀은, 이런저런 흥분된 일을 겪고 난 뒤, 처음으로 혼자 있게 되었다. 남작은 약속이 있어 나간다면서, 다시 팀을 데리러 오겠다고 했다.

그때까지도 체크무늬 바지에 헐렁한 스웨터를 걸치고 있던 팀은 긴 안락의자에 어정쩡하게 누웠다. 산더미 같은 줄무늬 비단 쿠션에 등과 머리가 푹 파묻혔고, 두 다리는 의자 끝에서 건들거렸다. 팀은 유리로 된, 눈물방울처럼 보이는 샹들리에를 올려다보았다.

오랜만에 편안한 기분이 들었다. 갑자기 부자가 되어 자기의 처지가 달라졌기 때문이 아니었다. 부자가 됐다는 건 아직까지 제대로 실감 나지 않았다. 이 편안함은 자기의 웃음이 죽지 않고 살아 있다는 걸 알게 된 데서 오는 것이었다.

모든 것이 혼란스러웠지만 한 가지만큼은 분명했다. 남작은 이제 자기의 후견인이고, 그건 남작과 자기가 묶여 있음을 뜻하는 것이었다. 웃음을 찾아 나선 사냥에서 팀은 바로 코앞에 사냥감을 두게 된 셈이다. 이제 문제는 사냥감의 약점을 찾는 것이다.(어려운 상황일수록 가까이에서보다는 멀리서 봐야 더 잘 보인다는 걸 팀은 그때까지 잘 모르고 있었다.)

문 두드리는 소리가 나더니, 대답도 하기 전에 남작이 들어왔다.

"그대로 누워 있어도 돼."

들어오면서 마악 남작이 말했다. 호주머니 칼처럼 빼빼 마른 남작은 상아로 장식된 값비싼 의자에 풀썩 주저앉아 다리를 꼬더니, 가소롭다는 듯이 팀을 바라보았다.

"마지막 내기는 아주 기발한 아이디어였어, 팀 탈러! 존경할 만해!"

팀은 남작을 올려다보며 아무 말도 하지 않았다.

그게 우습게 보였던 모양이었다. 남작이 물었다.

"너, 이 내기를 이기려고 한 거니, 아니면 지려고 한 거니? 그게 무척 궁금한걸."

팀은 대답을 회피하려는 듯 돌려서 말했다.

"대개 사람들은 이기려고 내기를 하지요."

"그렇다면 정말 탁월한 아이디어였어."

남작은 벌떡 일어나 팔짱을 끼고 방을 왔다 갔다 하기 시작했다.

팀은 안락의자에 누운 채 남작을 올려다보며 물었다.

"우리 계약은 아직 유효한 거예요? 난 죽은 마악 남작과 계약을 한 것이지, 쌍둥이 동생이라는 사람하고 한 건 아니잖아요."

마악 남작이 홀 쪽에서 침실로 돌아와 서성거리며 말했다.

"그 계약은 L. 마악 남작과 체결한 거지. 내 이름은 레오 마악이야. 전의 이름은 루이스 마악이었지. 둘 다 L.이지."

팀은 계속해서 물었다.

"쌍둥이 동생이 없다면, 누가 당신 대신에 묻히게 되죠?"

"오갈 데 없는 가엾은 양치기지."

마악 남작은 만족스러운 듯 입을 뾰족하게 하고 말했다.

"메소포타미아의 고원에, 드야발 신드야 산 근처에 내 거주지가 있어. 조그마한 성이지. 거기서 사람들은 양치기를 내 무덤에다 묻을 거야."

남작은 다른 방으로 옮겨가 걸어다니면서도 말을 계속했다. 차츰 목소리가 멀어졌다.

"작은 내 성은 예치덴의 땅에 있어. 예치덴이 누군지 아니?"

팀은 남작이 수다스러운 데에 놀라면서 대답했다.

"아뇨."

목소리가 다시 가까워졌다.

"예치덴은 악마를 숭배하는 사람들이지. 그 사람들은 신이 악마를 용서하고 세상을 다스리도록 했다고 믿고 있어. 그래서 그들은 악마를 세상의 지배자로 모시지."

남작이 다시 침실로 돌아왔다. 팀은 무관심하게 "아, 그래요." 하고 대꾸했다.

남작은 드러내 놓고 놀리듯이 "아, 그래요." 하고 팀을 따라 했다. 곧바로 남작의 얼굴에서 가소롭다는 표정이 싹 가셨다.

"악마 따위엔 관심도 없다는 거냐, 뭐냐?"

팀은 남작이 그런 말에 왜 그렇게 흥분하는지 이해가 되지 않았다. 천진하게도 팀이 물었다.

"정말로 악마가 있어요?"

마악 남작은 상아로 장식된 의자에 앉더니 한숨을 내쉬었다.

"너 원래 그렇게 단순하냐, 아니면 그런 척하는 거냐? 넌 악마와 계약을 맺고 자신들의 피로 계약서에 서명을 한 사람들에 대해 한 번도 들어 본 적이 없니?"

'계약'이란 말에 팀은 귀가 번쩍 뜨였다. 팀은 이제야 마악 남작이 둘의 계약에 대해 말하려나 보다 하고 생각했다. 하지만 남작은 계속해서 악마와 마귀에 대한 시시껄렁한 이야기들을 늘어놓았다. 지옥의 지배자인 벨리알, 마귀 포르카스, 아스타로트, 베헤모트에 대해 말하더니, 마녀와 마법에 대한 이야기를 늘어놓고, 하급 악마인 메피스토펠레스를 종으로 거느렸던 유명한 마술사 파우스트 박사에 대해 떠들어 댔다.

팀이 따분해하는 표정인 걸 눈치 챈 남작은 자리에서 일어나며 중얼거렸다.

"좀 더 분명히 말해 줘야겠는걸."

팀은 다시 쿠션에 몸을 기댔다. 그러면서 자기도 모르게, 아래로 건들거리던 오른손으로, 사람들이 신으라고 갖다준 비단 실내화를 만지작거렸다. 팀의 시선이 샹들리에로 갔다. 샹들리에의 유리 방울들에 빼빼 마른 남작의 몸이 여러 겹으로, 기이하게 뒤틀려 보였다.

남작은 말을 돌리지 않고 곧장 물었다.

"너 파우스트 박사가 악마를 불러낼 때 했던 주문을 배우고 싶지 않니?"

팀은 쳐다보지도 않고 말했다.

"네, 별로요."

샹들리에의 떨리는 유리 방울을 통해 남작의 찡그린 얼굴이 여러 겹으로 씰룩거리는 게 보였다. 곧 다시 남작의 목소리가 들렸다.

"주문을 한 번 외기라도 해 볼까?"

이상하게도 남작은 분을 삭이며 말했다.

"정 그러고 싶으면요."

아무래도 상관없다는 투였다. 매끈한 유리알마다로 조그마해진 남작들이 깡마른 손을 올려 주문을 외는 게 보이자, 팀도 아주 조금은 호기심이 일었다.

남작은 느릿느릿 아주 이상하게 울리는 목소리로 주문을 외었다.

바가비 라카 바카베
라마크 카히 아카바베
카렐리요스
라마크 라메크 바크리야스
카바하기 사발리요스…….

주문을 거기까지 외었을 때, 샹들리에가 가볍게 흔들리기 시작했다. 남작이 격렬하게 팔을 흔들어서 그랬는지도 몰랐다. 그때 이상하리만치 큰, 놀란 거미 한 마리가 샹들리에 한가운데서 실을 뽑으며 아래로 내려왔다.

거미를 무척 싫어하는 데다가 비밀스러운 주문 때문에 긴장된 분위기에 휩싸여 있던 팀은, 늘어뜨린 손으로 만지작거리던 비단 실내화를 집어 거미를 향해 힘껏 던졌다.

남작은 주문을 계속 외고 있었다.

바리욜라스

라고츠 아타 카비욜라스…….

갑자기 천장에서 삐걱거리는 소리가 나더니 우지직 하고, 그 큰
샹들리에가 유리알들과 함께 아래로 떨어져 와장창 박살이 나고 말
았다.

팀은 놀라서 다리를 오므렸다. 남작은 입을 쩍 벌리고 여전히 손
을 올린 채 상아 의자 뒤에 서 있었다. 샹들리에 조각이 머리로 날아
와 맞았는지 이마에 혹이 나 있었다.

잠시 방 안에 침묵이 흘렀다. 귀가 먹먹해질 정도로 큰 소리가 다
른 방에도 들렸던 모양이다. 누군가 다급히 문을 두드렸다.

그제야 남작은 손을 내렸다. 남작은 기진맥진한 듯 몸을 약간 앞
으로 구부리고 문으로 갔다. 그리고 빠끔히 문을 열어, 팀이 알아듣
지 못하는 이탈리아 말로 몇 마디 했다. 다시 문을 닫고, 거기 기대
선 채로 남작이 말했다.

"소용없군. 천진난만함이 사는 곳에서는 잡초가 결코 자랄 수 없
어."

주문과 마찬가지로 이 말도 무슨 뜻인지 몰랐던 팀은 그제야 안락
의자에서 몸을 일으키며 물었다.

"뭐가 소용없단 말이에요?"

"중세가!"

밑도 끝도 없이 남작이 대답했다. 그러자 팀은 다른 어느 때보다 영리하게 행동했다. 더 이상 묻지 않고, 그 대신 이렇게 말했다.

"샹들리에를 깨뜨려서 죄송해요. 거미를 맞히려고 던진 건데 그만……."

남작이 중얼거렸다.

"그런 사소한 거야 우리가 호텔비 낼 때 같이 내면 돼."

"우리라뇨?"

팀은 그렇게 묻다가 문득 자기가 엄청난 부자임이 떠올라 덧붙여 말했다.

"그 비용은 내가 낼 거요, 남작!"

"그렇게는 안 될걸. 넌 아직 미성년자야. 그러니까 너의 후견인인 레오 마악 남작의 허락 없이는 한 푼도 쓸 수 없단다, 애야."

남작이 말했다.(갑자기 남작의 얼굴에서 다시 가소롭다는 표정이 피어났다.) 남작이 징그럽게 웃으며 몸을 숙였다.

"물론 용돈은 줄게."

배에서 입던 차림 그대로 팀도 마주 절을 하며 말했다.

"당신도 아주 비범한 생각을 하셨군요, 남작. 지금 난 옷을 갈아입고 싶어요. 나가 주시죠."

마악 남작은 처음에는 할 말을 잃고 팀을 바라보더니, 곧 소리 내어 웃기 시작했다. 그리고 웃으면서 소리쳤다.

"당신, 보기보다는 대단한걸, 팀 탈러 씨. 존경합니다!"

남작은 자기가 웃는 걸 본 팀의 얼굴이 창백해지는 걸 눈치 챘다.

마악 남작은 이 명랑한 웃음소리로 올가미를 씌우듯 다른 사람들을 자기 편으로 만들었지만, 그 웃음이 이 아이에게는 먹혀 들지 않는 것을 알았다. 이 애한테는 올가미를 씌울 수가 없었다. 남작의 웃음은 바로 팀 자신의 웃음이 아니었던가.

남작은 재빨리 문 쪽으로 몸을 돌렸다. 남작은 나가기 전에, 방문 바로 옆에 있던 반짝거리는 책상 위를 웃옷 소매로 문지르고는 힐끗 팀을 곁눈질하면서 가죽으로 된 서류 가방을 가운데로 밀었다.

그러고 나서 문을 열며 어깨너머로 말했다.

"당신 대신 일하러 갑니다, 팀 탈러 씨! 하인을 불러 주겠어요. 메소포타미아 출신의 내 심복이지요."

"고마워요. 하지만 난 혼자 옷을 입을 줄 아는 나이예요."

남작이 빙그레 웃었다.

"그럼 더 좋고요. 돈을 아낄 수 있겠군요."

마침내 남작이 나가고 조용히 문이 닫혔다.

이층 복도에서 남작은 잠시 멈춰 서서 생각에 잠겨 중얼거렸다.

"저 녀석은 자기 웃음을 되찾고 싶어 해. 녀석은 어둠이 주는 힘을 무시한단 말이야. 아니면 전혀 관심이 없거나. 녀석은 빛을 원해. 그런데 빛은……."

남작은 느릿느릿 자기 방으로 돌아갔다.

"……빛은 거울로 꺾이지. 그걸 한번 해 봐야겠어."

남작은 자기 방으로 들어가서, 안락의자에 털썩 주저앉았다. 남작의 머리 위에는 팀의 방에 있던 것과 비슷한 샹들리에가 달려 있었다. 가볍게 흔들리는 유리 방울들에 눈길이 가자, 팀이 실내화를 던졌던 기억이 되살아났다. 남작은 갑자기 웃음을 터뜨렸다. 하도 웃어서, 몸이 흔들린 나머지 안락의자에서 삐걱거리는 소리가 날 정도였다.

남작은 어린 소년처럼 웃었다. 웃음은 샴페인 잔에서 올라오는 기포처럼 꺄르륵거리며 배에서부터 올라왔다. 몇 번이고 — 멜로디에 맞게 — 딸꾹질이 났다. 음의 사다리를 타고 올라갔다가 딸꾹질이 나고, 그걸 신호로 낮은 음이 시작되고, 다시 높은 음의 사다리를 타고 올라가면 새로 딸꾹질이 나곤 했다.

하지만 남작은 아무 생각 없이 즐거워하면서도 결코 감정이 흔들리는 사람은 아니었다. 남작은 자신을 행복하게 할 줄 몰랐다. 모든 것을 설명하고, 부분부분으로 나눠 생각해야 직성이 풀렸다. 남작은 자기의 감정까지도 그렇게 했다.

이번에도 딸꾹질로 웃음이 끝나고 나자, 남작은 자기가 왜 웃었는지 곰곰이 생각해 보았다. 놀랍게도, 마법의 주문으로 팀 탈러에게 강한 인상을 남기려고 했지만 결국 실패하고 만 자신을 생각하면서 웃었다는 걸 알게 되었다.

그 시도는 실패했고 자기가 팀 탈러를 누르지 못했는데도 남작은 웃었던 것이다. 그건 남작이 지금까지 해 보지 못했던, 아주 새로운 경험이었다.

남작은 안락의자에서 일어나─서성이면서─혼잣말을 했다.

"이상한 일이야. 난 다른 사람의 마음을 지배하려고 웃음을 샀는데. 그런데 지금⋯⋯."

남작은 풀이 죽어 멈춰 섰다.

"⋯⋯지금 내가 가진 건 내 자신을 지배할 수 있는 힘이야. 내 기분, 변덕스러운 기분을 지배하는 힘 말이야. 난 더 이상 변덕스러운 사람이 아니야. 웃음으로 그걸 몰아내 버렸어!"

남작은 다시 방 안을 서성거렸다.

"옛날 같으면, 힘겨루기에서 졌으면 분을 참지 못했을 텐데. 양탄자라도 찢어발겼을 거야. 그런데 지금 난 진 사람인데도 승리자인 것 같단 말이야. 내가 웃고 있잖아!"

이 빼빼 마른 남자는 다시 안락의자에 덜썩 앉았다. 그 순간, 그의 얼굴에 체크무늬 옷을 입은 경마장 신사의 교활한 표정이 스쳤다.

"웃음을 따라올 테면 따라와 봐, 팀 탈러. 난 절대 돌려주지 않을 테야! 무슨 일이 있어도!"

17장 '악마' 남작

그 당시 돈 많은 어린 상속인들은 대개 그런 옷을 입었다. 회색 플란넬 바지에, 빨강과 검정 줄무늬가 있는 재킷, 새하얀 비단 와이셔츠를 입고 스코틀랜드 무늬의 붉은 넥타이를 매고, 같은 무늬의 양말에 갈색 섀미(무두질한 염소나 양의 부드러운 가죽−옮긴이) 신발을 신었다.

팀도 그런 옷을 입고 전신 거울 앞에 서서, 난생처음으로 머리를 촉촉하게 빗었다. 양탄자 위, 팀의 발치에는 어느 테니스 선수의 사진이 펼쳐져 있었다. 팀은 그 선수의 머리를 흉내 내고 있었다. 웬만큼은 비슷해 보이기도 했다.

팀은 잠시 거울 속에 비친 자기의 모습을 바라보다, 양 입가를 추켜올려 보려고 했다. 그 모습은 웃음하고는 거리가 멀었다.

팀은 무거운 마음으로 몸을 돌려, 방이 세 개나 되는 자기 호텔 방을 어슬렁거렸다. 별 재미도 못 느끼면서도 흔들의자에 앉아 보았다가, 벽에 걸린 그림들을—바다에 떠 있는 배 그림들밖에 없었다—물끄러미 바라보았다. 괜히 상아색 전화기를 들었다 놨다 했다. 그러다 반짝이는 책상 위로 눈길이 갔다. 팀은 요란스레 장식된 가죽 서류 가방을 열어 보았다. 그 서류 가방은 남작이 방을 나가면서 책상에 밀어 놓은 거였다. 거기엔 편지지가 들어 있었다. 편지지 왼쪽 위에는 회색빛으로 이렇게 인쇄되어 있었다.

팀 탈러
마악 남작 주식회사 대표

오른쪽에는 이렇게 적혀 있었다.

년   월   일 제노바에서

178

서류 가방 한쪽의 비단 주머니에는 편지 봉투가 들어 있었다. 팀은 봉투를 꺼내 뒷면을 읽어 보았다.

팀 탈러, 이탈리아, 제노바, 팔마로 호텔

팀은 책상 앞에 있는 푹신한 의자에 앉아, 서류 가방 옆에 있던 만년필 뚜껑을 돌려 열었다. 편지를 쓸 작정이었다.

그런데 팀이 서류 가방을 옆으로 밀치는 통에 편지지 한 장이 툭 튀어나와, 반짝이는 책상에 거울처럼 비쳤다.

팀 탈러

마아 남작 주소예시 내표

그러자 한 단어가 눈에 확 들어왔다.

마아

'꼭 악마 남작이란 말 같네.'
하지만 팀은 곧 생각을 고쳐먹었다.
"악마에 대한 말을 듣고 나서 그런지, 사방천지에 악마가 보인다니깐. 이건 그냥 그 사람 이름일 뿐인데."

팀은 그 편지지를 밀어넣고 편지를 쓰기 시작했다.

리케르트 아저씨께

전 제노바에 잘 도착하지 못했어요. 남작이 죽고 제가 그 상속인이 되었어요. 제가 원한 건 절대 아니에요. 오히려 그 반대죠. 아쉽게도 설명드릴 수가 없네요. 혹시 나중에 말씀드릴 기회가 있을지 모르겠어요. 크레쉬미르라는 사람과 연락을 한번 취해 보세요. 그분은 맹장염을 앓고 있어요. 그분이라면 모든 걸 설명해 드릴 수 있을 거예요. 저는 안 돼요! '돌고래' 배의 키잡이와도 이야기해 보세요. 그 사람 이름은 요니이고 함부르크 출신이에요. 그분도 일이 어떻게 된 건지 알고 있어요.

이제 전 세상에서 가장 돈이 많은 사람이고, 새 남작이라고 하는 사람은 제 후견인이에요. 좋은 일은 아니지만, 도움이 될 수는 있을 거예요. 이 모든 게 제가 원하는 바가 아니라는 걸 남작이 눈치 채지 못하게 할 거예요.

아저씨와 할머니, 그리고 크레쉬미르 아저씨와 요니 아저씨, 모두 제게 참 좋으신 분들이에요. 어쩌면 아저씨가 저를 위해 좋은 방법을 찾으실지도 모르겠어요. 하지만 전 저 혼자 힘으로 일어서야 해요. 제가 목표와 계획을 갖고 있는 게 좋을 것 같아요. 제 자신이 더 이상 완전한 사람이 아니란 걸 잊기 위해서라도요.

할머니께 안부 전해 주세요.

　　　　　　　　　　슬픈 팀 탈러가 아저씨께 감사의 말을 전하며.

추신: 답장은 쓰지 마세요. 나중에 혹시 비밀 주소가 생기면 연락드릴게요.

팀 탈러 올림.

팀은 편지를 한 번 더 읽어 보고 잘 접어 봉투에 넣고 봉투를 봉했다. 막 주소를 쓰려는데, 복도에서 발소리가 들려왔다.

팀은 재빨리 편지를 양복 안주머니에다 감췄다. 곧 노크 소리가 나더니 대답도 하기 전에 남작이 들어왔다.

서류 가방이 열려 있고, 그 옆에 만년필 뚜껑도 열려 있는 걸 보고 남작이 물었다.

"개인적인 편지인가요, 팀 탈러 씨? 앞으로 그런 건 신중하게 해야 합니다. 더구나 당신한테는 개인 비서가 딸려 있어요."

팀은 서류 가방을 닫고, 만년필 뚜껑을 돌려 닫으며 말했다.

"비서가 필요하면 부르도록 하지요."

마악 남작이 웃으면서 말했다.

"잘도 으르렁거리는군요, 사자 나으리! 새 옷을 입으니 새 습관이 생기나 보죠. 칭찬할 만해요!"

다시 노크 소리가 들렸다. 언짢은 얼굴로 남작이 소리쳤다.

"무슨 일이야?"

문 뒤에서 외치는 소리가 들렸다.

"회장님의 가방을 가져왔습니다!"

마악 남작이 퉁명스럽게 대꾸했다.

"들어와!"

기다란 초록색 앞치마를 두른 하인이 굽실거리며 팀의 선원 가방을 들고 와, 선반 위에 올려놓고는 문 옆에 서 있었다.

팀은 그 하인에게 가서 손을 내밀며 말했다.

"정말 고마워요!"

놀란 얼굴로, 한편으로는 찜찜한 표정으로 하인은 서투르게 팀의 손을 잡으며 중얼거렸다.

"무슨 일이람."

남작은 웃으면서 말했다.

"그 사람은 그런 걸 몰라요. 하지만 여기 이거라면 분명히 알지요."

남작은 주머니에서 돈다발을 꺼내 그중 한 장을 하인에게 주었다. 얼굴이 환해진 하인이 외쳤다.

"고맙습니다! 정말 고맙습니다, 남작님!"

하인은 몇 번이고 절을 하면서 뒷걸음질로 방을 나갔다.

하인의 등 뒤로 문을 닫으며 남작이 말했다.

"옛날에는 하인이 주인 방에 들어오면, 먼저 신발부터 벗고 무릎으로 기어와 주인의 구두코에다 입을 맞추었는데. 아쉽게도 그런 행복한 시기는 지났단 말이야."

팀은 남작이 하는 말을 제대로 듣고 있지 않았다. 자기 가방에 모자가 들어 있고, 그 모자 안감 속에 마악 남작과 체결한 계약서가 들어 있다는 게 번뜩 머리를 스쳤기 때문이다. 그냥 무심한 척 팀은 가방 있는 데로 가 맨 위에 모자가 있음을 확인했다. 모자를 만져 보니 안감 아래에서 뭔가 부스럭거렸다. 팀은 안도의 한숨을 내쉬었다. 그 운명의 종이를 남작 몰래 모자 안감에서 꺼내 양복 안주머니에 넣은 다음에야 팀은 다시 남작의 말에 귀를 기울였다.

"이런 호텔에서는 세 사람한테만 손을 내밀면 돼요. 우선은 수위. 수위가 막으면 어느 누구라도 들어올 수 없으니까요. 그 다음은 지배인이에요. 그 사람 입을 막아야 하기 때문이지요. 마지막으로 주방장이 있어요. 주방장은 우리 거래 측 사람들의 까다로운 입맛을 맞춰야 하니까요."

"명심할게요."

팀은 그렇게 말했지만 속으로는 이렇게 생각했다.

'다시 웃을 수만 있다면, 하인들과 청소하는 아주머니들한테 손을 내밀어도 즐거운 일일 거야.'

그때 전화벨이 울렸다. 팀이 전화를 받아 "네, 팀 탈러입니다." 하고 말했다.

수화기에서 누군가의 목소리가 흘러나왔다.

"차가 왔습니다, 회장님."

"고마워요."

팀은 전화를 끊었다.

팀이 하는 행동을 하나하나 지켜보던 남작이 말했다.

"절대 이름 석 자를 다 말하지 마요. '네?' 하고 묻는 걸로 충분해요. 지금 방해 받고 싶지 않다는 게 분명히 드러나는 투로 말이에요. 차가 기다린다고 알려 주면 고맙다고 하지 마요. 그냥 퉁명스럽게 '좋아.' 하면 돼요. 부자가 되면 어느 정도 거만해져야 합니다, 팀 탈러 씨. 사람들과 거리를 두는 게 중요해요."

"명심할게요."

대답하면서 팀은 다시 생각했다.

'내가 웃음을 되찾을 때까지만 기다려라!'

두 사람은 호텔 라운지로 내려갔다. 두 사람이 나타나자 소파에 앉아 있던 몇몇 신사가 일어나 인사를 했다. 그중 한 사람이 가까이 다가와 말했다.

"저, 남작님……."

남작은 그 사람을 쳐다보지도 않고 말했다.

"지금 급한 일이 있어요. 나중에 봅시다."

곧 두 사람은 대리석 계단을 내려가 문이 여섯 개 달린 자동차에 올랐다.

운전사가 문을 닫았고 남작과 팀은 붉은색의 푹신한 가죽 소파에 앉았다.

두 사람이 탄 차 앞뒤로 경호하는 다른 차가 달린다는 걸 팀은 눈치 채지 못했다. 길거리에서 들려오는 신문팔이 소년의 외침도 알아듣지 못했다.

"일 바로네 마악 에 모르토! 아데쏘 운 라가쪼 디 크반또르디씨 안니 에 일 피우 리꼬 우오모 델 몬또!"

남작이 가소롭다는 듯 입을 씰룩거리며 소년의 외침을 통역해 주었다.

"마악 남작 사망. 열네 살 소년이 세계에서 제일가는 부자가 되다!"

신호등 앞에서 차가 멈췄다. 마침 남작은 그들이 가는 환영식장에서 어떻게 행동해야 하는지 팀에게 규칙을 말해 주던 참이었다. 하지만 팀은 과일 장수 옆에 서서 입을 쩍 벌리고 커다란 사과를 한 입 베어 물려고 하는, 어린 흑인 소녀를 보느라 정신이 팔려 있었다. 팀이 보고 있다는 걸 알아채자, 소녀는 입에서 사과를 치우고 팀에게 미소를 지어 보였다.

팀은 소녀에게 손을 흔들며, 자기가 웃으려고 할 때마다 번번이 슬픈 결과만 낳았다는 사실을 까맣게 잊었다. 소녀는 자동차 창문 뒤의 얼굴이 갑자기 끔찍하게 일그러지는 걸 보았다. 기겁을 한 소녀는 울음을 터뜨리더니 과일 장수 뒤로 숨어 버렸다.

팀은 재빨리 손으로 얼굴을 가리고 자리 깊숙이 뒤로 물러났다. 자동차의 백미러로 그 광경을 지켜본 남작은 창문을 내리고 어린 소녀를 향해 알아들을 수 없는 이탈리아 말로 뭐라고 외쳤다.

아직도 뺨에 눈물이 얼룩진 소녀는 과일 장수 뒤에서 빠끔히 얼굴을 내밀다, 머뭇머뭇 자동차로 다가와 창문 너머로 남작에게 사과를 내밀었다. 남작이 사과를 받고 그 대신 반짝이는 동전을 주자, 얼굴이 환해진 그 소녀는 조그마한 소리로 '고맙습니다' 하고는 다시 웃었다.

차는 다시 달리기 시작했고 남작은 팀에게 사과를 내밀었다. 그러나 팀이 머뭇거리며 손을 내밀다가 다시 거두어 버리자, 래커 칠을 한 것처럼 반짝거리던 그 큰 사과는 팀의 무릎에서 바닥으로 굴러 떨어져 운전사에게로 떼굴떼굴 굴러가 버렸다.

남작이 말했다.

"탈러 씨, 앞으로 당신은 웃음 대신 팁을 사용하는 법을 배워야 해요. 대개는 팁이 친절보다 더 효과가 있지요."

'그러는 넌 왜 내 웃음을 산 거야?'

팀은 마음속으로 생각했으나 말로는 "명심할게요, 남작."이라고 했다.

18장 웃는 얼굴, 찡그린 얼굴

칸디도 궁은 이탈리아 말 그대로 정말 하얀 궁전이었다. 하얀 대리석으로 된 바깥은 물론 안도 온통 하얀 석회로 되어 있었다.

남작과 팀이 이층 계단으로 오르자―계단도 하얀 대리석으로 되어 있었다―이치, 오치라는 말로 끝나는 이름을 가진 사장들이 그들을 둘러쌌다. 부둣가에서 얼핏 인사를 나눈 사람들 같기도 했다.

남작이 팀과 이야기를 나누고 있었기 때문에, 그 사람들은 아무 말 없이 숨죽이고 기다렸다.

남작이 목소리를 낮추어 말했다.

"이 궁전은 미술관으로 사용하고 있어요. 여길 빌리느라 우린 많은 돈을 지불했어요. 방방마다 고대 이탈리아와 네덜란드의 유명한 그림들이 걸려 있지요. 우린 그 그림들을 감상할 거예요. 그러는 게 우리 품위에 걸맞지요. 팀 탈러 씨, 당신은 예술이나 그림을 전혀 이해하지 못할 테니, 묵묵히 진지한 얼굴로 그냥 그림들을 보기만 하세요. 내가 앞에 서서 헛기침을 하면 좀 더 오랫동안 그 그림을 보세요. 묵묵히 관심이 있는 척 행동하면 돼요."

팀은 굳은 얼굴로 묵묵히 고개를 끄덕였다.

하지만 두 사람이 ─사장들 무리에 둘러싸여─ 그림을 감상할 때, 팀은 남작이 일러 준 말을 하나도 지키지 않았다. 남작이 앞에 서서 헛기침을 하면 대개는 상당히 빨리 그 그림을 지나쳤다. 반대로 남작이 기침을 하지 않은 그림들 앞에서는 훨씬 더 오래 서 있었다.

미술관에는 주로 사람의 얼굴을 그린 초상화가 많았다. 네덜란드 화가들의 작품들은 투명한 피부에(심지어 파란 혈관이 들여다보이는 경우도 있었다), 하나같이 가느다란 입술로 다부진 표정을 짓고 있었다.

반대로 이탈리아 화가들이 그린 초상화는 불투명한 갈색 피부에, 표정은 아름답고 매끄러웠고, 신비스러운 미소를 머금은 입가에는 둥근 주름이 져 있었다. 남작이 대개 네덜란드 그림 앞에서 헛기침을 한 걸로 봐서 네덜란드 그림이 더 유명한 것 같았다. 그렇지만 팀은 살짝 미소를 머금고 친근하고 개방적인 표정을 담고 있는 다른 초상화들에 더 마음이 끌렸다. 때로는 남작한테 떠밀리다시피 해서 맘에 드는 그림들 앞을 지나치기도 했다. 하지만 이치, 오치 사장들은 팀이 꽤나 그림을 볼 줄 안다고 생각했다.

그러한 눈치를 알아차린 남작이 돌연 관람을 중단시키고 말했다.

"그럼, 오늘 모임의 본론으로 들어갈까요, 여러분들!"

그러자 사람들이 모두 어떤 방으로 몰려갔다. 그 방에는 성대한 음식이 차려진 탁자가 디근 자 모양으로 배열되어 있었다. 맨 위쪽 자리 하나는 월계수 잎으로 장식되어 있었다. 바로 팀의 자리였다.

모두 자리에 앉기 전에 난쟁이 사진사 한 명이 나타났다. 사진사는 가냘픈 몸매로 민첩하게 움직이며, 검은 장발머리가 눈을 찌르면 익숙한 동작으로 머리를 흔들어 뒤로 넘겼다. 사진사는 모인 사람들에게 팀을 중심으로 빙 둘러서 달라고 부탁했다.(모르는 사람이 많이 와 사장들 틈에 끼었는데, 팀은 새로 온 사람들과 굳이 악수를 하지 않아도 되었다.)

난쟁이 사진사는 사진기를 삼각대 위에 얹고 파인더를 들여다보았다. 그러고는 요란한 손짓으로 모인 사람들을 지휘하면서 쉬지 않고 소리쳤다.

"리데레! 소리데레! 소리데레, 프레고!"

팀은 어깨너머로 그란디치 사장에게 물었다.

"뭐라 그러는 거예요?"

"너더러, 아이고 죄송합니다. 회장님 보고…… 그러니까 우리더러 웃으라는 겁니다."

"그렇군요. 고마워요!"

그 말을 들은 팀의 얼굴이 창백해졌다. 사진사는 바로 팀을 향하여 몇 번이고 "소리데레! 제발 좀 웃으세요!" 하고 말했다. 그러자 모두가 입을 꼭 다물고 있는 팀을 바라보았다. 사진사는 어쩔 줄 몰라 하며 다시 말했다.

"웃으세요. 제발 웃어 보세요!"

그란디치 사장 뒤에서 이 광경을 바라보던 마악 남작은 한마디도 거들지 않았다.

그러자 팀이 말했다.

"상속받은 재산은 내게 무거운 짐이에요, 사진사 아저씨. 내가 그 일로 웃어야 할지, 울어야 할지 아직 모르겠어요. 웃음이 나올지, 울음이 나올지 그냥 두고 보게 해 주세요."

팀을 빙 둘러싼 사람들 사이에서 소곤대는 소리가 들렸다. 어떤 사람은 팀이 한 말을 통역해 주었고, 또 어떤 사람은 팀을 보고 감탄을 했으며, 또는 영문을 모르겠다는 말을 하기도 했다. 남작만 가소롭다는 표정을 짓고 있었다.

어쨌든 그럭저럭 사진 촬영이 끝났다. 상속인만이 웃지 않은 채로. 이어서 모두 자리에 앉았다. 팀의 양쪽에는 호위하듯 그란디치 사장과 남작이 앉았다. 그란디치 사장의 장식용 수건에서는 여전히 카네이션 향기가 풍겼다. 달콤한 후추 냄새와 같았다.

식사를 하기 전에 여러 번 연설이 있었다. 이탈리아어로 하기도 하고, 서투른 독일어로 하기도 했다. 그리고 매번 사람들이 웃고, 고개를 끄덕이고 박수를 칠 때는, 전부가 맨 윗자리에 앉은 팀을 쳐다보곤 했다.

한번은 남작이 팀에게 귓속말을 했다.

"당신, 너무 서두르느라 쉽지 않은 삶을 택했어요, 팀 탈러 씨."

팀도 귓속말로 대답했다.

"예상했던 바예요, 남작."(하지만 사실은, 자기를 모두가 이상한 동물 보듯 하는, 여기 식탁의 주인공으로 앉아 있는 것보다 더 끔찍한 일은 없을 것이다. 하지만 남작과 겨루어야겠다는 확고한 신념이 팀을 강하고 꿋꿋하게 만들었다.)

팀은 잠시 요니를 생각했다. 그러자 갑자기 아이가 되어 엉엉 울어 버리고 싶은 마음이 울컥 치밀어 올랐다. 그 순간 다행히도 남작의 연설이 시작되어 팀은 다시 마음을 가다듬을 수 있었다.

남작은 우선 돌아가신 형의 업적에 대해 칭찬하고 나서, 많은 재산을 관리하는 사람들의 위대한 과제에 대해 말하더니, 그 많은 재산을 올바르게 사용하는 힘과 지혜가 어린 상속인에게 있기를 바란다는 말로 끝을 맺었다. 그런 다음 이탈리아 말로 몇 마디 더 했다.

남작이 소년처럼 웃었던 걸로 봐서 무슨 농담이었던 모양이다.

자리의 신사 숙녀들이 그 말에 매혹되어 같이 웃으며 박수를 쳤다.

팀은 이번에도 꼼짝 않았다. 리케르트 씨가 함부르크에서 선물해 준 손목시계를 차고 있던 팀은 마침 시계를 들여다보았다. 여섯 시 삼십 분이었다. 여덟 시에 요니를 만나기로 되어 있는데, 식탁 위에 늘어선 접시와 술잔, 포크와 나이프로 봐서는 식사가 길어질 모양이었다. 그러니 다른 사람들보다 먼저 자리에서 일어나야 했다. 그런데 어떻게 그렇게 할 수 있을까? 자기가 오늘의 주인공인데…….

정말로 식사는 오래도록 계속되었다. 수프와 전채요리를 먹고 주메뉴가 나오자 ─ 백포도주에 절인 송아지 콩팥 요리였다 ─ 벌써 일곱 시 이십 분이었다.

머릿속이 온통 요니 생각으로 가득 차 있던 팀은 고상한 식사 예절 따위 전혀 신경 쓰지 않았다. 그냥 '돌고래' 배에서 본 대로만 먹었다. 팀이 그렇게 귀엽고 자연스럽게 식사를 하는 모습을 본 남작은 점점 더 팀에게 감탄했다. 막 포크를 송아지 콩팥에 우아하게 찌른 남작이 중얼거렸다.

"내가 이 애를 얕잡아 봤어."

여덟 시 이십 분 전에 팀은 남작에게 몸을 숙이며 말했다.

"근데 저…….."

남작은 팀의 입에서 난처한 말이 나오기 전에 얼른 대답했다.

"화장실은 오른쪽 문 뒤 복도에 있어요."

"고마워요."

팀은 자리에서 일어나, 적어도 백 명의 시선을 온몸에 받으며 식탁을 지나 오른쪽 문으로 걸어갔다. 팀은 열네 살짜리 보통 아이가 걷는 대로 걸으려고 애를 썼다.

드디어 복도로 나오자, 발칵 소리내어 욕이라도 내지르고 싶은 심정이었다. 하지만 거기에는 금빛 제복을 입은 하인이 서 있었다. 그래서 팀은 차분히 마음을 가다듬고 화장실로 갔다. 거기서 하고 싶었던 욕을 거울 앞에서 세 번, 아주 천천히 똑똑하게 내뱉었다.

다시 복도로 나왔을 때, 금빛 제복을 입은 하인이 마침 등을 돌리고 있었다. 팀은 그 틈을 이용해 까치발로(대리석 바닥이 울리기 때문이다) 계단으로 가 서둘러 아래로 내려갔다.

궁 앞에는 옷에 금술을 단 수위가 있었지만, 팀을 알아보지 못하는 것 같았다. 퉁명스러운 표정으로 멀뚱멀뚱 쳐다볼 뿐이었다.

팀은 대담하게도 콜럼버스 동상이 어디에 있는지 수위에게 물었다. 팀의 독일어를 알아듣지 못한 수위는 난처한 표정으로 전차 정류장을 가리켰다. 팀은 서둘러 정류장으로 걸어갔다.

19장 요니와 남작의 대결

초조하게 전차를 기다리면서 팀은 어깨너머로 궁의 입구를 엿보았다. 수위 외에는 아무도 보이지 않았다. 식장의 사람들은 팀이 아직까지 돌아오지 않는 것에 대해 별로 이상하게 생각하지 않는 모양이었다. 초조한 마음으로 팀은 버스 노선표를 들여다보았다. 노선표 한가운데에 직사각형 모양의 거울이 달려 있었다. 그런데 갑자기, 오늘 들어 세 번째로 거울을 통해 남작의 존재를 보게 되었다. 궁의 정문 한쪽에 팀과 남작이 타고 온 자동차가 서 있는 게 거울 속에 비쳐 보였던 것이다. 그 자동차 옆에는 다른 차가 두 대 더 서 있었고, 앞쪽 차 옆에서 두 사람이 마침 팀을 가리키며 뭐라 수군대고 있었다.

그제야 모터보트에서 그란디치 사장이 경호원이 늘 따라다닐 거라고 말했던 게 생각났다. 아마도 그 사람들이 비밀 감시원인 듯했다. 그건 곤란한 일이었다. 팀이 요니를 만나는 걸 남작이 알아서는 안 되기 때문이다. 바로 그때 전차가 왔다. 전차는 양 쪽으로 오르내릴 수 있는, 여름 전차였다.

전차가 이렇게 양쪽으로 오르내릴 수 있게 된 건 팀에게 아주 잘된 일이었다. 웃음을 잃어버린 후로, 팀은 어려운 상황일수록 차분히 생각해야 한다는 걸 서서히 배우게 되었다. 그래서 지금도 자기가 어떻게 해야 하는지 재빨리 알아차렸다. 팀은 전차의 중간 칸으로 올라타서는 거기 서 있는 사람들 틈을 비집고 들어가 전차가 출발하려는 순간 다른 쪽 문으로 빨리 내려 버렸다. 그런 다음 재빨리 길을 건넜다. 쌩쌩 달리는 경주용 차를 가까스로 피해 다른 쪽 보도로 걸어갔다.

좁은 골목길로 오르기 전에, 팀은 얼른 뒤를 돌아보았다. 경호원 중 한 사람이 막 길을 건너고 있었다. 팀은 경호원을 따돌리기 위해서는 서두를 게 아니라, 머리를 써야 한다고 생각했다.

다행히 팀은 대부분의 집들이 건물 양쪽으로 문이 나 있는, 제노바의 복잡한 골목길에 서 있었다. 그래서 팀은 침착하게 튀김 냄새와 올리브 냄새가 진동하는 작은 가게에 들어가서 반대편 문으로 다시 빠져나왔다. 그리고 오징어구이를 파는 골목을 지나 '트라토리아'라고 씌어 있는 식당 입구로 슬쩍 들어가 그곳을 통과해, 보석이 보기 좋게 쌓여 있는 보석상들이 즐비한 골목에 이르렀다. 보석상 앞을 따라가 다른 쪽으로 연결되는 좁다란 골목으로 꺾자 아주머니들이 수다를 떨며 물건을 파는 노점상이 나왔다. 다시 신 포도주 냄새가 진동하는 '트라토리아'를 지나오니, 마침 문을 열어 놓고 있는 버스가 문득 눈앞에 나타났다. 팀이 재빨리 차에 올라 문을 닫자마자 차가 출발했다.

운전사는 미소를 지으며 왜 차비를 내지 않느냐는 손짓을 하고는, 차비를 달라고 손을 내밀었다. 돈 생각은 전혀 하지 않았던 팀은 무의식적으로 검붉은 양복 주머니에 손을 넣어 보았다. 다행히도 동전과 지폐가 손에 잡혔다. 팀은 지폐 한 장을 꺼내 주며 말했다.

"크리스토퍼 콜럼버스요."

운전수가 되물었다.

"뭐라고요?"

팀은 발음을 정확히 하려고 애를 쓰며 다시 말했다.

"크리스토퍼 콜럼버스요! 동상요!"

그제야 운전사는 팀의 말을 알아들었다.

"일 모누멘토 디 크리스토포로 콜롬보."

하고 운전사는 짐짓 점잖게 팀의 발음을 바로 고쳐 주었다. 팀이 고분고분 따라 했다.

"일 모누멘토 디 크리스토포로 콜롬보!"

"베네! 베네! 좋아요, 좋아!"

운전사는 웃으며 팀에게 85리라(이탈리아의 화폐 단위-옮긴이)를 거슬러 주고 차표를 끊어 주면서, 내릴 때가 되면 알려 주겠다는 몸짓을 해 보였다.

팀은 굳은 얼굴로 고개를 끄덕이며 '운이 좋았어!' 하고 생각했다. 아직 기뻐할 단계는 아니었지만, 그래도 안도의 한숨을 내쉴 수는 있었다.

십 분 후에―그 버스는 항구를 따라 달리다 골목길을 올라갔다― 운전사가 팀의 어깨를 툭툭 치며 야자나무 사이에 있는 커다란 흰색 동상을 가리켰다. 동상은 유리문이 많은 커다란 건물 앞에 있었다.

팀은 유일하게 아는 이탈리아 말로 인사를 했다.

"그라찌에! 고마워요!"

버스가 떠나자 팀은 길 잃은 사람처럼 넓은 광장에 서 있었다. 자세히 보니 그 큰 건물은 역 대합실이었다. 정문 위의 시계가 8시 5분 전을 가리키고 있었다.

역광장에 있는 많은 사람 가운데 두 명의 감시원은 보이지 않았다. 안타깝게도 요니도 보이지 않았다. 팀은 어슬렁어슬렁 동상 쪽으로 가 주위를 한 바퀴 돌았다. 거기에, 야자수 나무 옆에, 요니가 그 큰 덩치로 우뚝 서 있었다.

한눈에 요니를 알아본 팀은 요니에게 달려갔다. 요니가 그렇게 덩치가 크지만 않았다면 당장이라도 목에 매달렸을 것이다.

팀은 헉헉거리며 말했다.

"아저씨, 나 거기서 빠져나왔어요. 남작이 내게 감시원을 바짝 따라붙였는데요……."

요니는 날카롭게 팀의 말을 끊었다.

"남작이라니? 그 사람은 죽은 줄로 알았는데!"

"자칭 쌍둥이 동생으로 둔갑한 거죠."

요니가 이 사이로 휘파람을 불었다. 요니는 팀의 손을 이끌며 말했다.

"어디 조그마한 술집에라도 가자꾸나. 거기라면 우릴 쉽게 찾아내지 못할 거야."

요니는 팀을 데리고 골목골목을 돌아갔다.

요니가 '술집'이라고 한 그곳은 술집이라고 하기엔 꽤 괜찮은 곳이었다. 호스처럼 길쭉한 홀은 뒤쪽으로 가면서 어두침침한, 거의 정사각형 모양의 식당으로 넓어졌다. 바닥에는 매끈한 나무판자가 깔려 있고, 사방 벽에는 갖가지 모양과 색깔의 술병들로 채워진 진갈색 선반이 천장까지 닿아 있었다. 그걸 보니 심지어 장엄해 보인다는 생각마저 들었다. 마치 병들로 만든 대성당처럼.

요니는 팀을 홀 구석에 있는 빈자리로 데리고 갔다. 출입문 쪽에서 보면 눈에 잘 띄지 않는 구석진 자리였다. 웨이터가 오자 요니는 포도주 두 잔을 주문했다. 그런 다음 웃옷의 왼쪽과 오른쪽 안주머니에서 럼주 두 병을 꺼내 팀의 의자 아래에 놓았다.

"이건 내기에 진 술이야. 웨이터 때문에 숨겨 온 거야. 우리가 가져온 술을 홀짝거린다고 오해할 수도 있잖아."

팀도 안주머니에서 뭔가를 꺼냈다. 리케르트 씨에게 보내는 편지였다.

"요니 아저씨, 이거 함부르크로 좀 갖다줄 수 있어요? 우편으로 부치자니 좀 불안해서요."

"물론이지!"

요니는 편지를 받아 안주머니에다 넣었다.

"너 정말 이제는 부잣집 도련님처럼 보이는걸. 그래, 부자가 되니깐 재미가 어때?"

"좀 힘들어요. 그렇지만 하고 싶은 대로 행동해도 돼요. 싫으면 웃지 않아도 되고요. 단 사진을 찍을 때만 빼놓고요."

요니가 어리둥절한 얼굴로 물었다.

"너 웃는 걸 싫어하나 보구나?"

팀은 무심코 자기가 웃음에 대한 말을 한 걸 뒤늦게 깨달았다. 누구한테도 자기가 웃음을 팔았다고 말해선 안 되었던 거다. 하지만 팀이 자신의 실수에 대해 이러쿵저러쿵 설명할 틈도 없이 요니는 하던 말을 계속했다. 물고기가 물을 만난 듯 신나서 떠들어 댔다. 평소보다 더 매끄럽게, 심지어 약간은 품위 있게 얘기하는 걸로 봐서 웃음에 대해 할 말이 많은 듯했다.

"형식적인 예의로 웃는 웃음이 비위를 상하게 할 수 있다는 건 나도 인정해. 바닷가 음식점의 늙은 아주머니들이 새벽부터 밤까지 배실거리는 걸 보면 정말 싫어. 그 아주머니들은 술은 안 된다고 할 때도 웃고, 음식을 접시에 담아 줄 때도 웃어. 그뿐만이 아냐. 교회 가라고 권할 때도 웃고, 심지어는 네가 죽는다고 해도 웃을 거야. 웃고, 웃고, 또 웃지. 아침에도, 점심때도, 저녁에도 웃어. 그건 정말 참을 수 없는 웃음이야! 하지만……."

웨이터가 포도주를 가져와서 늘 손님들에게 하듯 두 사람에게 미소를 지었다. 팀은 입술을 실룩거리며 탁자를 내려다보고 있었다. 요니는 팀이 거의 울 것 같은 얼굴을 하고 있자 의아해했다. 그래서 웨이터가 물러가고 나서도 잠자코 있다 잔을 들어 그냥 이렇게만 말했다.

"건배, 팀! 너에게 행운이 있기를!"

"건배, 아저씨!"

팀은 신맛이 나는 포도주에 입만 적셨다.

잔을 내려놓으며 요니가 투덜거렸다.

"대체 어떻게 된 일인지 내가 밝혀낼 수만 있다면 좋으련만!"

팀은 그게 무슨 말인지 알았다. 갑자기 생기가 돈 팀이 요니에게 귓속말을 했다.

"크레쉬미르 아저씨와 한번 이야기해 보세요. 크레쉬미르 아저씨는 다 알고 있고 그걸 말해도 돼요. 난 말할 수 없어요. 말하면 안 되거든요."

요니는 생각에 잠긴 얼굴로 팀의 얼굴을 바라보다가 한참만에 입을 열었다.

"네가 누구 때문에 그러는지 대강 알 것 같아."

그러더니 요니는 탁자 너머 팀 쪽으로 몸을 숙여 파고들 듯하며 물었다.

"그자가 네게 마술을 부린 거니?"

"아뇨. 마술을 부린 건 아니지만 오래된 주문을 외긴 했어요."

팀은 요니에게 호텔에서 나눈 이야기와 이상한 주문, 그리고 샹들리에가 떨어진 일을 이야기해 주었다.

샹들리에가 박살이 났다는 이야기가 무척 우스웠나 보다. 요니가 큰 소리로 껄껄 웃으며 신이 나서 탁자를 치는 바람에 잔들이 흔들 춤을 추고 포도주가 출렁거렸다. 요니는 웃느라 가빠진 숨을 내쉬며 말했다.

"그거 정말 웃긴다! 정말 대단한걸! 너, 그거 아니? 네가 그 원숭이 같은 녀석의 가장 예민한 부분을 찌른 거라고! 정말이야, 팀!"

요니가 다시 의자 등받이에 몸을 기댔다.

"샹들리에를 박살 낸 건 기막히게 잘한 일이야. 그 작자는 그런 걸

참지 못하지. 더구나 그렇게 결정적인 순간에 말이야.”

　요니는 재미있다는 듯이, 남작이 주문을 외울 때 했던 것처럼 양손을 들고, 우스꽝스러운 말을 했다.

　　들쥐와 쥐의 주인이여,
　　파리와 개구리와 빈대와 이의 주인이여!

　자기도 모르게 팀도 의자 뒤로 기대어 앉았다. 누군가 남작에 대해 비웃고 조롱하는 말을 들으니 정말로 위로가 되었다. 팀은 정말 오랜만에 마음이 후련한 웃음소리를 들었다.

　요니가 우스꽝스러운 주문을 외는 동안 팀은 무심코 아래를 바라보았다. 그런데 나무 바닥을 보니 갑자기 엄청나게 살찐 들쥐가 나타났다. 쥐는 악마같이 찌익 찍 찢어지는 소리를 내며 겁도 없이 요니의 다리를 물어뜯으려는 듯 다가가고 있었다. 들쥐라면 구역질 나게 싫어하는 팀이 소리쳤다.

　“들쥐예요, 아저씨!”

　요니도 벌써 들쥐를 보고 있었다. 요니는 믿을 수 없을 정도로 민첩하고 침착하게 행동했다. 들쥐가 노리는 다리를 살짝 뒤로 빼면서, 재빨리 다른 쪽 다리를 들어 있는 힘껏 발로 들쥐의 머리를 밟았다. 바닥에 널브러진 들쥐의 모습이 너무나 끔찍하고 역겨워서 팀은 얼른 얼굴을 돌리고 말았다. 토할 것만 같았다.

그러나 요니는 끄떡도 하지 않고 빙그레 웃으며 이렇게 말했다.

"그자가 전령을 보냈구나. 자 마셔, 팀. 죽은 쥐는 보지 말고!"

팀은 포도주를 벌컥벌컥 들이켰다. 금방 효과가 나타났다. 메슥거림은 가라앉았지만, 머릿속이 물레방아 돌듯 서서히 빙글빙글 돌기 시작했다. 그때 요니가 말했다.

"우린 시간이 별로 없어, 팀. 곧 남작이 몸소 나타날 거야. 한 가지만 기억해. 네가 믿지 않는 건 세상에 없는 거야. 무슨 말인지 알겠니?"

그게 무슨 말인지 이해하지 못한 팀은 물레방아가 점점 더 빨리 돌아가는 가운데, 고개를 가로저었다.

"무슨 말이냐 하면, 남작이 네 신경을 건드리면, 언제고 샹들리에를 박살 내 버리란 말이야! 알겠어?"

팀이 고개를 끄덕였다. 그러나 팀은 실제 요니가 말하는 뜻을 반 정도밖에 이해하지 못했다. 눈꺼풀이 점점 더 무거워졌다. 아까 칸디도 궁에서 포도주를 마신 데다가 또 마셨으니 술에 익숙하지 않은 팀으로서는 당연했다.

"할 수 있거든, 그 원숭이 같은 녀석을 비웃어 줘. 네가 받은 유산으로 넌 외부의 자유는 충분히 얻을 수 있어. 하지만 내면의 자유는 다른 재산, 바로 웃음으로 얻는 거란다. 오래된 영국 속담이 있는데, 뭐냐하면……."

요니가 이맛살을 찌푸리며 구시렁거렸다.

"거, 이상하네. 조금 전까지만 해도 알았는데, 금방 까먹었네. 입에서만 맴돌고, 뭔지 모르겠어. 포도주 때문인가."

"나도 술이 받질 않는데요."

팀은 혀가 꼬부라진 소리로 말했다. 하지만 요니는 팀이 하는 말을 제대로 듣고 있지 않았다. 골똘히 그 속담을 생각하다 갑자기 소리쳤다.

"아, 이제 생각났다! '티치 미 랩터, 세이브 마이 소울!(Teach me laughter, save my soul! 영어로 '내게 웃음을 가르쳐 다오. 내 영혼을 구해 다오!'라는 뜻이다.―옮긴이) 이게 어찌나 생각이 안 나던지 원!"

요니는 자신의 건망증에 대해 웃으며 이마를 탁 쳤다.

그런데 눈 깜짝할 사이에 끔찍한 일이 벌어졌다. 갑자기 요니가 의자 밑으로 굴러 떨어지더니 바닥에 쓰러져 죽은 들쥐 곁에 뻗어 버린 것이다. 창백한 얼굴은 아직도 웃고 있었다.

번쩍 정신이 든 팀은 벌떡 자리를 박차고 일어나 도움을 청하려고 주위를 둘러보았다. 그러다 마침 영문도 모르고 이쪽을 쳐다보던 웨이터와 눈이 마주쳤다. 웨이터는 한 신사에게서 막 돈을 받는 참이었다. 그 신사는 등을 돌리고 앉아 있었다. 그렇지만 팀은 한눈에 그가 누군지 알아봤다. 바로 마악 남작이었다.

그걸 본 팀은 곧 팽팽하게 긴장된 상태로 돌아갔다. 그건 자기의 본성과는 다르게 행동하고 말하는 걸 의미했다. 팀은 아주 침착하게 웨이터를 손짓해 부른 다음, 요니 옆에 무릎을 꿇고 앉았다.

요니는 정신을 잃은 가운데서도 느리고 힘겹기는 하지만 똑똑히 알아들을 수 있는 목소리로 영국 속담을 한 번 더 말했다.

"티치 미 랩터, 세이브 마이 소울!"

팀은 웨이터와 그 뒤에 서 있는 남작을 올려다보았다.

남작이 깜짝 놀라는 시늉을 했다.

"탈러 씨, 이런 우연이 있나! 벌써 한 시간 전부터 당신을 찾고 있었어요."

팀은 남작이 하는 말에는 대꾸도 하지 않고 말했다.

"만약 요니 아저씨에게 무슨 일이 일어나면, 당신을 고발하겠어요! 웨이터 당신도 마찬가지고요!"

남작은 가소롭다는 표정으로 웃으며 말했다.

"자, 진정해요, 진정! 그 사람은 멀쩡해요. 물론 우린 그 사람을 해고할 겁니다. 하지만 그렇게 힘이 좋은 사람이라면 선박 정박장에서 쉽게 일자리를 찾을 수 있을 거예요."

그동안에 술집에 있던 손님들이 무슨 일인가 하고 몰려와, 저마다 이렇게 저렇게 해 보라고 난리를 쳤다. 사람들은 요니가 술에 취한 거라 생각한 게 분명했다.

늘 다른 사람의 이목이 집중되는 걸 피하는 남작은 팀의 소매를 잡아당겼다.

"탈러 씨, 오늘 당신 사진이 신문마다 실렸어요. 여기 있는 사람들이 당신을 알아보면 곤란할 텐데요. 그 사람 걱정은 정말로 하지 않아도 돼요. 갑시다!"

정신을 잃은 요니를 두고 나오는 게 마음에 걸렸지만, 팀은 남작에게 이끌려 거리로 나왔다.

팀의 속마음이 어떤지 남작이 알아채서는 안 되었다. 게다가 팀은, 죽은 들쥐와 정신을 잃은 요니와 영국 속담 사이의 얽히고설킨 게임에서 승리자는 남작이 아니라, 요니라는 묘한 느낌이 들었다. 그러자 생각보다 더 마음이 평온해져서, 팀은 사방 벽이 술병으로 채워진 그 술집을 나설 수 있었다.

바깥으로 나오니 문 여섯 개 달린 자동차가 골목길을 거의 다 차지하고 서 있었다. 그 뒤에는 두 대의 다른 차가 서 있었고, 그 안에 얼굴이 눈에 익은 두 남자가 앉아 있었다. 갑자기 장난기가 발동한 팀은 두 사람에게 깍듯이 고개를 숙였다. 그러자 두 사람도ㅡ약간 당황해하며ㅡ고개 숙여 인사에 답했다.

뒷자리 붉은색 가죽 소파에는 그란디치 사장이 앉아 있었다. 팀과 남작이 차에 타자, 사장이 킥킥대며 외쳤다.

"오, 돌아온 탕자여! 우리를 잘도 속였군요. 하지만 우리의 영리한 친구 아스타로트는……."

"입 닥쳐, 베헤모트! 그런 잔꾀가 여기선 통하지 않아!"

남작은 평소에 잘 쓰지 않던 거친 말로 사장을 호통쳤다. 곧 상냥한 얼굴로 돌변한 남작은 팀에게 그란디치 사장과 자기는 태양신 모임의 회원이며, 가끔 장난으로 그 모임에서 사용하는 이름으로 서로를 부른다고 설명했다.

팀은 남작이 언젠가 아스타로트와 베헤모트라는 이름을 말하는 걸 들은 적이 있는 것 같았으나, 그게 언제 어디서였는지는 기억나지 않았다. 게다가 팀은 요니가 말한 영국 속담을 내내 머릿속으로 곱씹고 있었다.

자동차가 콜럼버스 동상을 지나갈 때, 남작이 말했다.

"우리는 내일 일찍 아테네로 갈 겁니다, 탈러 씨. 회사 전용 비행기로 말이죠. 비행기가 여덟 시부터 대기해 있을 거예요."

팀은 달리 대답하지 않고 고개만 끄덕였다. 머릿속으로 그 영국 속담을 적어도 열 번은 더 되뇌고 나서, 마침내 그란디치 사장에게 물었다.

"티에치미랩터, 세프마이솔, 이게 대체 무슨 뜻이에요?"

사장이 물었다.

"그게 어느 나라 말이에요?"

남작이 착 가라앉은 목소리로 말했다.

"영어예요. 오래된 속담이자, 대개 속담들이 그렇듯이 바보 같은 소리지요."

남작은 정확한 영어 발음으로 속담을 되풀이해서 말했다.

"티치 미 랩터, 세이브 마이 소울."

그런 다음 조그맣게 독일어로 바꾸어 말했다.

"내게 웃음을 가르쳐 다오, 내 영혼을 구해 다오."

팀은 냉정하게 "아, 그렇군요." 하고 말했을 뿐 더 이상 말하지 않았다. 하지만 그 말을 마음속으로 되뇌다가 스스로의 마음을 위안하는 말을 끝에다 덧붙였다.

"내게 웃음을 가르쳐 줘요, 내 영혼을 구해 줘요, 요니 아저씨!"

20장 남작이 웃음을 산 이유

그리스의 옛 수도 아테네에는 마악 남작 주식회사의 가장 큰 자회사가 있었다. 그래서 그런지 남작은 아테네에서 유난히 생기가 넘치고 다정하게 굴었다. 남작은 여기서 될 수 있으면 팀이 사장들과의 연회로 괴로워하지 않게 해 주었다.

그 대신에 남작은 팀을 데리고 거리를 돌아다녔다. 물론 두 사람

뒤에는 적당한 거리를 두고 늘 자동차가 뒤따르고 있어서, 남작이 언제라도 손짓만 하면 다가와 두 사람을 태웠다.

남작은 대부분의 관광객이 아테네에 와서 들르는 명승지에는 팀을 데려 가지 않았다. 그래서 사원의 기둥 사이로 맑고 푸른 에게 해가 빛나는 아크로폴리스에는 오르지 못했다. 볼에 팬 보조개에서부터 입가의 주름에 이르기까지 천상의 웃음이 숨겨진, 대리석 조각품도 보여 주지 않았다. 하얀 사원 위의 하늘이 얼마나 청명한지도 보여 주지 않았다. 남작이 팀을 데리고 간 곳은 아테네의 시장이었다.

"이곳에서 거래되는 돈 중 적어도 절반은 내 손을 거쳐 가지요. 나의 상속인으로서, 탈러 씨 당신도 우리가 어디서 돈을 버는지 알아야 해요. 이 빛깔들을 보는 게 즐겁지 않은가요?"

맨 먼저 남작은 팀을 생선 시장으로 데려갔다. 툭 튀어나온 눈에, 때로는 아가미 아래 반짝거리는 붉은 줄이 나 있는, 수천 마리의 생선들이 위가 트인 커다란 냉장고에 들어 있었다. 그 안에 바다의 보고가 풍성하게 쌓여 있었다. 은빛과 회청색이 빛나고, 쨍쨍한 빨간색과 축 늘어진 검은색의 줄과 점들이 그 사이에 뒤섞여 있었다. 남작은 이 모든 것을 장사꾼의 눈으로 바라보고 있었다.

"참치는 터키에서 와요. 우린 그걸 아주 싼값에 사들인답니다. 대구포는 아일랜드에서 오고요. 우리에게 제일 큰 돈벌이를 해 주지요. 오징어와 청어는 대부분 이탈리아나 그리스 어부들한테서 삽니다. 근데 그런 걸로는 별로 벌이가 안 돼요. 이리 와 봐요, 탈러 씨,

이리 와요!"

남작은 이 시장에 도취된 사람 같았다. 두 사람은 도살된 양이 가죽이 벗겨진 채 매달려 있는 석회 벽 앞으로 갔다. 죽은 양들이 옆으로 혓바닥을 축 늘어뜨리고 있었다.

"이 양들은 베네수엘라에서 사들인 거예요. 저기 저 돼지들은 유고슬라비아에서 샀고. 돈벌이가 아주 짭짤하지요."

팀이 물었다.

"생선 말고 그리스에서 나는 게 또 있나요?"

남작이 웃으며 말했다.

"오, 몇 가지 더 있지요. 씨 없는 건포도, 담배, 포도주, 빵, 올리브유, 사과, 양털, 천, 무화과, 호두, 가지, 알루미늄이 그리스에서 나지요."

이것들을 열거하는 남작의 태도는 사뭇 장엄해서, 성경에 나오는 다윗왕의 족보라도 외는 것처럼 보일 정도였다.

남작과 팀은 하얀 치즈가 즐비한 치즈 시장으로 계속 걸어갔다. 시장을 둘러보는 내내, 고래고래 소리 지르는 상인들과 목청껏 흥정을 하는 손님들 간에 밀고 당기는 모습만 보였다.

생선 시장에서 두 사람은 양파 줄기가 둥둥 떠다니는 물웅덩이를 찰팍찰팍 걸어갔다. 가축 시장에서는 피바다를 돌아가야 했다. 과일 시장을 지나갈 때는 바닥이 과일 껍질로 미끌미끌했다.

한번은 팀 앞에서 어슬렁거리며 가던 세 소년이 많은 사람이 보는 앞에서 절인 올리브를 훔쳤다. 그래도 뭐라고 하는 사람이 없었다. 주인도 마찬가지였다. 주인은 화난 목소리로 잠시 고함을 쳤지만, 곧 다시, 손님을 상대하느라 정신이 없었다. 그러자 어린 도둑들이 웃음을 터뜨렸다.

번갯불에 콩 볶아 먹듯 두 시간이 지나자, 기진맥진한 팀은 멍한 얼굴로 끔찍한 시장을 빠져나왔다. 팀은 제각기 요란스럽게 자랑하느라 여념이 없고, 악을 쓰고, 밀고 당기는 시장 풍경에 질려 버렸지만 남작은 이에 열광하고 있었다. 남작은 무시무시한 식욕으로 닥치는 대로 먹어 치우는, 이 도시의 거대한 배와 같았다.

남작이 손짓을 하자, 자동차가 다가왔다. 이번에는 문이 네 개에다 검은색 소파가 있는 차였다. 운전사에게 비잔틴 박물관으로 가자고 이르고선 남작이 말했다.

"그곳이 맘에 들 거예요, 탈러 씨. 하지만 그 이유는 미리 말하지 않겠어요."

팀은 그 이유라는 것이 눈곱만큼도 궁금하지 않았다. 그냥 지치고 배고플 따름이었다. 하지만 그렇다고 뭐라고 하지도 않았다. 팀은 자기 웃음을 산, 이 기이한 장사꾼 앞에서 가능하면 약한 모습을 보이고 싶지 않았다. 그래서 얌전히 비잔틴 박물관으로 끌려갔다.

남작이 팀에게 보여 준 그림들은 소위 성상이라고 하는, 성인들을 그린 그림이었다. 남작 말로는, 수백 년 동안 늘 같은 규칙으로 엄격하게 그림을 그려 온 수도사들의 작품이라고 했다.

팀은 남작이 자기를 이리로 데려온 이유를 금방 알아챘다.

부릅뜬 눈에, 둥근 얼굴을 반으로 가르는 커다란 코를 가진 그림 속의 얼굴들에서는 웃음기라곤 눈 씻고 찾아봐도 볼 수가 없었다. 거기 있는 그림들은 제노바의 칸디도 성에서 본, 창백한 네덜란드인의 얼굴과 비슷했다. 팀이 보기에는 그것들이 정말 흉측했다. 핏빛 외투에 싸인 성 게오르그가 황록색의 황량한 바위 사이에 있는 그림 앞에서 남작은 팀을 오랫동안 붙들어 두었다. 무심결에 팀은 요니가 말해 준 속담을 혼자 중얼거려 보았다.

"내게 웃음을 가르쳐 다오, 내 영혼을 구해 다오!"

그 순간, 이상한 일이 일어났다. 팀이 요니를 머릿속에 떠올리는 순간, 갑자기 그림들이 다른 눈으로 보이기 시작했다. 그림 속의 동물과 식물이 활짝 꽃을 피우고 웃고 있는 게 아닌가. 수도사들은 인간에게 드러낼 수 없는 것을 동물과 식물에게는 허락하고 있었다. 남작이 수도사 화가들의 성스러운 규율에 열광하는 동안, 팀은 그림 한구석에서 싱긋 웃는 강아지와 눈짓하는 독수리와 즐거운 새들과 활짝 웃는 백합을 찾아냈다.

그러자 또 하나 머릿속에 떠오르는 말이 있었다. 이번에는 함부르크의 인형극장에서 들은 말이었다.

"웃음이 있기에 인간과 동물은 다른 것이다."

다만 여기서는 반대였다. 여기선 동물이 웃고, 인간은 엄격하고 냉혹한 얼굴로 낙원 없는 세계를 바라다보고 있었다.

박물관 2층에서 남작은, 부유한 남작이 찾아온 걸 알고 달려온 관장과 잠시 이야기를 나누었다. 그동안 팀은 열려 있는 문을 통해 작은 발코니로 나가 보았다. 아래를 내려다보니 한 소녀가 있었다. 그 소녀는 딱딱한 앞마당에다 나뭇가지로 줄을 긋고는 알록달록한 작은 돌로 그 안을 채우고 있었다. 아마도 좀 전에 모자이크 방을 구경했는지 지금 제 나름으로 모자이크를 만드는 것 같았다. 소녀의 모자이크는 성화의 얼굴처럼 보였다. 하지만 위로 추켜 올라간 입은 반원 모양을 하고 있었다. 바로 웃는 모습이었다.

그런데 소녀가 신중하게 막 푸른 눈을 만들려고 할 때, 한 소년이 나타나 입을 삐죽거리며 거의 완성된 그림을 내려다보다가 구둣발로 그림을 뭉개 버렸다. 그림의 얼굴이 망가져 버렸다. 깜짝 놀란 소녀는 야만적인 소년을 쳐다보았다. 소녀의 눈에서는 굵은 눈물이 방울방울 흘러내렸다. 곧 풀이 죽은 소녀는 훌쩍거리며 작은 돌들을 모으기 시작했다. 소년은 바지 주머니에 손을 찔러 넣고 옆에 서 있었다. 소녀를 얕잡아 보는 사내다운 눈빛을 하고서.

팀은 그 소년에게 단단히 화가 났다. 당장 아래로 내려가 소녀의 편을 들어 주고 싶었다. 하지만 휙 몸을 돌려 보니, 남작이 팀을 가로막고 서 있었다. 남작도 그 광경을 본 모양이었다.

남작이 미소를 지으며 말했다.

"괜히 끼어들지 마요. 저 애가 한 짓은 분명히 잘못된 거예요. 그러나 세상살이가 다 그런 거지요. 저 소녀가 지닌 것과 같은 야만성으로, 군인들의 붉은 장화가 훌륭한 예술가들이 심혈을 기울인 작품들을 짓밟았어요. 하지만 전쟁이 끝나고 나면, 똑같은 야만인들이 입을 삐죽거리며, 전쟁 복구 보조금에 동의하지요. 그리고 우린 거기서 돈을 벌고요. 우리 회사는 전쟁이 끝난 후 마케도니아에서 서른 개가 넘는 교회를 복구했어요. 그 일로 우리는 백만 드라크마(그리스의 화폐 단위-옮긴이)가 넘는 돈을 벌어들였지요."

팀은 외워 두기라도 한 듯 "명심할게요, 남작." 하고 중얼거리고는 이렇게 덧붙였다.

"하지만 난 지금 배가 고파요."

남작이 웃으며 말했다.

"아주 좋은 생각이에요. 근사한 야외식당으로 안내하지요."

벽에 걸린 그림에도, 또 앞마당의 아이들에게도 눈길 한 번 주지 않고, 남작은 박물관 앞에서 대기 중인 자동차로 걸어갔다. 팀도 말없이 남작의 뒤를 따랐다.

그 야외식당은, 놀랍게도, 남작이 평소에 좋아하는 것과는 달리 고상한 식당하고는 거리가 멀었다.

식당의 사장과 웨이터가 두 사람을 맞았다. 남작은 그 사람들과는 그리스어로, 팀과는 독일어로 말했다. 사람들이 두 사람을 구석 자리로 안내했다. 그리고 새하얀 식탁보를 덮고, 꽃병을 놓고, 식당에서 작은 접시들을 날라 오는 등 부산스레 움직였다.

이렇게 야단스레 식탁을 준비하자 식당에 있던 손님들의 이목이 모두 쏠렸다. 어떤 사람들은 소곤대며 팀을 가리키기도 했다.

팀이 귓속말로 물었다.

"혹시 내 사진이 여기 신문에도 난 거 아니에요?"

남작은 아무렇지도 않다는 듯 크게 대답했다.

"물론이지요. 탈러 씨, 그리스에서 부자는 세상 무엇보다 부러움의 대상이지요. 여긴 가난한 나라이니까요. 우리들한테는 이 나라가 낙원이에요. 이렇게 그저 그런 식당에서조차 왕 대접을 받으며 점심 식사를 할 수 있으니 말이에요. 사람들은 부자들에게 왕에게와 같은 존경을 보이지요. 내가 그리스를 무지 좋아하는 이유가 바로 여기 있어요."

이런 말투를 듣고 있자니 팀은 심히 불쾌했다. 만약 웨이터가 와서 뭐라 귓속말을 하지 않았더라면, 남작은 분명 이런 식으로 계속 지껄여 댔을 것이다.

"내게 전화가 왔다고 하는군요. 내가 즐겨 가는 식당을 사람들이 알거든요. 실례합니다."

남작은 일어나 웨이터를 따라 식당 안으로 들어갔다.

그제야 팀은 자기 앞 비스듬한 곳에 있는 식탁을 바라보았다. 거기 앉은 사람들만 유일하게 팀을 쳐다보지 않았기 때문이다. 거기에는 두 가족이 있었다. 한 가족은 검은 머리에 뺨에는 애교점이 있는 뚱뚱한 엄마와 대략 다섯 살과 두 살쯤 되어 보이는 두 딸이었다. 또 다른 가족은 수풀 아래 식탁 옆에서 뛰노는, 커다란 회색 엄마 고양이와 세 마리의 새끼 고양이였다. 새끼 고양이 두 마리는 검은색이고 한 마리는 회색이었다.

두 가족의 엄마들은 모두가 무척 신경질적이었다. 그리스의 어린 딸이, 꽃밭에 넘어져 온통 더러워진 채로 꽃잎을 따 먹자, 애교점이 있는 엄마는 화가 나서 아이를 때렸다. 손바닥으로 아이의 뺨이며 입, 코를 가릴 것 없이 몇 번이고 때렸다. 어린아이는 가슴이 미어지게 울어 댔지만, 그 엄마는 눈물로 얼룩진 아이의 작은 얼굴을 한 번 더 손바닥으로 후려쳤다.

엄마 고양이도 별반 다를 게 없었다. 새끼 고양이가 가까이 와 자기 꼬리를 뛰어넘을 때마다 엄마 고양이는 어김없이 신경질을 부렸다. 검은색 새끼 고양이 한 마리가 유난히 성가시게 엄마를 따라다녔다. 새끼 고양이가 질질 짜듯이 야옹야옹하자, 엄마 고양이가 앞발로―발톱을 오므리긴 했지만―세차게 때렸다. 거기도 엄마가 새끼를 손바닥으로 친 셈이었다. 그러는데도 새끼 고양이가 다시 어미한테 들러붙으려고 하자, 또 한 번 앞발로 후려쳤다. 새끼 고양이가 야옹야옹 우는 소리가 아이들의 울음소리에 뒤섞였다.

팀은 눈길을 딴 곳으로 돌리고 말았다. 차마 눈 뜨고 볼 수가 없었다. 바로 그때 남작이 돌아왔다. 이번에도 남작은 팀과 같은 광경을 지켜보고 팀의 생각을 읽은 것 같았다. 자리에 앉으며 남작이 말했다.

"탈러 씨, 보시다시피 사람과 동물 사이엔 별 차이가 없어요. 거의 구분이 안 되지요."

남작의 말에 다소 당황한 팀이 말했다.

"난 사람과 동물을 구분하는 세 가지 다른 견해를 알게 되었어요. 함부르크의 극장에서는 웃음이 있기에 사람이 동물과 다르다고 했어요. 사람만이 웃을 수 있다는 거지요. 그런데 박물관에서 본 그림들은 그 반대였어요. 거기선 동물들은 웃었는데, 사람들은 아니었죠. 그리고 지금 당신은 사람과 동물이 매한가지라고 하는군요."

남작이 대답했다.

"세상 어떤 것도 한마디로 설명할 수 있을 만큼 간단한 건 없지요. 웃음이 사람들에게 무얼 의미하는지는 누구도 정확히 알 수 없는 거예요, 탈러 씨."

갑자기 요니가 한 말이 생각나 팀은 혼잣말로, 그렇지만 남작에게 들릴 정도로 크게 말했다.

"웃음은 마음의 자유이다."

그런데 이 말에 대해 남작은 이상하게도 예민하게 반응했다. 발을 탕탕 구르며 남작이 외쳤다.

"키잡이가 그따위 말을 했군!"

팀은 어리둥절한 눈으로 남작을 쳐다보았다. 갑자기 열네 살짜리 팀은—아직 애라고 할 나이에—남작이 왜 자기 웃음을 샀는지, 경마장에서 본 체크무늬의 음울한 신사가 지금의 남작과 왜 그렇게 달라 보였는지 깨닫게 되었다. 남작은 자유로운 사람이 되었던 것이다. 그리고 팀이 그런 점을 알아챈 사실에 남작은 화가 난 것이었다.

그러나 남작은 얼른 마음을 가다듬고 다시 정신을 차렸다. 반질반질하게, 다정하게 굴며 남작은 화제를 돌렸다.

"탈러 씨, 버터 시장의 상황이 우리에게 불리하게 돌아가고 있어요. 회사 중역들에게 조치를 취하도록 해야겠어요. 그런 회의는 대개 메소포타미아에 있는 내 성에서 열곤 하지요. 당신도 같이 갔으면 해요. 당신이 아테네에서 더 알아 두어야 할 사항은 나중에 다시 보여 주기로 하고요."

"좋으실 대로요."

팀은 짐짓 아무렇지도 않은 것처럼 말했지만 속으로는 남작이 은신처로 삼고 있는 비밀스러운 장소에 가고 싶어 몸이 근질근질할 정도였다. 그곳은 거미가 거미줄을 쳐 놓고 먹이를 감시하듯, 남작이 몸을 숨기는 곳이었다.

그러나 남작은 아테네를 떠나는 게 아쉬웠다. 음식이 나오자 남작이 한숨을 내쉬며 말했다.

"이게 이 축복받은 나라에서 하는 최후의 만찬이 되겠군요. 많이 드세요!"

이것으로 나흘째 이야기가 끝나고
나는 호텔로 돌아가 그것을 적어 두었다.

다섯째 날,

팀 탈러가 남작을 따라 메소포타미아에 있는
남작의 성으로 간 이야기, 거기서 이상한 거래에
휘말린 이야기, 그러다 얼떨결에 남작에게
도움이 되는 아이디어를 낸 이야기, 생애에
중요한 날을 잊고 있다 저녁에야 알게 된 이야기,
잠시 다시 웃을 수 있게 되었지만 곧
웃음이 마가린처럼 팔 수 있는 물건이
아니란 걸 배우게 된 이야기를 듣다.

팀 아저씨와 내가 다섯째 날 다시 먼지투성이의 교정실에
앉았을 때, 내가 말했다.
"그러니깐 이제 어린 팀 탈러는 남작을 따라 메소포타미아로
가게 되었군요. 어떻게 하면 계약에서 빠져나올 수 있는지
거기서 좋은 생각이 나면 좋을 텐데요."
"기다려 보렴. 내가 이야기해 줄게."
아저씨는 안락의자에 편안히 앉아 이야기를 시작했다.

21장 메소포타미아의 성

팀은 두 번째로 마악 남작 주식회사의 조그마한 전용 비행기에 올라 남작과 함께 아테네를 떠났다. 희끄무레한 새벽에 출발해서 그런지, 창으로 내려다봐도 어디가 하늘이고 어디가 바다인지 잘 분간이 되지 않았다. 그런데 갑자기 발 아래로 비스듬히, 어두침침한 작은 섬 언덕 뒤로 둥근 해가 불쑥 솟아 있었다. 마치 바다에서 톡 튀어오른 것처럼, 순식간에 해가 떠 있었다.

남작이 설명해 주었다.

"우린 해를 마주 보고 동쪽으로 가고 있어요. 아테네에서 해가 뜨려면 조금 더 기다려야 해요. 내 성에 있는 사람들은 태양을 숭배하지요. 태양을 에쉬 쉠스라고 부르면서 말이에요."

팀이 말했다.

"당신네 사람들은 악마를 숭배하는 걸로 아는데요."

"물론 그 말이 맞아요. 하지만 악마를 이 세상의 주인으로 숭배하지, 하늘의 주인으로는 아니에요."

팀은 "아, 그래요." 하고 말하려다, 언젠가 같은 말로 남작의 마음을 상하게 한 기억을 떠올렸다. 그래서 아무 말도 하지 않고, 묵묵히 창 아래로 보이는 바다를 내려다보았다. 납빛 같은 회색 바다는 금세 환해져서 어느새 반짝거리는 초록빛으로 변해 있었다.

팀은 비행기 타는 걸 무서워하지 않았지만, 그렇다고 좋아하지도 않았다. 팀은 잘 감탄하지도 않았다. 웃을 수 없는 사람은 감탄할 수도 없는 법이다.

남작은 팀이 전혀 관심도 없는 '버터 시장의 상황'에 대해 이야기하기 시작했다. 건성으로 듣던 팀은 어쨌든 남작의 회사가 대규모 낙농조합과 대결을 벌였다는 것과 노르웨이, 스웨덴, 덴마크, 독일, 네덜란드의 회사가 남작보다 더 질 좋은 버터를 더 싸게 판다는 사실만큼은 알아들었다. 그 일 때문에 지금 두 사람이 메소포타미아의 성으로 가고 있었다. 그곳에서 남작은 '사태'를 설명하고 '대책 강구'를 할 작정이었다. 비행기를 타고 메소포타미아로 가는 사람이 두 명 더 있었다. 한 사람은 런던에서 오는 미스터 페니였고 또 다른 사람은 리스본에서 오는 세노르 반 데어 톨렌이라는 사람이었다.

비행기가 아나톨리아의 황량한 고원 지대를 날고 있을 때에도 남작은 여전히 버터의 종류와 버터의 가격에 대한 이야기를 늘어놓고 있었다. 그러면서 자기가 마치 전투에서 이겨야 하는 장군이라도 되는 양, '판매 전선'이니 '소모품 기지'니, '공격적인 광고 캠페인' 따위의 말을 늘어놓았다.

팀은 자기도 뭐라고 한마디 해야겠다 싶어 남작이 잠시 쉬는 틈을 타 말했다.

"우리 고향에는 마가린밖에 없어요."

남작이 투덜거렸다.

"마가린으로는 돈벌이가 안 된단 말이야. 빵에 발라 먹는 거로는 돈 벌기 어렵지요."

"마가린을 빵에만 발라 먹진 않아요. 우리 고향에서는 마가린으로 빵도 굽고 튀김도 하고 뭘 삶을 때도 쓰는데요."

그제야 남작이 관심을 보이기 시작했다.

"그러니깐 당신네한테는 마가린이 기름도 되고, 버터도 되고, 빵 굽는 기름도 된단 말이군요. 그렇죠?"

팀이 고개를 끄덕였다.

"내 생각엔, 우리 골목에서만 매일 적어도 마가린 오십 킬로그램을 소비할걸요."

남작이 중얼거렸다.

"그것 참 재미있군. 아주 재미있어요, 탈러 씨! 마가린으로 버터 시장을 공략한다 이거지? 정말 독창적인 생각이야. 그런데 어떻게?"

남작은 깊은 생각에 잠겼다. 마치 좌석에 푹 가라앉은 것 같았다. 그건 팀에게는 차라리 잘된 일이었다. 왜냐하면 발 아래, 굽이굽이 이어지는 산맥들 가운데서 당나귀 행렬을 보았기 때문이다. 당나귀 행렬은 한곳을 향했는데, 장이 서는 곳으로 가는 것 같았다. 팀을 위해 비행사가 아주 낮게 비행을 해서 팀은 당나귀를 모는 사람들을 제법 또렷이 볼 수 있었다. 하지만 사람들 얼굴이 코밑 수염이 있기도 하고 없기도 한 환한 원반으로만 보여, 팀은 옷을 보고야 그들이 사람임을 알 수 있었다. 팀의 눈에는 그 사람들이 입은 옷이 아주 별스럽게 보여서, 사람들이 동물원의 이상한 동물처럼 보였다.

물론 그건 말도 안 되는 소리였다. 만약 아래 보이는 사람들이, 예를 들어, 팀의 고향 사람들처럼 이발을 하고 옷을 입었다면, 약간 거무스레한 피부색 말고는 전혀 이상할 게 없었을 테니까 말이다.

하지만 아무런 예비 상식도 없이 먼먼 나라로 이끌려 간 열네 살짜리 소년이 난생처음 보는 다른 인종들에 대해 올바른 견해를 갖지 못하는 것은 무리가 아니었다. 어쨌든 팀은 곧 셀렉 바이를 통해 모르는 사람들과 다른 인종에 대해서 섣불리 판단을 내려서는 안 된다는 걸 배우게 될 터였다.

셀렉 바이라는 사람은, 비행기가 높은 계곡의 평평한 지대에 착륙하고 팀이 맨 먼저 내렸을 때, 자그마한 올리브 숲에서 말을 타고 나타났다. 남작이 아주 공손하게 인사를 했다. 남작은 몸을 숙인 채 팀에게 속삭였다.

"이 사람은 거상이자 예치덴의 족장이에요. 당신네 나라에서 공부를 했지요. 곧 우리와 독일어로 이야기를 나누게 될 겁니다. 존경심을 갖고 대하고 공손하게 인사해요."

셀렉 바이는 적잖이 당황하는 팀을 향해 몸을 돌렸다. 긴 수염의 노인이 입고 있는 옷이 부분부분 팀의 눈에 들어왔다. 셔츠가 보이고, 조끼, 치마 그리고 그 위에 덧입는 치마, 거기에다 배에 두른 화려한 수건도 보였다. 마지막으로 여자들이 입는 치마가 보였는데, 그 아래로 바지가 펄럭거렸다. 이 모든 옷이 벽돌색 계통의 화려한 색상으로 되어 있었다. 셀렉 바이의 검은 얼굴은 각이 지긴 했지만 주름이라곤 거의 없었다. 짙고 긴 눈썹 밑에 있는 파란 눈이 팀을 보고 있었다. 그 사람은 놀랄 정도로 정확한 독일어로 말했다.

"젊은 양반, 당신이 바로 신문에 난, 그 유명한 상속인인가 보구려! 안녕하세요. 신의 축복이 있기를."

노인이 몸을 숙여 인사를 하자 팀도 같이 절을 했다. 팀은 점점 더 당황했다. 신의 축복을 바라는 이 사람이 전설적인 악마 숭배자의 족장이란 말인가. 더구나 거의 납 인형 전시관에서 나온 것처럼 보이는 이 인물 뒤에는 아주 교양 있는 신사가 숨어 있는 듯했다. 눈에 보이는 겉모습과 실제가 달랐던 것이다. 그 점이 팀을 당황하게 만들었다. 하지만 팀은 오래전부터 자기의 감정을 숨기는 데 익숙해져 있었다. 그래서 아무렇지도 않은 듯 셀렉 바이 노인에게 정중하게 대답했다.

"만나 뵙게 되어 반갑습니다. 남작한테 말씀 많이 들었습니다."(그건 사실이 아니었지만, 팀은 그런 아부성 말을 자주 들었던 터라 써먹어 봤다.)

말 두 필이 이끄는, 뚜껑 없는 마차가 팀과 남작을 성으로 데려다주었다. 셀렉 바이는 옆에서 말을 타고 가면서 남작과 이야기를 나누었다.

마차가 올리브 숲을 돌아가자 부드러운 언덕 위로 성이 하나 우뚝 솟아 있었다.

성의 형체는 마치 괴물 같았다. 벽돌로 지은 그 엄청난 집에는 주석으로 된 작은 탑이 있고, 추녀 끝에는 빗물을 내뱉는 용머리가 달려 있었다. 남작이 팀에게 말했다.

"이 끔찍하게 생긴 집을 내가 지었다고는 생각하지 말아 줘요. 세상에서 동떨어져 외따로 있는 이곳이 맘에 들어, 한 괴팍한 영국 부인한테서 사들였죠. 난 여기 정원만 직접 설계했을 따름이에요."

계단 모양으로 경사진 정원은 프랑스식이었다. 둥글거나 각진 모양으로 다듬어진 나무와 덤불이 둥그렇게 혹은 일직선으로 심어져 있었다. 가로수 길은 자로 그은 듯 똑바르고, 원형 모양의 꽃밭은 컴퍼스로 그린 듯 동그랬다. 그리고 층층마다 정원이 다르게 치장되어 있었다. 길에는 붉은 자갈이 뿌려져 있는 듯했다.

"탈러 씨, 정원이 맘에 듭니까?"

그렇게나 철저하게 인간의 힘으로 가공된 자연을 바보 같다고 생각한 팀이 남작의 질문에 대답했다.

"잘 풀어 놓은 수학 숙제 같군요, 남작!"

남작이 웃음을 터뜨렸다.

"맘에 안 든다는 걸 아주 예의 바르게 표현하는군요, 탈러 씨. 정말 하루가 다르게 발전하는데요."

말을 타고 가던 셀렉 바이가 끼어들었다.

"이렇게 젊은 사람이 자기가 생각하는 걸 대놓고 말하지 않는다면, 그건 잘못 발전한 거 아니에요?"

셀렉 바이는 시끄럽게 굴러가는 마차의 바퀴 소리에도 불구하고 모두에게 들리도록 목청 높여 말했다. 남작은 팀이 알아듣지 못하는 말로 셀렉 바이에게 뭐라고 날카롭게 대답했다. 셀렉 바이는 아무런 대꾸도 하지 않았다. 다만 생각에 잠긴 눈빛으로 한참 동안 팀을 바라볼 따름이었다. 셀렉 바이는 인사를 하고 따각따각 소리를 내며 먼 산을 향해 언덕을 돌아갔다.

그의 뒷모습을 보던 남작이 말했다.

"영리한 사람이긴 하지만, 너무 도덕적이란 말이야. 저 사람은 내가 양치기 알리의 무덤을 내 무덤이라 속이고 내가 쌍둥이 동생으로 둔갑했다는 기사를 외국 신문에서 읽었어요. 그렇다고 그걸 말할 사람은 아니에요. 대신 나더러 참회하는 의미로 자기 신자들을 위해 새 사원을 지으라는 거예요. 할 수 없지요, 그렇게 하는 수밖에요."

팀이 진지한 얼굴로 대꾸했다.

"내가 웃을 수만 있다면, 지금 그 이야기를 듣고 웃지 않을 수 없었을 텐데요."

팀 대신에 남작이 웃었다. 까르르 구르는 소리를 내며 웃다 마지막에는 딸꾹질까지 했다. 하지만 이번에는 팀의 마음을 아프게 하지 않았다. 심지어 팀은 손에 닿을 듯 가까이서 자기 웃음을 계속 들을 수 있어 만족스럽기까지 했다. 팀은 적당히 기회를 엿보다가 재빨리 웃음을 손에 넣을 수 있을 거라 여겼다. 그게 착각이란 걸 팀은 아직 모르고 있었다. 그래서 팀은 당분간 남작을 따라다니기로 했다.

층마다 다르게 꾸며진 정원을 지나 성으로 연결되는 계단 아래에 마차가 멈춰 섰다. 밑에서 올려다보니 계단은 엄청나게 길어서 끝이 없는 것처럼 보였다. 그 무엇보다 이상한 건 개의 입상이었다. 뻣뻣한 개 무리가 계단마다 양편에 서서 묵묵히 골짜기를 내려다보고 있었다. 아마 수백 마리는 됨 직했다. 핀셔, 다켈, 세터, 폭스 하운드, 아프가니스탄산 그레이 하운드, 중국산 차우차우, 스패니얼, 복서, 포메라니아, 몹스 등 종류도 갖가지였다. 사기로 된 개들은 하나같이 알록달록하게 색칠한 다음 번쩍이는 니스 칠을 해 놓았다. 알록달록한 개의 무리가 층계 양옆으로 화려한 행렬을 이루며 죽 도열해 있었다.

남작이 설명했다.

"옛날 주인은 개를 무척 좋아했어요."

"정말 그렇군요."

남작이 막 계단 왼쪽으로 난 꼬불꼬불한 길을 따라 성으로 가자고 마부에게 말하려는데, 계단 중간쯤에 있던 불도그 뒤에서 한 남자가 나타나며 손짓을 했다.

"저 사람이 세노르 반 데어 톨렌이에요. 내려서 저리로 가 봅시다. 마가린 계획을 얘기해서 저 사람을 깜짝 놀라게 해 주고 싶어요. 저 친구, 정말 깜짝 놀랄 거예요."

남작은 마차에서 내려 거의 뛰다시피 성큼성큼 계단을 올라갔다. 팀은 천천히 뒤따라가며 니스 칠 한 개들을 바라보았다. 마가린 계획 따위엔 통 관심이 없었다. 자기 삶에서 마가린이 얼마나 중요한 역할을 하게 되는지 팀은 알 리가 없었다.

22장 세노르 반 데어 톨렌의 제안

성의 내부 장식을 보니, 그렇게 즐겨 미술 전시회를 다니던 남작이 정말로 안목 있는 사람이라는 걸 알 수 있었다. 문의 손잡이, 재떨이, 목욕탕 깔개에 이르기까지 물건들 하나하나가 단순하면서도 우아하고 아주 값비싼 고급품들이었다.

팀의 방은 탑 위에 있는 반원 모양의 아늑한 곳이었다. 확 트인 창문으로 정원과 올리브 숲의 골짜기가 보였고 작은 비행장까지도 내려다보였다. 비행장에는 규정에 맞게 유도등이 열을 맞춘 활주로와 비행기를 넣어 두는 창고가 있었고, 무전기사, 기상 관측사, 그 밖의 사람들이 기거하는 길쭉하고 나지막한 건물이 있었다.

팀이 창문으로 비행장을 내려다보았을 때는 이미 비행기 두 대가 서 있었고, 막 세 번째 비행기가 착륙하고 있었다. 그리고 화려하게 옷을 입은 사람이 말을 타고 비행장 건물의 정면 하얀 벽 앞에 꼼짝 않고 서 있었다. 셀렉 바이인 게 분명했다.

그때 밖에서 누군가 나지막이 팀을 부르는 소리가 들렸다.

"탈러 씨!"

팀은 창문에서 떨어져 나와 문을 열었다. 문밖에 세노르 반 데어 톨렌이 서 있었다. 그 사람과는 그 전날, 개의 입상들이 줄지어 늘어선 계단에서 잠시 이야기를 나눴을 뿐이었다. 남작이 마가린에 대해 얼마나 말이 많던지 다른 사람은 말할 틈도 없었다.

"남작 모르게 말씀드릴 게 있는데요, 탈러 씨."

"원하신다면, 남작에게는 비밀로 할게요. 그런데 남작은 지금 어디 있죠?"

"미스터 페니를 마중하러 방금 비행장으로 갔어요."

세노르 반 데어 톨렌은 방으로 들어와 등나무 흔들의자에 앉았다. 팀은 문을 닫고 구석 자리 의자에 앉았다. 거기서는 방 안과 창밖을 함께 볼 수 있었다.

처음 만났을 때 느꼈지만, 반 데어 톨렌은 그리 말이 많은 사람이 아니었다. 그 사람의 입을 보면 알 수 있다. 입은 선을 그어 놓은 듯했는데, 그 끝이 보일락 말락 위로 올라가 있어서 상어가 입을 다물고 있는 모양을 닮았다.

네덜란드 이름을 가진 그 포르투갈 사람이 말했다.

"제가 여기 온 것은 상속에 관한 계약이 아직 끝나지 않아서예요. 남작의 경영권 주식에 관한 일인데요. 주식이 뭔지 아시나요?"

"아뇨."

팀이 창가에서 대답했다.(마침 남작의 마차가 비행장으로 굴러가는 게 보였다.)

세노르 반 데어 톨렌은 등나무 의자를 천천히 앞뒤로 흔들었다. 푸른 물빛이 나는 그의 눈이 안경 너머로 팀을 물끄러미 바라보았다. 차갑기는 하지만, 쏘아보는 눈빛은 아니었다.

"그러니까 주식이란 이런 거예요……."

(마차를 타고 가던 남작이 뒤로 돌아 팀에게 손을 흔들었다. 팀도 손을 흔들어 답했다.)

"주식이란 자본금의 배당으로써……."

(그때, 하얀 벽 앞에 있던 말 탄 사람이 움직이기 시작했다. 셀렉바이가 남작의 마차를 향하여 말을 달렸다.)

"이럴 게 아니라, 예를 들어 설명해 드리지요. 탈러씨, 제 말을 듣고 계세요?"

"네."

하고는 팀은 창문에서 눈을 뗐다.

"그러니까 예를 들어 과수원을 일군다고 칩시다, 탈러 씨."

팀이 고개를 끄덕거렸다.

"과수원을 일구려는 사람이 필요한 묘목을 모두 사기엔 돈이 충분하지 않았어요. 그래서 그는 과수원의 일부에만 나무를 심을 수 있었지요. 나머지 묘목들은 다른 사람들이 사서 심었어요. 나무들이 자라서 열매가 열리면, 나무를 심은 사람들 모두가 자기들 나무 몫만큼의 과일을 갖게 되는 거지요. 그것도 매년 새로 말이에요."

팀이 큰 소리로 계산을 해 보았다.

"예를 들어 내가 백 그루의 나무 중에 이십 그루를 심었는데 100킬로그램의 사과가 수확되었다면, 내가 그중 20킬로그램의 사과를 갖는다는 거죠. 맞아요?"

"정확히는 아니에요!"

세노르 반 데어 톨렌이 보일 듯 말 듯 미소를 지었다.

"정원사와 일꾼들에게도 돈을 주어야 하니까요. 뿌리를 내리지 못한 묘목은 새 묘목으로 바꿔 줘야 하고요. 그렇지만 주식이라는 게 어떤 것이지는 대강 짐작하신 것 같군요."

팀은 고개를 끄덕이며 말했다.

"주식은 내가 심은 과일나무와 같은 거군요. 그건 과수원과 과일 중 내가 차지하는 몫이란 말이네요."

"바로 그렇습니다, 탈러 씨."

세노르 반 데어 톨렌은 말없이 흔들의자를 흔들었고, 팀은 다시 창밖을 내다보았다.

마차가 비행장에서 성으로 돌아오고 있었다. 그 전날처럼 셀렉 바이가 옆에서 달렸다. 남작 옆에는 대머리에 몸집이 커다란 뚱보 남자가 앉아 있었다.

"남작이 벌써 돌아오고 있어요."

"그럼 간단히 제 부탁을 말씀드리지요. 상속에 관한 계약은 이렇게 작성되었어요. 뭐냐 하면, 새 남작이……."

"잠깐! 어째서 새 남작이라고 하는 거예요?"

팀이 톨렌의 말을 가로막았다. 하지만 곧 세노르 반 데어 톨렌의 얼굴을 보고 남작의 비밀에 대해 아무것도 모른다는 걸 눈치 챘다. 그래서 얼른 덧붙여 말했다.

"죄송해요, 말씀하시는 데 끼어들어서."

세노르 반 데어 톨렌은 눈썹을 치켜세우고, 마치 이 이상한 질문에 대한 설명을 기다리듯, 팀을 이리저리 살폈지만, 팀은 입을 굳게 다물어 버렸다. 그러자 반 데어 톨렌은 처음부터 다시 상속 계약에 관한 이야기를 시작했다.

"상속 계약서는, 새 남작이 마음만 먹으면 당신의 전 재산을 언제든 문제 삼을 수 있게 교묘하게 작성되어 있어요. 여하튼 그거야 당신과 남작의 일이지요. 내가 관심을 갖는 건 경영권 주식뿐이에요."

팀은 마차와 말을 탄 셀렉 바이가 계단 아래에 멈추는 걸 창문으로 지켜보았다. 그들은 뭔가 활발히 토론을 벌이는 듯했다.

팀이 물었다.

"경영권 주식이란 게 뭐예요?"

"우리 회사에는 포르투갈 돈으로 이천만 이스쿠두(포르투갈의 화폐 단위. 기호는 Esc이며 1이스쿠두는 약 5~6원 정도이다.─옮긴이)어치 상당의 주식이 있어요. 이 주식을 가진 사람이 중역회의에서 경영권을 가지죠. 이 주식을 가진 사람만이 회사의 모든 일을 결정할 수 있어요. 다른 사람은 아무 권한이 없고요."

"내가 그 주식도 상속받게 되나요?"

"일부요. 나머지는 셀렉 바이, 미스터 페니와 제가 갖고 있지요."

(미스터 페니는 지금 남작과 셀렉 바이와 함께 느릿느릿 성의 계단을 올라오는 대머리 뚱보를 말하는 게 분명했다.)

"당신은 내 경영권 주식을 사고 싶은 거군요?"

"지금은 그럴 수가 없지요. 회장님이 스물한 살이 되기 전까지는 남작에게 권한이 있으니까요. 그렇지만 회장님이 스물한 살이 되어 완전한 상속인이 되면 제가 그 주식들을 샀으면 합니다. 그 대신에 우리 기업의 괜찮은 회사 하나를 당장 오늘부터 당신한테 드리겠어요. 이 회사는 상속이 어떤 이유로 무효화되더라도 변함 없이 회장님 소유가 될 겁니다."

반 데어 톨렌이 흔들의자에서 일어났다. 그의 입은 다시 상어의 입처럼 굳게 다물어졌다. 평소 성격에 비해 엄청 말을 많이 한 셈이었다. 이제 팀이 무슨 말이든 해야 할 차례였다.

"신중히 생각해 볼게요."

"그러세요, 회장님. 삼 일 동안의 시간을 드릴게요."

그렇게 말하고 반 데어 톨렌은 방을 나갔다.

창밖을 내다보니 계단에는 아무도 보이지 않았다.

여기, 메소포타미아 고원의 한 성, 탑의 방에 팀 탈러라는 소년이 앉아 있다. 대도시 뒷골목에서 자라난 열네 살짜리 이 아이는 웃을 수 없는 소년이지만, 마음먹기에 따라 권력이나 부에 있어서는 미래의 제왕이 될 수도 있다.

팀은 자기 재산이 얼마나 되는지는 몰랐지만, 남작의 이름을 단 배들이 바다에 엄청 많이 떠다닌다는 것쯤은 알고 있었다. 또 세계의 거대한 시장이 — 아테네에서처럼 — 날이면 날마다 자기의 재산을 불려 주고 있다는 사실도 알고 있었다. 팀은 자신의 명령에 따라 움직이는 사장과 부사장, 사원과 노동자, 수백, 수천, 어쩌면 수만 명이 될지도 모를 사람들을 그려 보았다. 그러자 스멀스멀 욕망이 일기 시작했다. 옛날에 숙제할 자리를 차지하려고 웃기지도 않는 싸움을 벌여야 했던 생각을 하자, 수도국장이 자신에 비해 얼마나 보잘것없는 자리인가 하는 생각을 하자, 팀은 야릇하긴 하지만 화려한 정원 위에 서 있는 자기의 처지가 동화에 나오는 고독한 바이에른 왕처럼 느껴졌다. 학교 시절, 역사를 가르치는 나이 많은 여선생님은 그 왕 이야기에 열광했었다. 팀은 말을 탄 셀렉 바이의 호위를 받으며, 황금마차를 타고 베버 아주머니네 빵 가게 앞을 지나가는 꿈을 꾸었다―이웃 사람들이 입을 쩍 벌린 채 지켜보는 가운데.

탑의 방에서 팀은 잠시 동안이나마 잃어버린 웃음에 대해 잊고, 왕이 되는 꿈을 꾸었다.

그러나 현실의 모습은 달랐다. 마가린이라는 이름의 현실은 팀에게 자기가 잃어버린 웃음을 똑똑히 기억하게끔 했다.

23장 마가린 회의

성안에는 긴 탁자가 한가운데에 놓이고 검은색 팔걸이 안락의자가 빙 둘러싼, 나무로 장식된 회의실이 따로 있었다. 회의실 문으로 들어서서 첫눈에 들어오는 것은 정면에 걸린 널찍한 금테 액자 속에 든 그림이었다. 화가 렘브란트의 유명한 자화상이었다. 전쟁 통에 사라진 것으로 세상에 알려진 바로 그 그림이었다.

탁자 중앙, 그 그림 아래가 바로 남작의 자리였다. 남작의 왼쪽에는 셀렉 바이와 팀 탈러, 오른쪽에는 미스터 페니와 세노르 반 데어 톨렌이 나란히 앉았다. 회의의 주제는―이번에는 공식적으로―'버터 시장의 상황'에 관한 것이었다. 사람들은 팀 때문에 독일어로 말했다.(미스터 페니는 독일어를 잘 못했지만.)

회의를 시작할 때, 미스터 페니가 팀이 앞으로도 모든 비밀회의에 계속 참여하는지를 사무적이고 딱딱한 목소리로 물었다. 셀렉 바이는 찬성했지만 나머지 사람들은 반대했다. 팀은 이 회의에만 예외로 참석해야 한다는 거였다. 오늘 회의에 팀이 있어야 하는 이유는 첫째, 사업과 좀 친숙해져야 하고, 둘째, 팀 고향의 마가린 소비에 대한 이야기를 들려주기 위해서였다.

모인 사람들은 먼저 아프가니스탄의 칼 가는 사람에 대해 이야기를 나누었다. 아프가니스탄의 칼 가는 사람이라니, 듣기만 해도 이상야릇했다. 이리저리 오가는 이야기를 들어 보니 바로 이런 이야기였다.

마악 남작 주식회사에서는 아프가니스탄에 대략 이백만 개의 싸구려 칼과 가위를 공짜로 나눠 줬다. 순수한 인류애로 그렇게 한 게 아니라, 돈을 벌기 위해서였다. 회사는 칼과 가위를 주는 데 많아야 십오 페니히를 썼다. 그런데 날을 가는 데 드는 돈은 이십 페니히나 되었다. 그리고 나눠 준 칼과 가위는 순 싸구려여서 사람들은 적어도 일 년에 두 번은 날을 갈아야 했다.

그런데 아프가니스탄의 칼 가는 사람들은 모두 남작 회사에 고용된 사람들이었다. 그리고 옛날에 끔찍한 도둑질과 노상 강도질을 일삼았던 라마둘라라는 사람이 칼 가는 사람들을 엄격하게 관리했다. 라마둘라는 칼 가는 사람들에게 숫돌을 주고 손님들을 소개해 주는 대가로 많은 돈을 뜯어내어, 그 사람들이 벌어들인 수입의 절반을 남작의 회사에 바쳤다. 사정이 그러니, 칼 가는 사람들에게 몇 푼이나 남을지는 안 봐도 뻔했다.

그래서 아프가니스탄의 칼 가는 사람들을 위해 광고를 하기로 했다. 그런데 그렇게 가난한 나라에서는 라디오나 신문, 플래카드로 광고를 할 수 없었다. 왜냐하면 아프가니스탄 사람들 중에는 글을 읽을 줄 아는 사람이 별로 없는 데다, 라디오도 거의 없었기 때문이었다. 그래서 회사에서는 거리의 악사들에게 돈을 주고 '칼 가는 사람의 노래'를 부르게 했다. 회의실에 있는 사람들은 그 노래 이야기를 한참 동안 했다. 그것은 칼 가는 사람들의 기술을 칭찬한 것이 아니라, 그들의 가난함을 알리는 노래였다. 사람들의 동정심을 불러일으켜 더 많이 칼과 가위를 갈게 하기 위해서였다. 가사를 옮기면 이랬다.

빙글빙글 숫돌을 돌리네,
가련한 칼 가는 사람.
빙글빙글 숫돌을 돌리네,

단돈 이십 페니히를 받고서.

터덜터덜 마을을 누비네,
가련한 칼 가는 사람.
아가씨야, 칼을 가져오렴,
저 사람이 칼을 갈게.

마지막 구절은 사람들이 가위와 칼을 가져오면 칼 가는 사람이 얼마나 행복해하는지를 보여 줘야 했다.

이제 쓱싹 쓱싹 날을 가네,
신나게 칼 가는 사람,
고마워요, 착한 사람들이여!
이제 저 사람 빵과 술을 사네.

칼 가는 사람들은 힘들게 번 돈을 대부분 라마둘라에게 떼어 주고, 라마둘라는 또 그 돈의 대부분을 여기 이 성에 바친다는 내용은 노래에 없었다.

팀은 귀머거리 딸을 데리고 다니며 고향 골목에서 칼과 가위를 갈던 노인을 생각했다.

'그 노인도 자기가 번 돈을 어떤 회사에 바쳐야 했던 건 아닐까.'

팀은 이렇게 더러운 왕국을 자기가 상속받았다고 생각하니 우울해졌다. 셀렉 바이가 팀의 이런 생각을 읽은 듯했다. 셀렉 바이가 말했다.

"젊은 회장님께서는 우리 회사가 이런 방법으로 돈을 버는 걸 달가워하지 않는 것 같군요. 아마도 회장님은, 라마둘라란 도적이 직업을 바꾼 게 아니라, 다만 전에 비해 세련되게 도적질을 하는 거라고 생각하는지도 모르지요. 여러분! 그 점에 있어서는, 나도 같은 생각이에요."

미스터 페니가 딱딱한 목소리로 말했다.

"당신 생각은 우리도 잘 알아요."

그러자 남작이 활기찬 목소리로 덧붙여 말했다.

"도적들이 설쳐 대는 나라에서 도적들을 세련되게 만들었다면, 그것으로도 장족의 발전을 한 거 아니겠어요, 셀렉 바이 씨? 훗날 이 나라가 우리 도움으로 법과 질서가 바로잡힌 나라가 되면 물론 우리의 판매 방법도 완전히 합법적으로 바뀔 거예요."

셀렉 바이가 조용히 응수했다.

"전에 우리가 남미 어떤 나라의 사탕수수 농장에서 사람들이 비인간적인 임금을 받는 걸 화제로 삼았을 때도 남작께선 같은 말씀을 하셨지요. 그런데 지금 그 나라는 어떻게 되었나요? 우리의 원조금으로 대통령 자리를 차지한 사람은 도둑이자 살인자이고 나라 사정은 더 나빠졌어요."

"하지만 그 대통령은 적어도 종교를 믿잖아요."

미스터 페니가 한마디 하자 셀렉 바이가 퉁명스럽게 말했다.

"그렇다면 난 차라리 종교를 믿지 않는 인간적인 대통령을 택하겠어요."

지금까지 묵묵하게 듣고만 있던 세노르 반 데어 톨렌이 말문을 열었다.

"여러분, 우린 정치와 아무 상관이 없는 단순한 상인들이에요. 우리 모두가 친구처럼 장사를 해나갈 수 있도록 세상이 나아지길 바랍시다. 자, 이제 본 주제로 들어가지요. 버터 문제로요."

"마가린 문제라고 하는 게 낫겠지요."

남작이 말을 고쳐 주며 웃었다.

곧 남작은 비행기 안에서 했던 말과 비슷한 긴 연설을 시작했다. 남작은 친절한 상인이 아니라, 적들을, 다른 버터 상인들을 무찌르기 위해 전쟁을 이끄는 장군처럼 보였다.

팀은 남작의 말을 듣는 둥 마는 둥 했다. 머리가 띵했다.

'저렇게 더러운 방식으로밖에 안 된다면, 대체 왜 아프가니스탄이나 남미에서 장사를 해야 하는 걸까?'

팀은 남작의 왕국을 더 이상 원하지 않았다. 장사하는 게 덜컥 겁이 났다. 심지어는 고향 뒷골목의 뚱뚱한 베버 아주머니네 빵 가게조차 마음이 편치 않게 느껴졌다.

그러나 팀은 앞으로도 한동안 이 늑대들과 같이 울부짖지 않으면 안 되었다. 다행히도, 팀은 중요한 거래를 다시 생각해 냈다. 바로 웃음을 두고 한 거래 말이다.

남작은 팀에게 비행기 안에서 한 이야기를 다시 해 달라고 했다.

팀은 시키는 대로, 자기가 살던 골목에서는 마가린을 많이 먹는단 이야기를 들려주었다. 회의실에 잠시 침묵이 흘렀다.

미스터 페니가 중얼거렸다.

"우린 정말로 마가린에 대해서는 별로 신경을 쓰지 않았군요."

세노르 반 데어 톨렌이 덧붙여 말했다.

"가난한 사람들이 쓰는 자잘한 물건들 덕택에 우리 사업이 커졌는데도 말이죠. 무책임하게도 우린 마가린 시장을 무시했어요. 어떻게든 다시 개척을 해야겠어요."

잠시 조용히 있던 팀이 다시 입을 열었다.

"난 다른 사람들이 먹는 버터는 은종이로 예쁘게 싸여 있는데, 우리가 먹는 마가린은 커다란 통에서 긁어, 싸구려 종이에다 둘둘 말아 주는 게 늘 불만이었어요. 마가린도 멋지게 포장해서 가난한 사람들에게 팔면 안 될까요? 돈이야 우리한테 충분히 있잖아요?"

네 사람은 깜짝 놀란 얼굴로 팀을 바라보더니, 갑자기 약속이라도 한 듯 한꺼번에 껄껄 웃음을 터뜨렸다.

미스터 페니가 외쳤다.

"회장님, 정말 대단하십니다! 그동안 우리가 답을 코앞에 두고도 몰랐군요."

남작도 웃었다. 세노르 반 데어 톨렌은 자리를 박차고 일어나 무슨 놀라운 동물을 보듯 팀을 뚫어져라 바라보았다.

　셀렉 바이 노인만은 조용했다. 그래서 팀은 그에게 자기 제안이 뭐가 그리 대단한 건지 물었다.

　셀렉 바이가 엄숙한 목소리로 말했다.

　"젊은 회장님, 방금 회장님은 상표를 붙인 마가린을 최초로 창안해 낸 겁니다."

24장 우울한 생일날

마가린 상표가 얼마나 대단한 건지 팀은 이틀 동안 서서히 깨닫게 되었다. 성에 있는 사람들 모두 온통 그 얘기뿐이었다. 심지어 하인들까지 자기네 나라 말로 마가린에 대해 수군대는 것 같았다.

그건 이렇게 된 일이었다.

버터는 벌써 오래전부터 예쁘게 포장되어 상표가 붙어 판매되고 있었다. 예를 들어, 독일에는 '독일 일반버터'와 '독일 고급버터'가 있었고, 네덜란드에는 '네덜란드 버터'가 있었다. 이 버터로 장사를 하려는 상인은 낙농업 조합과 관계가 좋아야 했다. 그런데 마악 남작 주식회사는 큰 낙농업 조합 세 군데와 사이가 틀어져 있었다. 그래서 수천 개의 소규모 낙농업자들이 다른 회사에만 버터를 대 주어, 그 회사가 남작네 회사보다 버터를 더 싼 가격에 팔았던 것이다.

마가린은 사정이 달랐다. 아직까지 마가린은 포장도 없고, 상표도 없었다. 그냥 통이나 양동이에 담아 상인들에게 넘겨주면, 상인들은 그때그때 손님이 원하는 만큼 나무 주걱으로 덜어서 팔았다. 상표를 붙인 마가린도 없고, 또 마가린을 만드는 공장도 손님들에게 알려지지 않았기 때문에, 조그마한 공장에서 만들어 낸, 질 낮은 마가린이 헐값에 팔렸다. 그래서 세노르 반 데어 톨렌이 말한 것처럼, 대상인이 '마가린 시장을 손에 넣기'는 쉽지 않았다.

이제 이것이 달라져야 했다. 상표를 붙인 마가린이 예쁘게 포장되어 마악 남작 주식회사가 마음먹은 대로 '시장에 등장'해야 했다. 이 마가린의 등장은 마치 전쟁 중의 작전처럼 계획되었다. 중요한 마가린 공장을 비밀리에 모두 사들일 것. 모든 종류의 마가린을 연구소에서 검사할 것. 최고의 마가린을 만든 공장에서 최저의 비용으로 마가린을 생산할 것. 마지막으로, 주부들이 비싼 버터 대신에, '거의 마찬가지로 질 좋은' 상표 마가린을 훨씬 싼 가격에 사도록 대대적인 광고를 준비할 것.(그렇게 하면 상표 없는, 질 낮은 마가린은 저

절로 밀려나게 될 것이다.)

물론 이 모든 준비는 가능하면 신속하게, 완전히 비밀리에 이루어져야 했다. 다른 회사에 비밀이 새어 나가 선수를 놓치지 않을까 해서였다. 이틀 동안, 유럽의 주요 도시와 전화 통화가 이루어졌다. 전보도 오고 갔다. 때때로 비행기를 타고 누군가 오기도 했다. 그러면 그 사람은 몇 시간 동안 남작과 다른 세 사람과 함께 회의실에 틀어박혔다가 다시 비행기를 타고 곧바로 출발했다.

그러는 동안 팀은 혼자 보내는 시간이 많아졌다. 팀은 방에 앉아 어리석은 소년일 적 굵은 밤나무 그늘 아래에서 서명했던 그 운명적인 계약에 대해 생각하며 반나절을 보냈다. 웃음을 되찾을 길은 보이지 않았다. 큰 사업에 대한 이야기들로 머릿속이 복잡해진 팀은 잃어버린 웃음을 되찾을 수 있는 묘안을 찾지 못했다.

하지만 함부르크에 있는 세 사람은 묘안을 찾아 내었다. 그리고 아주 드문 우연이 세 사람과 팀을 연결해 주었다. 우연은 전화로 찾아왔다.

방에 있는 작은 전화기가 날카롭게 울렸다. 팀은 수화기를 들었다. 감이 좀 멀었다.

"여기는 함부르크인데요. 남작님 계십니까?"

팀은 잠시 말문이 막혔다. 그러나 곧 큰 소리로 소리쳤다.

"리케르트 아저씨 아니세요? 저예요, 팀!"

감이 멀던 목소리는 곧바로 약간 더 커지고 또렷해졌다.

"그래, 나야. 맙소사! 우린 운이 좋구나! 크레쉬미르와 요니가 우리 집에 왔었어. 크레쉬미르가 알고 있는데⋯⋯."

하지만 팀은 리케르트 씨의 말을 끝까지 듣지 않고 흥분한 나머지 소리를 지르며 끼어들었다.

"요니 아저씨한테 안부 전해 주세요! 크레쉬미르 아저씨한테도요! 그리고 할머니께도요! 그런데 생각 좀 해 봐 주세요⋯⋯."

그때, 팀의 어깨너머로 손이 하나 넘어오더니 전화를 끊어 버렸다. 통화가 중단되었다. 기겁을 한 팀이 돌아보니, 뒤에 남작이 서 있었다. 너무나 흥분한 나머지 남작이 들어오는 소리를 듣지 못했던 거다.

남작이 조용히 말했다.

"옛 사람들은 잊어야 해요, 탈러 씨. 당신은 곧 왕국을 상속받을 사람이에요. 계산의 왕국을요. 그 왕국은 숫자가 지배하지, 감정은 아니에요."

팀은 항상 그랬듯이 "네, 명심할게요." 하고 말하려 했다. 하지만 이번에는 자신의 감정을 조절할 수 있는 상태가 아니었다. 결국 팀은 전화 탁자에 엎드려 흑흑 울기 시작했다.

그때 누군가의 목소리가 아득히 들려왔다.

"애와 단둘이 있게 해 줘요, 남작."

이어서 발소리와 문 닫히는 소리가 났다. 그러곤 조용해졌다. 팀이 흐느끼는 소리만 들렸다.

셀렉 바이 노인이 와 있었다. 셀렉 바이는 창가 구석 자리에 앉아 팀이 실컷 울게 내버려 두었다.

한참 후 셀렉 바이가 입을 열었다.

"젊은 회장님은 힘겨운 상속을 감당하기엔 너무 약한 것 같군요."

몇 번 더 훌쩍거린 팀은 주머니에서 손수건을 꺼내 눈물을 닦았다.

"이 유산은 내가 원한 게 아니에요."

"그럼 네가 원하는 게 뭐니, 애야?"

누군가 다시 자기에게 격의 없이 말을 놓으니 듣기 좋았다. 그러자 팔아 버린 웃음에 대해 셀렉 바이에게 이야기하고 싶은 마음이 간절하게 들었다. 하지만 그러면 팀의 웃음은 영영 사라지게 될 것이다. 팀은 입을 다물 수밖에 없었다.

셀렉 바이가 아쉬운 듯 말했다.

"좋아, 말 못할 사정이 있는 게로구나. 남작은 비밀이 많은 사람이지. 그중 하나는 너야. 아주 추악한 비밀 같아 보이는구나."

팀은 고개만 끄덕였을 뿐, 이번에도 아무 말을 하지 않았다. 셀렉 바이는 화제를 바꾸어, 자기가 어떻게 이 부유한 회사의 중역이 되었는지를 말하기 시작했다.

"아시아를 상대로 장사를 하기 위해서 그들에게는 아시아에서 존경받는 사람이 필요했어. 이슬람 교도 가운데서 누군가를 택하려고 하니, 불교 국가에서 싫어할 것 같았지. 불교도 가운데서 누굴 택하면, 이슬람교에서 화를 낼 테고. 그래서 좀 이상하긴 하지만 작은 종파의 대범한 족장을 택한 거야. 그리고 그게 바로 나란다. 나 때문에 남작이 이 성을 샀어. 더욱이 남작은 우리 종교에 관심이 많지.”

“하지만 이 회사가 하는 많은 일들이 당신 맘에 들지 않잖아요? 그런데 왜 여기에 발을 들여 놓으신 거죠?”

“난 경영권 주식을 내게 준다는 조건에서만 그렇게 하고 있단다. 그리고 실제로 내게 주식을 주었고. 지금의 난 그들과 함께 중요한 일을 결정할 수 있고, 많지는 않지만 막을 수 있는 일도 있어. 게다가…….”

셀렉 바이가 쿡쿡대더니 목소리를 낮추고 말을 이었다.

“게다가 난 내가 번 수많은 돈으로 몰래 회사에 맞서고 있단다. 남미에서 내가 돈을 댄 군대가 저 살인자 도둑놈을 넘어뜨리려고 하고 있어. 우리 회사가 도와서 대통령이 된 그 도둑놈을 말이야. 그리고 아프가니스탄에서는…….”

그때 노크 소리가 나자, 셀렉 바이는 얼른 하던 말을 멈추었다.

팀이 목소리를 낮추고 물었다.

“열까요?”

셀렉 바이가 고개를 끄덕이자, 팀이 문을 열었다. 그러자 평소에는 그렇게 조용하고 뻣뻣하던 미스터 페니가 흥분해서 헐레벌떡 방으로 뛰어 들어왔다.

“이 무슨 빌어먹…… 에…… 제기랄……에…….”

셀렉 바이가 말했다.

"영어로 말씀하시오. 내가 통역을 하리다."

미스터 페니는 흥분해서 한참을 뭐라고 영어로 떠들어 댔다. 그러다 하던 말을 뚝 끊고 팀을 가리키며 셀렉 바이에게 말했다.

"플리즈, 트란스래이트 잇 투 힘!(영어로 '저 사람에게 통역 좀 해 주세요.'라는 뜻 ─ 옮긴이)"

셀렉 바이는 미스터 페니에게 진정하고 자리에 앉으라고 하고는 미스터 페니가 지쳐 흔들의자에 쓰러지자, 팀에게 말했다.

"남작이 방금 함부르크 선박회사의 리케르트 사장을 해고했다고 합니다. 페니 씨는 그 선박회사의 주식 대부분을 가지고 있는 터라, 이 해고안을 거부하고 있어요. 이 친구 생각으로는 리케르트 씨가 함부르크에서 존경받는 사람이라, 그 사람이 해고되면, 나쁜 소문이 돌아 선박회사에 손해를 입힐 거라는 거지요. 페니 씨 말로는 리케르트 씨가 해고된 게 당신 때문이라고 하는군요."

창백해진 팀이 놀라서 물었다.

"내 탓이라고요?"

미스터 페니가 다시 흔들의자를 박차고 일어났다.

"그래요, 당신 때문이에요! 남작이……에…… 이런 독일어란! 남작이 그렇게 말했어요."

물론 팀은 리케르트 씨의 해고가 전화 통화와 관련이 있다는 걸 깨달았다. 하지만 남작이 팀에게 책임을 돌린 건 정말 너무나 비열한 짓이었다. 팀은 결코 리케르트 씨를 일자리에서 내쫓을 사람이 아닌데도 말이다.

셀렉 바이가 갑자기 방을 나가며 미스터 페니에게 말했다.

"마음을 가라앉히고 젊은 회장님과 독일어로 이야기해 보세요. 천천히, 차분히 이야기해야 해요."

셀렉 바이가 가고 나자, 런던에서 온 이 뚱뚱한 남자는 셀렉 바이가 앉았던 구석 자리에 풀썩 주저앉아 한숨을 내쉬었다.

"어찌 된 일인지 모르겠어요!"

팀은 그냥 남작이 거짓말을 한 거라고 말하려고 했다. 그런데 문득 세노르 반 데어 톨렌과 나눈 이야기가 생각났다. 팀은 그 이야기에 대해 고심하던 참이었다. 그러자 좋은 생각이 떠올랐다.

"페니 씨, 당신은 내가 스물한 살이 되면 경영권 주식을 엄청나게 많이 상속받게 되리란 걸 분명히 아실 거예요."

미스터 페니가 구석 자리에서 퉁명스럽게 말했다.

"네."

"내가 스물한 살이 되면 그 주식을 당신에게 주겠다고 약속할게요. 그 대신, 당신이 갖고 있는 함부르크 선박회사의 주식을 지금 이 자리에서 내게 넘겨주지 않을래요?"

미스터 페니는 말없이 두 눈을 가늘게 뜨고 구석 자리에 앉아 있었다. 무겁게 숨쉬는 소리만 들렸다. 그러다 마침내 미스터 페니가 질문을 했는데, 그건 씩씩대는 소리처럼 들렸다.

"탈러 씨, 당신 지금 속임수 쓰는 거죠?"

"아뇨, 페니 씨. 말한 그대로예요."

"그럼 문을 잠그세요!"

팀은 시키는 대로 했다. 그런 다음 두 사람은 계약서를 작성했다. 그 계약은 남작과의 계약처럼 비밀로 해 둬야 했다. 아니, 어쩌면 이 비밀은 더 조심해야 하는 건지도 몰랐다. 무슨 일이 있어도 남작이 이 계약서를 보아서는 안 되기 때문이다. 한 가지 맘에 걸리는 일은 선박회사의 주식 소유자가 변경되기 위해서는 일정 기간을 기다려야 한다는 거였다. 그래서 팀은 일 년 후에야 선박회사의 주식을 가질 수 있었다. 하지만 팀이 그날 밤 잠 못 이루며 세운 계획을 위해서는 어쩌면 그것이 더 나은 건지도 몰랐다.

팀이 세운 계획은 열네 살짜리 소년이 세운 것이라고 하기엔 너무나 엄청난 것이었다. 팀은 더도 말고, 덜도 말고, 남작의 회사를, 세계에서 가장 부유하고 막강한 이 회사를 셀렉 바이의 도움으로 혼란에 빠뜨리고 싶었다. 그럴 경우 남작은 두 가지 중 하나를 선택할 수밖에 없을 것이다. 팀에게 웃음을 되돌려주든지, 아니면 모든 권력과 재산을 한순간에 잃든지.

그 계획은 터무니없었고, 셀렉 바이가 동참한다 하더라도 거의 성공할 수 없었다. 이제 막 거대한 사업의 세계에 발을 들인 팀은 수천 갈래로 겹겹이 보호막을 치고 있는 세계적인 회사를 과소평가하고 있었다. 또 팀은 자기가 상대하고 있는 사람들을 얕잡아 보고, 위험이 닥치면 이 사람들이 얼마나 결속력 있게 움직이는지에 대해서도 과소평가하고 있었다. 그들 모두는 회사가 망하는 걸 막을 수만 있다면, 언제라도 망설이지 않고 아내든 자식이든 부모든 서슴없이 내팽개쳐 버릴 사람들이었다. 남작은 회사를 살리는 길이라면 주저 없이 팀의 웃음을 되돌려 줄지도 모른다.

하지만 팀은 그런 계획을 세우기엔 너무 어리고 그렇게 약삭빠르지도 않았다. 사실 팀의 웃음은 훨씬 더 간단한 방법으로, 몇 마디 말로 돌려받을 수 있었다. 그러나 팀은 남작 곁에 있으면서 그 단순한 걸 보지 못했다. 쉽게 갈 길을 돌고 또 돌고 있는 셈이었다.

새벽 네 시가 되어도 잠이 오지 않자, 팀은 미스터 페니와 맺은 계약서를 다시 한 번 읽어 보았다. 날짜에 눈이 갔다. 9월 30일.

바로 팀의 생일날이었다.

팀이 열다섯 살이 된 거였다. 그 나이의 보통 아이라면 코코아와 생일 케이크와 웃음으로 그날을 보냈을 텐데, 팀은 비밀 계약과 음울한 계획들로 생일을 보냈다. 팀은 서러운 눈물을 흘리며, 정신없이 모종의 계획을 세우던 음모가에서 다시, 웃음을 잃은 불행한 소년으로 돌아왔다. 그러다 마침내 눈꺼풀이 감기자 얼핏 잠이 들었다.

25장 붉은 정자에서

성에서의 하루 일과는 엄격하게 정해져 있었다. 아침 정각 여덟 시면 어김없이 팀의 방문을 노크하는 소리가 들렸고, 대답도 하기 전에 젊고 상냥한 하인이 들어왔다. 하지만 팀은 이 하인과 이야기를 나눌 수는 없었다. 방에 들어온 하인은 커튼을 걷은 다음 뜨거운 물 주전자를 가져와서 세면대에다 부었다.

팀은 세수를 하고 옷을 입은 다음 굵은 끈을 잡아당겨 하인을 불렀다. 그러면 하인이 아침 식사를 담은 쟁반을 들고 와, 창가의 작은 탁자에다 내려 놓았다. 그리고 아침을 차리고, 코코아를 잔에 따르고, 설탕과 크림을 거기다 넣었다. 그런 다음 의자를 탁자로 밀고 가서 팀이 앉을 때까지 의자 등받이를 양손으로 잡고 기다리다, 팀이 오면 의자를 밀어 주었다. 그 모든 일이 끝나면 하인은 소리 없이 방을 나갔다.

첫날, 하인은 팀에게 벙긋 미소를 지어 보였다. 그러나 둘째 날부터는 한 번도 미소를 짓지 않았다. 마치 팀의 걱정을 알고 있기라도 한듯 오히려 슬픈 표정을 지었다.

팀은 묵묵히 하인이 하는 대로 내버려 두었다. 하인이 팀을 도우려 한다는 걸 잘 알고 있고 팀 자신도 하인을 좋아했다. 하지만 팀은 매번 이 아침의 의식이 끝나고 혼자서 창가에 앉아 있는 게 더 즐거웠다.

전날 밤 잠을 설친 뒤라 아침에 자리에서 일어나기가 쉽지 않았다. 게다가 아직도 밖은 어둑어둑했다. 밖에는 거세게 비가 내리고 있었다. 그러나 팀은 자리에서 일어나, 오늘도 여느 날 아침처럼 하인과의 의식을 치렀다. 남작을 따라다니면서 자기 자신을 훈련하는 법을 배운 덕택이었다.

아침을 먹으면서 팀은 창문으로 성의 계단을 바라보았다. 니스 칠한 알록달록한 개들이 비를 맞고 반짝거렸다. 퍼붓는 빗속에 뻣뻣하게 서 있는 모양이라니, 엄격하지만 무의미한 규율 속에 있는 개들이 왠지 가련해 보였다. 하루빨리 웃음을 되찾지 못하면, 자기도 저 개들 중 하나처럼 되고 말 거란 느낌이 들었다.

그때 전화가 울렸다. 남작이었다. 다섯 시에 차나 한 잔 하자고 했다. 그것도 붉은 정자에서.

"좋아요, 남작!"

팀은 전화를 끊고 계속 아침을 먹었다. 팀은 아침을 먹으며, 남작이 무슨 일로 그러는 걸까 생각해 보았다. 지금까지 남작은 할 말이 있으면, 그냥 곧장 팀의 방으로 올라오곤 했었다. 그러니 정자에서 만나려는 무슨 특별한 이유가 있는 게 분명했다.

한 시 정각에 종소리가 점심 시간을 알리면 팀은 아름답게 장식된, 원형 계단을 내려가 일층 식당으로 가곤 했다. 그런데 이날 점심 시간에, 팀이 옆에 앉았는데도 남작은 차 마시는 약속에 대해서는 한마디도 하지 않았다.

보통 오후에야 성으로 오곤 하던 셀렉 바이가 오늘은 벌써 와서 같이 식사를 했다. 팀은 오늘 아침 중요한 회의가 있었다는 느낌이 들었다. 하지만 사람들은 식사가 끝날 때까지 거기에 대해 일언반구도 하지 않았다. 이제까지 성에서 본 것 중 가장 말이 없는 식사 시간이었다.

사람들은 대개 오후에는 자기 방에서 시간을 보내곤 했다. 방에 독일어 책들이 있었기 때문에 팀은 대부분의 시간을 책을 읽으며 보냈다. 그중 가장 마음에 드는 책은 맨 아래 책장에 있던 찰스 디킨스의 작품들이었다. 그 책들은 적갈색 아마로 제본되어 있었다. 팀은 불쌍하고 불행한 아이들에 대한 그 소설들을 베버 아주머니의 꿀벌 빵처럼 달게 삼켰다. 하지만 매번 이야기가 해피 엔딩으로 끝날까 봐 마음이 조마조마했다. 줄거리가 해피 엔딩으로 흘러가는 듯해서 도중에 그만 읽은 소설이 세 권이나 되었다.

이렇게 비 오는 오후는 슬픈 소설을 읽기에 안성맞춤이었지만, 팀은 책을 읽지 않았다. 그 대신 창가 구석 자리에 앉아, 비가 쏟아지는 흐린 골짜기를 내다보며, 밤에 세운 계획들을 떠올려 보았다. 왠지 머리가 텅 빈 듯했다. 도무지 생각할 수가 없었다. 그냥 빗줄기와 불쌍한 개들과 매일 오후 신선한 식료품을 날라 오는 마차를 멍하니 바라볼 뿐이었다.

다섯 시 직전에 젊은 하인이 우산을 들고 방으로 와, 팀을 붉은 정자로 모시겠다는 시늉을 했다.

팀은 우산을 받아 들고, 혼자 갈 거라는 몸짓을 했다. 그러고는 가벼운 우의를 입고(아테네의 시장에서 샀다) 방을 나왔다.

그런데 계단 위에 셀렉 바이가 서 있었다. 셀렉 바이는 인사로 악수를 하면서 팀 손에다 만년필을 슬쩍 밀어넣었다. 그렇게 하면서 가까이에 아무도 없는데도 아주 비밀스럽게 속삭였다.

"이걸로 서명을 해."

팀이 뭐라 묻기도 전에, 셀렉 바이는 이미 사라지고 없었다. 팀은 만년필을 주머니에 넣고, 계단을 내려가서 홀을 지나, 성의 커다란 문으로 갔다. 늙은 하인이 문을 열어 주었다.

막 빗속으로 나가려는데 누군가 부르는 소리가 들려왔다.

"잠깐만요, 탈러 씨!"

기둥 뒤에서 세뇨르 반 데어 톨렌이 나타났다. 그는 늙은 하인에게 가라고 손짓을 하고는 목소리를 낮추고 물었다.

"생각해 보셨어요, 탈러 씨? 경영권 주식을 제게 주시기로 한 거 말이에요. 그 대신 전 큰 회사를 드리기로 하고요."

팀은 하마터면 "페니 씨와 벌써 거래를 했는데요." 하고 말할 뻔했다. 하지만 적어도 이렇게 비 오는 우울한 오후에는 다행히 팀의 생각이 느리게 움직였다. 그래서 팀은 대답하기 전에 곰곰이 생각해 보고는 훨씬 더 현명한 대답을 할 수 있었다.

"저, 당신과 그 거래를 할 수 없겠는데요."

"저런."

반 데어 톨렌이 무표정한 얼굴로 대꾸했다. 다른 말은 없었다. 그만 가려다 말고 잠시 생각해 보더니 말했다.

"적어도 우리의 마가린 계획에 대해서는 찬성하시겠지요, 팀 탈러 씨?"

그러고는 총총히 사라졌다.

팀은 두 사람이 왜 자기 앞에 나타난 것인지 도무지 이해가 되지 않았다. 아까는 셀렉 바이가 나타나 비밀스럽게 만년필을 주더니 지금은 반 데어 톨렌이 나타나 마가린 계획에 찬성해 달라는 아리송한 말을 하지 않았는가.

'미스터 페니만 오면 모두 다 오는 거군.'

그런데 정말 팀의 생각대로 되었다.

팀이 우산을 받치고 성의 계단 아래로 내려가고 있을 때, 미스터 페니가—마찬가지로 우산을 받치고—멀찍이 돌로 만든 그레이 하운드 뒤에 서 있었다.

미스터 페니가 말했다.

"우리가 어제 한 계약에 대해서는 무슨 일이 있어도 비밀을 지켜 주세요."

팀이 입에 붙은 말을 했다.

"명심할게요."

미스터 페니는 뭔가 할 말이 더 남은 것 같았지만, 선뜻 말을 꺼내지 못했다. 결국 팀에게 고개 숙여 인사하고는 계단 위로 사라졌다.

팀은 도무지 갈피를 잡을 수 없었다. 남작과 나눌 이야기가 이 세 사람에게 아주 중요한 일임에 틀림없었다. 그렇지 않고서야 세 사람이 줄줄이 기다리고 섰다가 차례로 나타나 말을 걸 이유가 없지 않은가.

팀은 깊은 생각에 잠긴 채 정자로 향했다.

붉은 정자라고 불리는 그곳은 계단식 정원의 중간쯤에 있었다. 정자 자체는 하얀색인데, 둥근 지붕이 수탉의 볏 모양인 걸로 봐서 붉은 수탉에서 이름을 따 온 게 분명했다. 가지런하게 손질된 나무와 숲이, 소낙비의 기습을 받고 놀라 덜덜 떨며 도움을 기다리는 고상한 사람들처럼 보였다. 팀은 정자로 나 있는 사잇길을 잰걸음으로 걸어갔다. 남작이 반쯤 열린 유리문에 서서 팀을 바라보고 있었다.

남작이 물었다.

"3분 늦었군요. 누구 다른 사람이 붙들기라도 했나요?"

팀은 짧게 "예."라고만 대답했으나, 남작은 더 이상 묻지 않았다.

정자의 둥근 방에 있는 가구들은 노란색과 연갈색의 줄무늬 비단 덮개로 덮여 있었다. 하녀가 러시아풍의 주전자에서 뜨거운 차를 따라 주고는 나가려고 했다. 하녀에게 우산이 없는 걸 보고 팀이 "잠깐만요!" 하고 소리쳤다. 하녀가 뒤돌아보자, 팀은 자기 우산을 건네주었다.

하녀는 거의 기겁을 하다시피 했다. 반은 놀란 얼굴로, 반은 그래도 되는지 묻는 듯한 얼굴로 하녀는 남작을 쳐다보았다. 남작은 웃으면서, 우산을 가지고 가라는 손짓을 했다.

하녀는 재빨리 우산을 받아 갔다.

"당신의 작은 친절이 사람들에게 좋은 인상을 남기는군요, 탈러 씨. 계속 그렇게 하세요. 하지만 너무 지나치게는 말고요."

남작은 팀이 우의를 벗는 것을 도와주었다. 두 사람은 자리에 앉았다.

"이거 보세요, 탈러 씨. 인간은 두 부류로 나누어져 있어요. 주인과 하인으로 말이에요. 이 시대는 이 경계를 허물고 싶어 하지요. 하지만 그건 위험한 생각이에요. 생각하고 명령하는 사람이 있는 반면, 생각하지 못하고 그저 명령대로 움직이는 사람도 있는 법이거든요."

팀은 대답하기 전에 우선 아무 말 없이 차를 한 모금 마셨다.

"제가 어렸을 때, 우리 아버지는 언젠가 이렇게 말씀하셨어요. '얘야, 주인과 하인이 따로 있다고는 여기지 마라! 현명한 사람과 어리석은 사람만이 있을 뿐이란다. 그리고 선량하지 못한 어리석음은 멀리 해라!' 전 그 말씀을 듣고 공책에다 적어 놓았었죠. 그래서 지금도 기억하고 있는 거예요."

"탈러 씨, 당신 아버지는 사실은 나와 같은 말을 한 거예요. 결국 현명한 사람이 주인이고, 어리석은 사람이 하인이니까요."

"셀렉 바이 말로는, 아프가니스탄과 남미에는 태어나면서부터 우연히 주인이 된 사람들이 있다고 하던데요."

남작이 퉁명스럽게 말했다.

"그렇게 태어난다는 건 우연이 아니에요. 더구나, 셀렉 바이, 그 사람은 공산주의자예요. 종교를 갖고 있으면서도 말이에요. 다만 자기가 공산주의자라는 걸 그 사람 자신만 모르고 있을 따름이에요. 하지만 난, 그 사람이 남미에서 우리가 지지한 대통령을 무너뜨리려는 군대에 돈을 대고 있다는 걸 알고 있어요. 또 아프가니스탄에서는 우리 일을 돕는 라마둘라에게 맞서도록 칼 가는 사람들을 선동하고 있다는 것도 알고 있지요."

"그걸 알고 있다고요?"

팀이 어찌나 놀랐는지 남작이 웃음을 터뜨렸다. 남작이 웃으면서 큰 소리로 말했다.

"난 당신이 생각하는 것보다 더 많이 알고 있어요. 당신이 미스터 페니와 계약을 맺은 것도 알고 있지요. 그리고 반 데어 톨렌이 어떤 제안을 했는지도 알고 있고요."

이 말을 들은 팀은 차를 마시다 사레가 들렸다. 이 마악 남작은 귀신같이 모든 걸 알고 있지 않은가!

하지만 남작이 그렇게 많은 걸 알고 있는 이유는 의외로 간단했다. 남작 스스로 팀에게 그 이유를 털어놓았다.

"이 성에 있는 모든 하인은 내 첩보원이기도 해요. 탈러 씨, 당신 책상에 새 압지가 놓인 걸 깨닫지 못했나요?"

"네, 몰랐어요!"

"이제 그런 사소한 것에도 신경을 써야지요. 당신의 책상에 놓였던 옛날 압지를 거울 앞에 대면, 당신이 미스터 페니와 작성한 계약서가 상당히 또렷이 보여요."

그 순간 팀은, 사업에 관한 한 도무지 남작을 이길 수 없다는 걸 깨달았다. 지난밤에 잠을 이루지 못하며 세웠던 계획들이 찻잔의 김처럼 허무하게 사라지고 있었다. 팀은 웃음을 건 싸움의 일회전에서 지고 만 것이다.

"셀렉 바이와 미스터 페니에게 무슨 조치를 취할 건가요?"

남작이 다시 웃더니 말했다.

"아뇨. 내가 그 사실을 알고 있는 것으로 충분하지요. 물론, 두 사람이 그런 짓을 하거나 혹은 계획하고 있다는 걸 알았을 때는 화가 났어요. 하지만 다행히도 당신의 웃음이 있어서 화도 쉽게 풀리더군요. 웃음은 내 기분을 가볍게 해 주고 나를 자유롭게 해 주거든요. 보세요, 탈러 씨, 난 웃음을 유용한 목적에 사용하고 있어요."

"당신은 당신 삶의 모든 것을 어떤 유용한 목적이 있어야 사용하는 것 같군요, 남작."

"두 가지를 제외하고는요, 탈러 씨. 그림에 대한 내 관심은 어떤 목적이 있어서가 아니고, 또 마찬가지로 종교도…… 아, 아니에요."

남작은 하던 말을 멈추었다.

"생각해 보니 종교에 대해 내가 관심을 갖는 것도 어떤 목적이 있는 거군요."

"내가 미스터 페니와 맺은 계약은 어떻게 되는 거죠?"

팀은 얼른 화제를 돌렸다. 그곳엔 자기 방에 있던 것과 같은, 박살낼 만한 샹들리에도 없지 않은가.

"탈러 씨, 미스터 페니가 경영권 주식을 갖게 되는지 어떨지는 당신이 스물한 살에 과연 경영권 주식을 포함한 내 모든 재산을 상속받게 될 것인가에 달려 있어요. 그 이외의 계약은 물론 유효하지요. 일 년 후 오늘 날짜로 함부르크 선박회사의 주식 대부분은 당신 소유가 될 거예요. 당신은 리케르트 씨를 다시 그 자리에 앉히고 싶겠지요?"

팀이 냉큼 대답했다.

"네."

"그렇다면, 내년까지 그 사람이 더 건강하고 활기차길 바라야 하겠군요."

남작이 무심결에 덧붙인 이 말은 팀을 소스라치게 놀라게 했다.

남작은 분명히 무슨 짓이건 할 수 있는 사람이었다. 리케르트 씨를 죽이는 것쯤은 식은 죽 먹기일 것이다. 그래서 팀은 남작 앞에서는 리케르트 씨 일에 전혀 무관심한 척해야 한다고 생각했다.

"리케르트 씨가 별거 아닌 통화로 일자리를 잃게 된 건 참 딱한 일이에요. 그래서 나도 미스터 페니와 계약을 맺은 거지요."

남작은 작은 유리병의 럼주를 찻잔에 따르며 말했다.

"한 잔 할래요?"

팀이 고개를 끄덕이자 남작이 술을 따라 주었다.

"탈러 씨, 내가 제안 하나 할게요. 앞으로 일 년 동안 리케르트 씨나 함부르크에 있는 다른 친구들과 연락하지 마요. 그럼 일 년 후, 함부르크 선박회사의 주식이 정말로 당신한테 넘어가도록 해 줄게요. 어때요?"

팀은 잠시 생각해 본 후에 말했다.

"그래요, 좋아요!"

그러면서 마음속으로 생각했다.

'웃음 없는 일 년은 너무 길어. 하지만 웃음 없는 삶이란 견딜 수 없을 거야. 이 일 년만 어떻게 잘 버티자. 그러다 보면 남작을 쓰러 뜨릴 방법이 생각날지도 몰라. 사업에 있어서는 내가 한 수 아래야. 하지만 개인적으로는, 남작이 무슨 꿍꿍이 속인지 모두 알아낼 수 있을지도 몰라.'

마치 팀의 생각을 읽기라고 한 듯 남작이 말했다.

"탈러 씨, 이 일 년 동안 우리 함께 세계 여행을 하며 보내요. 사업과는 무관하게 말이에요. 세계 여행은 생일 선물이에요. 아, 늦었지만, 생일 축하해요!"

깔깔깔 웃으며 남작이 차가운 손으로 악수를 청했다.

"고마워요."

팀은 럼주가 든 뜨거운 차를 한 모금 마셨다.

"당신, 방금 키잡이 요니가 준 럼주를 마신 거 알아요, 탈러 씨?"

"뭐라고요?"

"내기에서 이기고 요니한테 받은 럼주 두 병을 제노바에다 놓고 왔잖아요. 사람들이 호텔로 가져다준 걸 내가 이리로 가져오게 했지요. 당신이 내기에 이긴 즐거움을 맛보도록 말이에요. 난 이렇게 작은 일에도 아주 정확하죠."

팀은 뭐라고 대꾸하지 않았다. 그 대신 요니가 가르쳐 준 속담을 속으로 되뇌었다.

'내게 웃음을 가르쳐 줘요. 내 영혼을 구해 줘요. 요니 아저씨!'

남작이 뭐라고 하는 바람에 팀은 생각에서 깨어났다.

"이제 사업 이야기를 합시다. 마가린에 대해서 말이에요."

"그럽시다, 남작!"

26장 자신의 웃음을 빌리다

남작은 자리에서 일어나—뒷짐을 진 채—정자 안을 서성거리며
짧은 연설을 했다.

"탈러 씨, 당신도 아실 테지만, 우리가 만들기로 한 마가린은 상
표가 필요해요. 뭔가 잘 알려진 것과 연관된, 매력적이고 인상적인
이름이어야 해요. 우린 이 이름 문제를 두고 한참을 고심했어요. 이

름은 아주 중요한 일이니까요. 좋은 이름은 곧 현금과 같은 거지요."

팀은 고개를 끄덕였다. 그게 자기와 무슨 상관이 있다는 건지 여전히 이해가 안 갔지만. 하지만 곧 알게 되었다.

"이런저런 의견을 나눈 후에……."

남작은 계속해서 서성거렸다.

"……셀렉 바이가 제안을 하나 했는데, 우린 즉각 그 제안이 제일 낫다고 생각했어요. 셀렉 바이는, 다시 한 번 말해 두자면, 이상한 생각을 하긴 하지만 우리에겐 아주 쓸모 있는 사람이거든요. 그걸 말하려고 한 건 아니고요. 그 사람 제안은 바로 '팀 탈러 마가린'이었어요."

그렇게 말하고 남작은 우뚝 서서, 이제 늘 쓰다시피 하는 검은 안경 너머로 팀을 바라보았다.

팀의 얼굴에는 아무런 변화도 일어나지 않았다. 남작의 제안을 전혀 이해하지 못한 건 아니지만, 팀은 남의 일처럼 듣는 것 같았다. 그래서 남작은 더 자세히 설명해 주었다.

"탈러 씨, 아직까지 상표를 붙인 마가린이 없었다는 건 당신도 분명히 알고 있을 거예요. 이제 우리가, 기습적으로, 세상이 깜짝 놀라게, 대량으로 그걸 시장에 내놓으면, 우린 마가린의 세계 시장을 지배하게 될 겁니다. 남미의 몇몇 나라에서는 마가린 시장을 독점할 수도 있어요. 그건, 당신 이름이 뉴욕에서 도쿄까지, 스톡홀름에서 케이프타운까지 모든 사람들의 입에 오르내리게 된다는 걸 뜻해요.

페르시아의 외딴 마을에 있는 구멍가게에서도 당신 이름이 붙은 마가린을 팔게 될 거라는 거죠. 어디서나 노랑 바탕에 파란색으로, 웃고 있는 당신 사진을 볼 수 있단 말이에요!"

그제야 팀은 정신을 바짝 차렸다. 팀이 목소리를 낮추고 물었다.

"난 웃을 수 없는데, 어떻게 웃으란 말이에요?"

"그건 그리 중요한 문제가 아니에요, 탈러 씨. 거기에 대해선 곧 내가 방법을 일러 줄게요. 우선 이 질문에 먼저 답해야 해요. 마가린 이름을 당신 이름으로 하는 데에 동의하나요?"

팀은 어떻게 대답해야 할지 한참 궁리했다.

그러자 팀은 왜 자기 이름을 붙인 상표가 회사에 그렇게 쓸모가 있는지 짐작이 갔다. 팀 탈러, 자신은 유명하고 부유한 상속인으로 그 이름과 사진이 세계 신문에 매일같이 오르내리는 사람이었다. 그러니까 팀이 마가린으로 알려지게 되는 것이 아니라, 그 반대였다. 이미 유명해진 자기의 이름으로 마가린이 세상에 알려질 거라는 얘기였다.

"지금 당장 대답을 해야 하나요, 남작?"

"오늘 중으로요, 탈러 씨! 그것도 이 정자에서요! 마가린은 내년에야 시장에 나오지만, 주요 사항은 요 며칠 내로 결정이 나야 해요. 준비하는 데에 엄청난 돈이 들 거예요. 엄청난 돈을 들인 이 사업이 실패할 경우 우리 회사는 빈털터리가 될 수도 있어요."

팀은 웃옷 주머니에 손을 넣어 보았다. 갑자기 셀렉 바이가 준 만년필이 손에 잡혔다. 마가린으로 회사 전체가 빈털터리가 될 수도 있다는 남작의 말이 귀에 쟁쟁했다. 셀렉 바이는 이 만년필로 회사를 '빈털터리'로 만들 속셈인가? 그렇다면 셀렉 바이가 팀의 비밀스러운 공모자란 말인가?

생각에 잠긴 채 팀은 만년필을 주머니에서 꺼내, 적당한 순간에 쓰려고 만지작거렸다.

마가린에 자기 이름을 붙이더라도 팀은 손해 볼 게 없었다. 게다가 셀렉 바이가 자기 편이라면, 크게 도움이 될 것이다. 팀은 셀렉 바이를 믿어 보기로 결정했다.

"남작, 내가 동의한다고 사람들에게 말씀하세요."

남작은 안도의 한숨을 길게 내쉬었다. 하지만 그것뿐, 여전히 차분했다.

"자, 우리는 한 번 더 서명을 하게 되겠군요. 여기에 하면 됩니다."

찻잔을 옆으로 치우고, 남작은 똑같이 작성된 두 개의 계약서를 탁자 위 팀 앞에다 놓았다. 그리고 팀이 다 읽기를 기다렸지만, 남작이 다른 만년필을 줄까 걱정이 된 팀은 셀렉 바이가 준 만년필로 얼른 서명을 했다.

곧 남작도 두 개의 계약서에 서명을 했다. 남작은 계약서마다 두 번씩 서명을 했다. 한 번은 자기 회사의 이름으로, 또 한 번은 팀의 후견인으로서. 안타깝게도 팀은 여기에 신경을 쓰지 않았다.

"팀 탈러 마가린을 위해 건배합시다, 탈러 씨!"

남작이 작은 찬장에서 세련되어 보이는, 뾰족한 잔을 두 개 꺼내와 럼주를 따랐다. 곧 두 잔이 쨍 하고 부딪쳤다. 팀은 이 건배가 행운을 위한 것인지 불행을 위한 것인지 몰랐다.(하지만 요니가 준 럼주니까 왠지 느낌이 좋았다.)

남작은 다시 어떻게 '팀 탈러' 광고를 할 건지 설명하기 시작했다.

"우리는 사람들에게 어떻게 가난한 뒷골목 소년이 부유한 남작을 감동시켰는지, 그래서 어떻게 남작의 상속인이 되었는지, 또 어떻게 해서 소년이 품질 좋고 값싼 마가린을 가난한 골목의 모든 식탁에 가져오게 했는지 얘기해 주려고 해요."

팀이 반기를 들었다.

"하지만 그건 순 거짓말이잖아요?"

남작은 한숨을 쉬었다.

"꼭 셀렉 바이처럼 말하는군요. 요컨대 광고란 어떤 경우에도 거짓말이 아니라, 어떻게 조명하느냐의 문제예요."

"어떻게 조명하느냐의 문제라뇨?"

남작이 고개를 끄덕였다.

"탈러 씨, 한 번 들어 봐요. 이 모든 얘기가 사실이잖아요. 당신은 어릴 적에 가난한 뒷골목에서 자랐어요. 당신은 남작의 상속인이 되었고요. 게다가 상표를 붙인 마가린은 당신 아이디어였어요. 다만 이제 이 사실들을 올바르게 조명하는 게 중요해요. 그러면 감동적인 마가린 동화가 탄생되는 거지요. 이건 아주 좋은 광고가 될 거예요.

경쟁 회사들이 길길이 날뛰겠죠. 그런 일은 안심하고 우리한테 맡겨요, 탈러 씨. 당신 사진 문제나 이야기합시다."

"웃고 있는 소년의 사진 말이에요?"

"바로 그거예요. 내 비록 뛰어난 사진 작가는 아니지만, 사진 예술에는 일가견이 있지요. 그래서 내가 직접 사진을 찍을까 해요. 벌써 만반의 준비를 다 해 놓았답니다."

남작은 커튼을 한쪽으로 밀었다. 팀은 그 뒤에 간이부엌이 있지 않나 생각했었는데, 거기에는 삼각대 위에 카메라가 놓여 있었다. 그리고 의자도 하나 있었는데 의자 등받이에 너덜너덜한 남자애 스웨터가 걸쳐 있었다. 그런데 무엇보다 놀랄 일은 사진의 배경이 되는 그림이었다. 그건 바로 팀이 살던 뒷골목을 엄청나게 크게 확대해 놓은 사진이었다. 한가운데에는 옛날에 팀이 살았던 집의 문이 보였다. 아주 세세한 데까지 모든 게 그대로였다. 심지어 옛날에 오마르크를 숨겨 놓았던, 이웃집 담장의 갈라진 틈새도 보였다. 후추와 카룸, 아니스 냄새까지 풍겨 오는 듯했다.

"탈러 씨, 이 스웨터를 입고 저 배경 앞에 서요!"

어느새 남작은 삼각대와 사진기를 방 중간으로 조심스럽게 옮기고 있었다.

몽롱한 가운데, 팀은 남작이 시키는 대로 움직였다. 지난 시절에 대한 기억들이 머릿속에서 넘실거렸다. 아버지, 새엄마, 창백한 에르빈 형. 늘 새엄마와 같이 차를 마시던 이웃집 아주머니. 오른쪽으로는 베버 아주머니의 빵 가게. 숱하게 보낸 일요일들. 경마장에서의 내기들. 그날 저녁의 심문. 체크무늬 신사. 계약.

팀은 잠시 의자에 앉지 않으면 안 되었다. 남작은 카메라를 조정하느라 정신이 없었다.

마침내 준비가 끝났다. 남작은 팀이 걸친 스웨터를 일부러 더 너덜너덜하게 보이게 하고, 팀의 머리를 약간 헝클어 놓고는 골목길 사진 앞에다 팀을 세웠다. 그러고 나선 몇 걸음 뒤로 물러서며 카메라 뒤로 갔다.

"좋아요, 탈러 씨! 그대로 있어요. 그리고 이제 내 말을 따라 해요. '나는 내 웃음을 딱 삼십 분만 빌립니다. 내 목숨을 걸고 약속합니다.'라고요."

"나는 내 웃음을……."

자기 웃음을 빌리다니, 팀은 기가 막혀 더 이상 따라 하지 못했다. 그러자 남작이 재빨리 팀을 도와주었다.

"한 마디씩 말해 봐요. 그게 더 쉬울 거예요. 나는 내 웃음을……."

"나는 내 웃음을……."

"……딱 삼십 분만 빌립니다."

"……딱 삼십 분만 빌립니다."

"내 목숨을 걸고……."

"내 목숨을 걸고……."

"……약속합니다!"

"……약속합니다!"

팀이 마지막 말을 하기가 무섭게 남작은 카메라를 덮은 검은 수건 밑으로 얼굴을 감췄다. 마치 코미디에 나오는 광대처럼 보였다. 팀은 갑자기 웃고 싶은 마음을 억누를 수 없었다. 그런데 정말로 웃음이 나왔다. 배에서부터 꺄르륵 하는 웃음이 올라와, 목구멍을 간질이더니, 배가 아프고 눈물이 날 정도로 큰 소리로 터져 나왔다. 웃음소리에 정자 안이 울렸고, 팀 옆에 있던 의자도 웃는 듯 흔들렸다.

세상이 다시 제 균형을 되찾은 듯했다. 팀이 웃었던 거다.

남작은 검은 수건 밑에 숨어 팀의 터져 나온 웃음이 수그러들기를 기다렸다. 남작의 손에 들린 사진기의 셔터가 떨렸다.

슬슬 웃음을 그친 팀이 즐거운 표정을 지으며 물었다.

"이게 당신이 필요로 하는 마가린 미소예요, 남작?"

팀은 명랑하고 쾌활하고 자신감이 넘쳤다. 여전히 남작은 광대처럼 보였다. 팀은 삼십 분이란 한정된 시간을 믿지 않았다. 팀은 자기가 웃음을 영원히 되찾았다고 굳게 믿었다. 검은 수건 아래에 있는 남작이, 바로 웃을 수 없는 남작이 불쌍하다는 생각마저 들었다. 팀에게 이렇게 저렇게 하라고 지시하는 남작의 쥐어짠 듯한 목소리조차 우스꽝스럽다기보다는 안됐다는 생각이 들었다.

고분고분, 팀은 오른발을 약간 내밀고, 고개를 갸우뚱한 채 미소를 지으며 남작이 시키는 대로 "꿀벌빵!" 하고 말했다.(이 말을 하자 팀의 기억 속에서 일요일의 종소리가 울렸다.) 그런 다음 다시 발을 뒤로 당기며 카메라 셔터에서 터진 섬광보다 더 가볍게 웃음을 터뜨렸다.

"사진이 잘 나왔으면 좋겠군요, 남작!"

꼼짝하지 않고 힘들게 포즈를 취하고 난 뒤라, 팀은 기지개를 쭉 켜며 카메라 렌즈를 향해 빙그레 웃었다. 남작은 아직도 시커먼 수건 아래에 얼굴을 감추고 있었다. 여전히 얼굴을 감춘 채 남작은 사진을 한 번만 찍어서는 안심이 안 된다고, 적어도 석 장은 더 찍어야 한다고 했다.

"이 모든 게 그 별거 아닌 마가린을 위한 거란 거죠?"

팀은 웃었다. 팀은 고집을 부리지 않고 조금 전처럼 고분고분 몸을 움직였다. 그리고 입가에 환한 미소를 머금고 사진을 찍었다. 마지막, 네 번째 사진을 찍고 나자 팀은 적어도 한 시간이나 포즈를 취하고 있었던 것처럼 몸이 뻣뻣했다. 실제로는 약속한 삼십 분에서 이 분이 남았다는 걸 팀이 알 턱이 없었다. 또 팀은 남작이 왜 그렇게 아직도 검은 수건 밑에 얼굴을 감추고 있는지도 몰랐다. 그래서 남작에게 다가가서, 검은 수건을 벗기고 웃으면서 물었다.

"숨어서 벌써부터 마가린이라도 만드는 거예요, 남작?"

그렇지만 수건 밑에서 드러난 얼굴이 자기를 올려다보자, 팀은 웃음을 뚝 그치고 말았다. 시커먼 안경을 쓰고 가느다란 입술을 한 그 심술궂은 얼굴은 바로 체크무늬 신사의 얼굴이었던 것이다.

팀은 자기 웃음에 자기가 속았다는 걸 알았다. 이 남자는 팀에게 웃는 자유를 되돌려 준 게 아니라 잠시 빌려 주었을 뿐이었다. 이 사람은 너무나 끔찍한 존재였다.

하지만 웃음은 한 번 더 팀을 속이며 배 속에서부터 위로 몰려와, 팀은 저도 모르게 놀리듯 소리치고 말았다.

"이제 악마 놀이일랑은 그만 해요, 남작! 당신 놀이는 끝났어요. 난 당신을 다시는 안 볼 거예요."

단숨에 팀은 유리문으로 달려갔다. 문을 열고 낡은 스웨터를 입은 채 쏟아지는 빗속을 정신없이 달려 정원의 언덕으로 올라갔다.

남작이 쫓아오지 않는데도 팀은 키 큰 주목 울타리가 쳐진 오솔길을 따라 미친 듯이 내달았다. 길들이 이리저리 여러 갈래로 갈라져 있었다.

팀은 우선 왼쪽으로 가서 다시 오른쪽으로 꺾었다. 갑자기 초록색 두꺼운 벽이 떡하니 눈앞에 나타났다. 그래서 뒤로 돌아 달렸지만 역시 막다른 골목에 이르고 말았다. 다시 뒤돌아 허겁지겁 달리며 눈에서 빗물을 씻어 냈다. 이상야릇한 미로에서 길을 잃고 만 거였다. 거기를 빠져나갈 길은 하나밖에 없는 것 같았다. 바로 들어왔던 길로 다시 나가는 수밖에 없었다.

그런데 갑자기 검은 물이 온몸에 퍼지듯, 몸이 무거워지는 것 같은 느낌이 들었다. 웃음이 자기 몸에서 떠나는 게 느껴졌다. 팀은 빗물이 뚝뚝 떨어지는 푸른 감옥의 벽들 사이에서 빗물에 흠뻑 젖은 채, 넋 나간 사람처럼 서 있었다. 빗물은 발 아래 물웅덩이에서 튀어

올랐다. 사방 천지에서 들리는 소리라곤 빗물이 부딪쳐 흘러내리는 소리뿐이었다. 그건 끝없는 울음소리였다. 슬프고 굳은 얼굴을 한 팀이 초라하게 그 한가운데 서 있었다.

그때 느닷없이 자기의 웃음소리가 들렸다. 늘 그렇듯 딸꾹질을 해대는 웃음소리.

'내가 웃었던 걸까, 아니면 주목 벽들 사이에 웃음이 숨어 있었던 걸까?'

팀은 영문을 몰라 두리번거렸다.

대답은 훨씬 간단했다. 남작이 팀의 등 뒤에 서 있었던 것이다.

"탈러 씨, 당신은 미로에 빠진 거예요. 미로의 정원에 말이에요. 따라오세요, 내가 나가는 길로 안내할게요."

팀은 온순하게 남작의 손을 잡고, 온순하게 정자에서 젖은 몸을 말리고 옷을 갈아입고, 온순하게 하인에 이끌려 성으로 돌아왔다.

탑에 있는 자기 방으로 돌아와서야 서서히 제정신이 돌아왔다. 이번에는 눈물이 나지 않았다. 그 대신 차가운 분노에 휩싸였다. 도무지 분을 삭일 수 없어 선반에 있던 붉은 와인 잔을 꽉 움켜잡으니 잔이 깨지며 손에서 피가 흐르기 시작했다.

팀은 유리 조각이 바닥에 떨어지게 내버려 두었다. 그리고 하인을 부르는 끈을 당겨, 하인이 오자 아무 말 없이 피 흐르는 손으로 붉은 유리 조각을 가리켰다.

하인은 유리 조각들을 치우고, 팀의 손을 씻기고 붕대를 감아 주고는 처음으로 몇 마디 했다.

"전 남작의 첩보원이 아니에요, 정말로요!"

"그렇겠지요! 어쩌면 그게 아닐지도 모르고요! 어쨌든 내게 잘해 줘서 고마워요."

마침 셀렉 바이가 와서 하인을 내보냈다. 셀렉 바이는 팀의 손을 뚫어져라 쳐다보았다.

"대체 무슨 일이에요? 서명을 하지 않았나요?"

"뭐 별일 아니에요. 서명했어요."

"만년필은 어디 있어요?"

"여기 주머니에요. 꺼내 가시겠어요?"

셀렉 바이가 만년필을 꺼내자 팀이 물었다.

"이 만년필은 뭘 말하는 거죠?"

"이 만년필 안에 든 잉크는 서서히 날아가서 나중에는 완전히 없 어져요. 일 년 후에 우리 회사가 팀 탈러 마가린 사업을 시작할 때 면, 금고 안에 든 계약서에서 당신 서명이 없어지게 되는 거지요. 그 럼 그때 당신은 팀 탈러 마가린이 시장에 나오는 걸 막을 수 있어요. 상표 붙인 마가린에 대해 온 세상이 다 알게 된 다음에 일을 벌이는 거지요."

"그렇게 되면 회사는 빈털터리가 되는 건가요?"

팀의 물음에 셀렉 바이가 웃음을 터뜨렸다.

"그렇지는 않아요. 그러기엔 회사가 너무 튼튼하지요. 그러나 회사는 엄청난 손해를 볼 거예요. 새로운 종류를 만들 때까지 경쟁 회사에서 놀고 있지는 않을 테니까요. 그렇긴 해도 우리 회사는 결국 나중에는 마가린 시장에서 많은 돈을 벌게 될 거예요. 다만 시장을 완전히 독점하진 못하게 되겠죠."

셀렉 바이는 창가 구석 자리에 앉아 비 오는 바깥을 내다보았다. 그러다 고개도 돌리지 않고 말했다.

"우리 두 사람이 언제고 남작을 속일 수 있을지 나도 몰라. 그 사람은 우리 둘보다 더 영리하니까. 그렇지만 널 도와주고 싶구나. 넌 웃음을 남작 손아귀에 뺏긴 것 같아. 네가 웃음을 되찾기를 바란다."

팀이 깜짝 놀라 뭐라고 말하려고 하자, 셀렉 바이는 관두라는 손짓을 했다.

"아무 말도 하지 마라. 그렇다고 나한테 너무 큰 기대도 하지 말고. 팀, 웃음은 마가린과 같이, 사고 팔 수 있는 물건이 아냐. 웃음을 판 사람은 거래를 잘못 한 거야. 웃음을 놓고 흥정을 할 수는 없지. 웃음은 값으로 따질 수 없는 거니까."

그때 전화벨이 울렸다. 팀이 오른손에 붕대를 하고 있던 터라, 셀렉 바이가 수화기를 들고 "여보세요." 하고 말했다. 셀렉 바이는 귀를 기울이다가 한쪽 손으로 송화기를 막고는 나직하게 말했다.

"함부르크에서 어떤 사람이 급한 일로 너를 찾는데."

팀은 재빨리 생각했다.

'함부르크에 있는 친구들과 일 년 동안 연락하지 않겠다고 약속을

하지 않았나. 약속을 어길 경우 리케르트 아저씨에게 무슨 일이 일어날지도 몰라.'

그러니 옛 친구의 안전을 위해 전화를 받아서는 안 되는 상황이었다. 생각이 여기에 미치자 팀은 쉿 하고 손가락을 입에 댔다. 그러자 셀렉 바이는 "탈러 씨는 벌써 떠나셨는데요." 하고 말했다. 그리고 머뭇거리며 수화기를 내려놓았다.

잠시 후 셀렉 바이는 방을 나갔다. 팀은 창가에 서서 그치지 않고 계속 쏟아지는 빗줄기를 바라보았다.

팀은 일 년 후에 함부르크 선박회사를 가지게 되면 회사를 리케르트 씨에게 넘겨줄 생각이었다. 일 년 후면, 자신의 서명이 지워져 버린 계약서 때문에 마가린 왕국이 일대 혼란에 빠질 것이다. 일 년 후면 크레쉬미르와 요니, 리케르트 씨와 할머니도 다시 만나게 될 것이다. 일 년 후에는…….

팀은 모든 일이 술술 풀리리라고는 생각하지 않았다. 하지만 그러길 바랐다. 그리고 남작을 따라 떠날 세계 여행의 해를 차분하게 잘 견뎌 내길 바랐다.

희망이 있는 한 자유의 깃발이 펄럭이는 법이다.

여기서 다섯째 날의 이야기는 끝나고,
나는 호텔로 돌아가 그것을 적어 두었다.

여섯째 날,

팀 탈러가 세계 여행을 하며 부자로 사는 데에
익숙해진 이야기, 함부르크 항구에서 다른 사람이
눈치 채지 못한 가운데 누군가를 알아본 이야기,
예기치 않았던 두 사람을 만나게 된 이야기,
선박회사와 인형극단을 사들인 이야기,
조그마한 쪽지에다 모든 희망을 건
이야기를 듣다.

여섯째 날, 팀 아저씨와 나는 교정실에서 만났다.
"불쌍한 팀 탈러가 얼마나 더 남작의 끈에 묶여 버둥거려야
하는 거예요?"
"팀이나 다른 누구한테 아주 간단한 생각이 떠오를
때까지이지. 하지만 무슨 일이 일어나는지 일단 들어 보렴."
우리는 다시 낡은 안락의자에 앉았고, 아저씨는 이야기를
시작했다.

27장 비행기에서 보낸 일 년

남작이 팀을 위해 준비한 세계 여행의 해는 대부분의 시간을 비행기 안에서 보낸 한 해였다. 여행은 모터가 두 개 달린 전용 비행기를 타고, 팀과 남작이 이스탄불로 날아가는 것으로 시작되었다.

이번에도 팀은 비행기 안에서 사람들이 당나귀를 산으로 몰고 가는 모습을 보았다. 그 모습은 맨 처음 봤을 때처럼 그렇게 낯설게 느껴지지 않았다. 그들의 옷차림은 셀렉 바이나 성에서 일하는 하인들과 비슷했다. 팀은 비록 아래 있는 사람들을 잘 몰랐지만, 왠지 모르게 그들에게 마음이 끌렸다. 어쩐지 친근감이 들고 동정심도 일었다. 아프가니스탄의 칼 가는 사람들처럼 말이다.

이스탄불에는 이틀 동안 머물렀다. 팀은 남작을 따라 이슬람 사원과 미술관을 둘러보며 여행의 즐거움을 맛보았다. 메소포타미아 성에서의 사건 이후로 팀은 웃음을 쫓는 일에 한동안 기가 꺾여 있었다.

하지만 그러면서도 일 년 후면 모든 것이 달라지리라는 희망은 버리지 않았다. 셀렉 바이와 함부르크에 있는 친구들을 생각하면 얼마나 미더운지, 이 여행이 끝나면 웃음이 저절로 굴러 들어오지나 않을까 굳게 믿을 정도였다. 그런데 웃음이 저절로 굴러오리라는 희망은 위험한 것이었다. 그 생각 때문에 웃음을 뒤쫓는 일을 게을리할 수 있기 때문이다.

그렇지만 이렇게 팀이 웃음에 무관심해진 것처럼 보이는 모습이 남작의 경계심을 푸는 데는 도움이 되기도 했다. 남작은 팀이 자기의 운명을 받아들인 거라 생각하고 팀을 감시하는 일을 게을리했다. 몇 주가 흐르고, 몇 달이 흐르면서 남작은 팀이 부유한 상속인의 역할에 점점 만족해하고 있다고 굳게 믿었다. 남작은 팀이 수십억 재산을 가진 부자로 세상을 돌아다니는 삶을 그 무엇과도, 심지어 자기 웃음과도 절대 바꾸지 않을 거라고 믿었던 것이다.

실제로 팀은 여행을 하면서, 잃어버린 웃음을 전에보다는 덜 떠올리게 되었다. 고급 호텔일수록 부유한 손님들에게 신경을 많이 쓰는 법이다. 무슨 말이냐 하면, 돈 많은 손님 중 누군가가 잘 웃지 않는다는 걸 호텔 지배인이 눈치 채면, 순식간에 수위에서부터 방을 청소하는 아주머니까지 호텔에서 일하는 모든 사람이 그 손님 앞에선 웃어서는 안 된다는 걸 알게 된다는 얘기이다. 그리고 결과는, 정말로 그 손님 주위에선 아무도 웃지 않게 된다.

하지만 세상에는—그렇게 부유한 사람들에게도—고급 호텔만 있는 게 아니다. 대부호에게도 가끔씩은 바깥 공기가 필요한 법이다. 혼자 혹은 남작과 같이 산책을 갈 때면, 팀은 세상에 얼마나 많은 웃음이 숨겨져 있는지 새삼스레 깨달았다.

팀은 이스탄불 다음으로 아테네를 두 번째로 구경했다. 아테네 다음에는 로마, 로마 다음에는 리우데자네이루로 갔고, 다음에는 호놀룰루, 샌프란시스코, 로스앤젤레스, 시카고, 뉴욕으로 날아갔다. 파리와 암스테르담, 코펜하겐, 스톡홀름, 카프리, 나폴리, 카나리아 군도, 카이로, 케이프타운에도 갔다. 그리고 도쿄, 홍콩, 싱가포르, 봄베이(지금의 뭄바이—옮긴이)에도 갔다. 모스크바의 크렘린 궁도 보고, 레닌그란드(지금의 상트 페테르부르크—옮긴이)의 다리도 보았다. 바르샤바와 프라하, 벨그라트와 부다페스트도 구경했다.

어디를 가든 거리에서 웃음소리가 들렸다. 벨그라트에서는 구두닦이의 웃음소리가, 리우데자네이루에서는 신문팔이 소년의 웃음소리가. 호놀룰루의 꽃 파는 상인은 암스테르담의 튤립 아주머니처

288

럼 웃었다. 주전자 만드는 이스탄불의 대장장이는 물 파는 바그다드 사람처럼 미소를 지었다. 프라하의 다리에서나 레닌그란드의 다리에서 사람들은 킥킥대고 농담을 했다. 그리고 도쿄의 공연장에서는 사람들이 뉴욕의 브로드웨이 극장에서처럼 박수를 치며 웃었다.

꽃에 햇빛이 필요하듯, 사람에게는 웃음이 필요한 법이다. 웃음이 말라 버렸다고 상상해 보라. 인류 사회는 동물원이나 천사들의 사회가 될 것이다. 지루하고 심각하고 숭고한 무관심으로 가득 찰 것이다. 비록 심각한 얼굴을 하고는 있지만, 팀은 웃고 싶다는 소망을 저버리지는 않았다. 겉으로는 만족스러워 보였을지라도, 팀은 세상 사람들과 같이 웃을 수만 있다면 기꺼이 뉴욕의 거지가 되어도 좋다고 생각했다.

하지만 팀의 웃음은 다른 사람이 사용하고 있었다. 팀 옆에 있는 사람, 때로는 팀에게서 불과 몇 발자국 떨어지지 않은 곳에 있는 사람이 까르르 하고 소년의 웃음을 웃었다. 그리고 팀은—이건 아주 안 좋은 거였는데—이 한 해 동안 거기에 거의 익숙해졌다. 팀은 묵묵히 견디며 다른 일에 관심을 쏟았다. 바로 뭔가를 배우는 일이었다.

팀은 소위 세계의 저명인사들이 할 수 있어야 하고 알아야 하는 모든 것을 배우고 익혀 갔다. 그래서 가재 요리와 꿩 요리, 상어알을 맛있게 먹을 수 있게 되었고, 굴도 홀짝 먹을 줄 알았고, 샴페인 코르크 마개도 딸 줄 알게 되었다. 그리고 '무척 기쁩니다'에서부터 '저의 영광이자 즐거움입니다'란 말까지 예의로 곧잘 하는 말을 십삼

개 국어로 할 줄 알았다. 또 세계의 유명한 호텔이란 호텔에서 팁을 얼마나 줘야 하는지도 알게 되었다. 짧은 연설 정도는 즉흥적으로 할 수 있었고, 백작이나 공작, 왕자에게 걸맞은 말을 주고받을 줄도 알았다. 어떤 양말과 넥타이가 어울리는지도 알게 되었고, 저녁 여섯 시 이후로는 갈색 구두를 신지 않는다는 것도 알게 되었다.(영국에서는 '애프터 식스, 노 브라운'이라고 말한다.) 찻잔을 들 때 새끼손가락을 뻗치지 않는 것도 배웠다. 여행을 하면서 프랑스어와 영어, 이탈리아어를 사전 없이 조금씩 배우기도 했다. 어떻게 하면 지루한데도 즐거워하는 것처럼 보일 수 있는지도 배웠다. 테니스와 보트 타기, 자동차 운전도 배웠고, 심지어 자동차 정비도 배웠다. 팀은 이 모든 것을 남작이 깜짝 놀랄 정도로 잘 배워 나갔다.

남작은 가는 곳마다 마가린에 대한 비밀 회의를 했지만, 그 내용에 대해서는 팀에게 말하지 않았다. 팀은 자기가 좋아하는 걸 해도 되었다. 다만 때때로 아주 유명한 사람들이나(그런 경우 신문기자들이 사진을 찍었다) 회사 일로 만나야 하는 사람들과 저녁 만찬을 했다. 그런 자리에서 팀은 아프가니스탄의 칼 가는 사람을 대변하는 영국 공작과, 영국 귀족의 권리를 변호하는 아르헨티나의 쇠고기 통조림 사장을 알게 되었다.

이 새로운 상황에서 팀은 주인과 하인에 대한 물음을 골똘히 생각했다. 이 물음에 대한 세상의 대답은 뒤죽박죽인 것 같았다. 그런데 가장 멋진 대답은 모스크바의 통역사에게서 나왔다.

예카테리나 포포브나는—통역사 아가씨의 이름이다—남작과 팀과 함께 '모스크바' 호텔에서 닭고기 요리를 먹었다. 식사를 하면서 남작이 놀리듯 말했다.

"당신네 공산주의자들은 모든 사람이 평등하다고 믿고 있지요. 그건 말도 안 되는 생각이에요. 당신들은 그런 어리석은 생각에 걸려 넘어져 발목을 부러뜨리게 될 거요."

포포브나는 미소를 머금고, 앞에 있는 구운 닭요리를 가리켰다.

"이 닭이 아직 살아 있다면, 난 결코 닭한테 알을 낳으라고 하지 않을 거예요. 난 닭에게 닭장을 다스리라고 할 거예요. 왜냐하면 이 닭은 오직 거기에만 쓸모가 있으니까요."

그건 영리하기도 하려니와 멋진 대답이었다. 남작이 큰 소리로 웃으며 외쳤다.

"그러니까 당신도 주인은 타고난다는 걸 믿고 있군요!"

"조금은요, 남작님. 제 생각에는 잘 다스리는 사람이 따로 있긴 한 것 같아요. 잘 이끈다고 해야 할지, 지도를 잘한다고 해야 할지, 남작님이 뭐라고 이름을 붙이든 간에 말이에요. 하지만 전 이 재능이 왕이나 귀족, 부유한 상속인들에게만 있다고 생각하진 않아요. 제가 사는 변두리 마을에서도 그런 재능이 자라날 수 있고 또 어떤 성에서는 그런 재능이 자라나지 않을 수도 있는 거예요. 예를 들어 이 젊은 분은······."

포포브나가 팀을 가리켰다.

"……이 젊은 분은 언젠가 당신네 선박과 건포도와 버터의 왕국을 지배하게 되겠죠. 그러나 그걸 감당하기엔 이분 마음이 너무 여린 게 아닌가 해요."

"그럴지도 모르지요."

남작은 퉁명스러운 대답을 끝으로 하던 이야기를 그만두었지만 이 이야기는 오랫동안 팀의 머릿속을 떠나지 않았다. 팀은 포포브나가 그런 말을 해도 화가 나지 않았다. 영리하긴 하지만 허영심이 없는 팀에게 그 말은 맞는 말이었기 때문이다.(더구나 팀은 슬슬 자기 자신에 대해 아는 나이가 되었다.)

날짜를 따져 보니, 팀은 여행을 하는 동안 다시 한 살을 더 먹게 되었다. 열여섯 번째 생일이 가까워 오고 있었다. 하지만 팀의 정신은 실제 나이보다 대여섯 살은 더 먹은 것 같았다. 또 그동안 몰라보게 자라, 얼굴은 스무 살처럼 보였다.

팀과 남작을 싣고 요 몇 달 새에 세계를 거의 세 바퀴나 돈 비행기는 팀의 상황을 잘 대변해 준다. 팀은 항상 위에 있었다. 골짜기에서보다 공기가 더 가볍고 더 멀리 볼 수 있는 정상에 서 있었다.

만약 교회에 관한 남작의 얘기에 귀를 기울일 때면, 그들 곁에는 추기경이 앉아 자유롭고 쾌활하게 이야기를 나누었다. 시골 농부들의 딱딱한 머리에다 십계명을 박아 넣어야 하는 시골 목사의 분노나 열정 따위는 추기경에게서는 찾아볼 수 없었다. 또 만약 공산주의에 대한 이야기라 치면, 포포브나처럼 세계 각국의 사람들과 대화를 나눈, 교양 있는 아가씨가 그들을 상대해 주었다. 그런 아가씨는 옥수수와 기장으로 머릿속이 가득 찬 시골의 당비서보다 훨씬 더 상냥하고 쉽게 얘기할 줄 알았다. 마가린과 같이 별로 대수롭지 않은 주제를 놓고도 남미의 대통령이나 한 대륙의 소매업 전체를 화제로 삼았다. 거기에 비하면 베버 아주머니네 빵 가게 정도는 눈에 띄지도 않는 한낱 모래알에 지나지 않았다.

팀이 이렇게 구름같이 높은 곳에서 불쾌하게 느꼈다고 주장한다면 거짓말일 것이다. 여기서는 물론 삶이 가벼웠다.(특히 웃음 병에 걸린 사람에게는 더욱 그랬다.) 더욱이 한창 생각이 번득이는 젊은 이로서는 여기서 듣고 배우는 게 아주 많았다.

하지만 빵 냄새와 튀긴 과자 냄새가 진동하는 베버 아주머니의 빵 가게가, 팀에게는 팔마로 호텔이나 메소포타미아의 성보다 훨씬 더 소중하게 느껴졌다. 가난한 이웃의 푼돈이 모이는 빵 가게의 작은 세계는 갈색 빵처럼 윤기 나는 이야기 창고와 같은 곳이었다.

이야기가 나온 김에 말이지만, 남작이 팀의 고향을 뜨거운 쇠처럼 피하는 것도 참 이상한 일이었다. 팀은 몇 번인가 고향에 가고 싶다는 말을 했었다. 그런데 절대로 '아니'라는 말을 하는 법이 없는 남작은 그때마다 팀의 말을 흘려듣거나 다른 도시에서 급한 회의가 있다는 핑계로 대답을 회피했다.

일 년으로 예정된 여행이 끝나 갈 무렵, 팀은 겉으로는 태연한 척하면서, 부유하고 만족스러운 상속인의 역할을 애써 계속 해 나갔다. 하지만 생일날이 가까워 옴에 따라, 팀은 점점 더 불안해졌다. 이제는 자기 앞에서 남작이 웃기만 해도 몸이 떨렸다.

그러던 어느 날 밤, 브뤼셀의 호텔에서 꿈을 꾸었는데, 남작의 성에서 리케르트 씨와 나눈 짧은 통화가 몇 번이고 되풀이 되었다. 꿈에서 깨어났을 때에도, "크레쉬미르가 알고 있는데……." 하고 리케르트 씨가 하던 말이 생생하게 남아 있었다.

'크레쉬미르가 뭘 안단 말인가? 웃음을 되찾는 방법이 아니었을까?'

팀은 절대로 함부르크의 친구들과 연락을 하지 않겠다는 약속을 굳게 지켰다. 그리고 그 약속이 끝나는 기간인 이 한 해가 어서 빨리 지나가기를 간절히 바라고 기다렸다.

팀의 생일 며칠 전, 두 사람은 런던으로 날아갔다. 거기서 팀은 남작이 보는 가운데 미스터 페니에게서 주식 뭉치를 건네받았다. 그건 대부분 함부르크 선박회사의 주식이었다.

그동안 미스터 페니는 남작이 팀과 자기의 비밀 계약을 압지에서 읽어 냈다는 걸 알게 되었다. 처음에는 놀라 자빠질 지경이었지만 곧 차라리 잘된 일이라 생각하게 되었다. 팀에게 주식을 넘겨야 하는데, 그때에는 어차피 남작도 알게 될 일이었다.

기다리고 기다리던 함부르크로 돌아가는 비행기 안에서 팀이 남작에게 말했다.

"당신은 미스터 페니를 평소와 똑같이 친절하고 깍듯하게 대하더군요. 내가 상속받을 경영권 주식을 당신 몰래 사들였는데 미스터 페니한테 화나지 않았어요?"

남작은 배가 울리도록 큰 소리로 웃었다.

"탈러 씨, 내가 미스터 페니였다고 해도 다르게 행동하진 않았을 거예요. 그러니 내가 왜 화를 내겠어요? 지금 내가 제일 많이 갖고 있는 경영권 주식을 차지하려는 물밑 싸움은 언제나 있었어요. 그렇다고 우린 서로의 눈을 할퀴지는 않지요. 우리는 사자 가족과 같아요. 커다란 먹이가 있으면 제 몫을 차지하려는 작은 싸움이 있지요. 그중 늙은 사자가 제일 많은 먹이를 얻게 되는데 그게 바로 나예요. 하지만 먹이를 나누고 나면 곧 우리는 다시 한 가족이 되어 누구도 우리를 넘보지 못하게 하죠."

팀이 조그맣게 물었다.

"셀렉 바이도요?"

남작은 셀렉 바이에 대해서는 신중하게 대답했다.

"셀렉 바이는…… 예외라고 할 수 있어요. 그 사람은 자신이 무척 약다고 생각하지만 실은 전혀 그렇지 못해요. 가끔 우리를 화나게 할 때도 있긴 하지만, 대개는 우리를 즐겁게 하지요. 우린 원래 그 사람을 아주 좋아해요."

팀은 남작의 말에 반대 의견을 말하지 않을 수가 없었다.

"그렇지만 남미에 있는 군대는……."

"그 군대라는 것도 일부는 우리 쪽 사람들이 들어가 있어요. 그리고 셀렉 바이가 자기 개인 돈으로 그 사람들을 위해 산 무기도 우리 창고에서 나간 거고요. 그렇게 해서 셀렉 바이 돈이 우리 회사로 다시 흘러 들어오는 셈이지요. 일종의 순환이에요. 물이 돌고 돌듯이 말이에요. 셀렉 바이가 아프가니스탄에서 우리에 맞서 쓴 돈도 결국 대부분은 우리 금고로 되돌아오지요."

"그럼, 왜 셀렉 바이를 회사에 그냥 두는 거죠? 단지 그 사람이 불교 신자와 이슬람 교도 모두와 잘 지낸다는 이유만으로요?"

"그것 때문만이 아니에요. 탈러 씨. 그 사람은 전 세계에서 존중받는 사람이에요. 어떤 사람들은 그 사람이 가난한 자와 핍박받는 자들의 편에 선다고 평가하고, 또 어떤 사람들은 그 사람이 종파의 우두머리이자 정신적 지주라고 평가하지요. 예를 들어, 난 그 사람이 악마에 대해 남달리 박식한 견해를 갖고 있다는 점 때문에 높이 평가하고 있지요."

팀이 뜬금없어 보이는 질문을 했다.

"상표 붙인 마가린은 어떻게 되는 거죠?"

하지만 남작은 무슨 말인지 금방 알아차렸다.

"우리의 마가린 계획을 방해하려는 셀렉 바이의 시도 역시 아주 어리석은 생각이에요."

팀의 가슴이 쿵덕거리기 시작했다.

'셀렉 바이가 준 보이지 않는 잉크로 내가 서명한 걸 아는 걸까?'

감히 물어볼 엄두가 나지 않았다. 그러나 물어볼 필요도 없이 남작이 대답했다.

"당신이 서명한 만년필에는 물론 흔히 사용하는 보통 잉크가 들어 있었어요, 탈러 씨. 셀렉 바이 집에서 일하는 하인 중 한 사람은 바로 내 사람이에요. 그 사람이 잉크를 몰래 바꿔 놓았지요. 하지만 설령 당신 이름이 계약서에서 사라졌다 해도, 당신 후견인의 이름은 거기 남게 돼요. 내가 각각의 계약서에다 두 번 서명을 했으니까요. 한 번은 회사 이름으로, 또 한 번은 후견인 자격으로요."

팀은 아무 말도 하지 않았다. 비행기의 조그만 창으로 땅 아래를 내려다볼 뿐이었다. 아득히 보이는 탑들이 함부르크의 탑들인 것 같았다.

팀은 자기가 저기 아래 거리 어디선가 사람들에게 알려지지 않은, 아주 평범한 소년으로 있었으면 하고 간절히 바랐다. 거대한 사업의 세계는 자신의 힘으로는 감당하기 벅찬 세계였다.

팀은 자기의 웃음에 이르기 위해서는, 구름같이 높은 곳에서 내려와야 한다는 걸 알게 되었다. 팀은 요니와 크레쉬미르, 리케르트 아저씨를 생각했다. 내일 모레, 그러니까 생일 다음날이면, 그들을 다시 만나도 되었다.

그들이 아직 함부르크에 있다면. 또 그들이 아직 살아 있다면.

28장 아슬아슬한 재회

남작은 어디에서든 비행기에서 내릴 때면, 팀을 먼저 내리게 하곤
했다. 대부분 사진 기자들이 기다리고 있기 때문이었다. 하지만 여
기 함부르크 풀스뷔텔 공항에서는 남작이 앞서 내렸다. 두 사람을
기다리는 사람이 아무도 없었던 것이다. 사진 기자도, 신문사에서
나온 사람도 없었다. 두 사람을 맞이하는 회사 사장도 한 사람 보이

지 않았다. 다만 회사에서 환영의 뜻으로 세관 건물 벽에다 거대한 플래카드를 내걸어 놓은 게 눈에 띄었다.

> 팔마로
> 세계 최초의 마가린 상표
> 맛은 버터맛, 가격은 마가린
> 튀김용, 제과용, 요리용
> 빵에 발라 먹는 마가린

팀은 플래카드를 한 번 쳐다보고는 곧, 미소 짓고 있는 남작을 쳐다보았다.

"마가린 이름을 보고 놀랐나요, 탈러 씨? 지난 한 해 동안 우리는 팀 탈러 마가린이 외국 시장에서는 여러 가지로 불리한 점이 있다는 것을 확인했어요. 당신 이름을 글로 쓰기에 힘든 나라가 많았거든요. 게다가 아프리카에서는 백인보다 흑인 아이가 웃고 있는 모습을 더 좋아해요. 그리고 가난한 소년의 감동적인 동화도 뭔가 어색했고요. 우리 마가린을 가난한 사람들만 사라는 법은 없으니까요."

얘기를 하는 동안 두 사람은 세관을 통과했다. 세관에서는 별로 확인도 하지 않고 팀과 남작의 가방에다 하얀 분필로 표시를 해 주고 통과를 시켰다.

남작은 택시를 잡았다. 그건 놀랄 일이었다. 회사 차가 대기하고 있지 않았으니 말이다. 하지만 택시가 출발하자, 팀은 백미러를 통해 제노바에서 봤던 감시원 가운데 한 사람을 발견했다. 그 사람은 — 허탕을 쳤는지 — 다른 택시를 찾고 있었다.

남작은 차 안에서 하던 이야기를 계속했다.

"우린 우리 마가린을 '팔마로'라고 이름 지었어요. 이 말은 세계 어디에나 비슷한 말이 있거든요. 팔메라라는 야자수도 사람들에게 잘 알려져 있고요. 북방 사람들은 야자수를 동경하고, 남방 사람들은 야자수를 문 앞에다 기르지요."

"그럼 셀렉 바이의 만년필은 결국 아무 소용이 없었던 건가요?"

남작이 고개를 끄덕였다. 그러고는 몸을 숙여 택시 운전사에게 말했다.

"될 수 있으면 도심은 피해 주세요!"

운전사가 고개를 끄덕였다.

남작이 다시 뒤로 물러나 앉으며 물었다.

"선박회사 주식으로 뭘 할 건가요, 탈러 씨?"

"난 선박회사를 리케르트 씨에게 줄 거예요."

팀은 애써 차분함과 냉정함을 잃지 않고 덧붙여 말했다.

"그 사람이 일자리를 잃은 건 내 탓이에요. 그렇게 해야 내가 더 이상 양심의 가책을 받지 않을 것 같아요."

그때 택시 운전사가 차를 너무 보도 쪽으로 몬 것 같았다. 차가 살짝 미끄러졌다.

남작은 길길이 날뛰었다.

"조심해서 몰아요. 이런, 제기랄!"

운전사가 퉁명스럽게 말했다.

"죄송해요."

문득 팀은 이 목소리가 어딘지 귀에 익은 목소리 같다는 생각을 했다. 그래서 거울 속으로 운전사의 얼굴을 보려고 애를 썼다. 하지만 수염에, 검은 안경, 모자까지 깊숙이 눌러쓰고 있어서 얼굴 전체가 거의 가려져 있었다.

팀 옆에서 갑자기 꺄르륵 하는 웃음소리가 들려왔다. 심지어 딸꾹질까지 했다.

남작이 웃으며 말했다.

"당신은 우리 회사에 대해 아직도 제대로 파악을 못했군요. 우리 함부르크 선박회사를 그렇게 쉽사리 리케르트 씨한테 넘겨줄 순 없어요, 탈러 씨."

"왜요?"

"당신이 갖고 있는 주식 뭉치로는 당신은 그냥 익명의 주주에 지나지 않아요. 회사의 순이익은 대부분 당신한테 흘러 들어가겠지만, 선박회사의 경영은 경영권 주식을 가진 우리가 계속 맡게 될 거예요. 나, 미스터 페니, 세뇨르 반 데어 톨렌, 그리고 셀렉 바이가 말이죠."

"그러니까 리케르트 씨가 사장이 되더라도, 당신들이 나중에 언제라도 그 사람을 다시 해고할 수 있단 말인가요?"

"언제라도!"

기침을 하느라 택시 운전사가 차를 천천히 몰았다. 감기에 걸린 것 같았다.

팀은 생각에 잠긴 얼굴로 차창 밖을 내다보았다. 택시는 알스터 강을 따라 조용한 거리를 달리고 있었지만 팀은 그것마저 깨닫지 못했다.

"남작?"

"왜요?"

"선박회사의 주식이 당신한테 중요하겠죠?"

남작은 살피듯 팀을 바라보았다. 팀은 무표정한 얼굴이었다. 차가 많이 다니는 복잡한 거리의 소음이 점점 더 가까이 들려왔다.

마침내 남작이 별일 아니라는 듯이 입을 열었다. 그렇지만 남작의 말투에서 흥분하고 있는 게 느껴졌다.

"이 선박회사는 우리 바다 왕국의 왕관에 박혀 있는 한 알의 작은 진주와 같은 거예요. 말하자면, 회사 자체로는 별로 중요한 게 아니에요. 하지만, 말했듯이, 이 회사가 있어야 뭔가 마무리가 잘된 것 같거든요."

남작이 지금처럼 쓸데없는 말들을 구질구질하게 늘어놓으면, 그것이 그에게 중요한 일이라는 걸 뜻했다. 팀은 그걸 잘 알고 있었다. 그래서 아무 말도 하지 않고 분명히 있을 질문을 기다렸다. 아니나 다를까, 남작이 물었다.

"주식 대신에 원하는 게 뭐예요, 탈러 씨?"

팀은 벌써부터 대답을 궁리하고 있었으면서, 이제 막 대답을 생각하는 척했다. 그렇게 뜸을 들이다 말했다.

"음, 그 대신에 함부르크에 있는, 작지만 튼튼한 선박회사를 주세요. 당신 회사 거 말고요."

"나랑 경쟁하겠다는 건 아니겠죠, 탈러 씨? 그랬다가는 결국 제 살을 파 먹는 꼴이 될 거예요."

"난 우리 회사에서는 하지 않는 해운업을 염두에 두고 있어요. 연해 해운업 같은 걸로요."

남작은 택시 운전사 쪽으로 몸을 숙였다.

"운전사 양반, 당신 생각으로는 어떤 회사가 함부르크에서 가장 탄탄한 연해 해운 회사 같아요?"

운전사는 잠시 생각해 보더니 대답했다.

"함부르크와 헬골란트를 연결하는 HHD 선박회사요. 배가 여섯 척이에요. 여름과 겨울에만 운항을 하는데, 뎅커 씨 집안 거죠."

"어디 가야 뎅커 씨를 만날 수 있지요?"

운전사는 손목시계를 보더니 말했다.

"지금은 본사 사무실에 있을 겁니다. 항구에 있죠. 6번 다리에요."

"6번 다리로 가서 우릴 내려 주고 거기서 기다려 줘요. 지금 요금을 내야 한다면……."

"됐습니다."

택시 운전사가 퉁명스럽게 말했다. 또다시 팀은 이 목소리를 어디선가 들은 게 아닌가 하는 아련한 느낌이 들었다.

택시는 항구 바로 앞에서 한참 동안 푸른 신호등을 기다려야 했다. 눈앞으로 기중기와 돛대 끝이 보였다. 비둘기 빛으로 파란 9월의 하늘에 수직선으로 스케치를 해 놓은 것 같았다. 창문이 닫혀 있는데도 항구 냄새가 물씬 느껴졌다. 그건 짭짤한 소금 냄새와 타르와 부드러운 진창 냄새였다.

실제로 냄새가 나기도 전에, 자기가 그려 본 이 냄새들 때문에 팀의 머릿속은 옛 추억 속으로 젖어들었다. 팀은 이 항구에서부터 남작의 뒤를 바짝 쫓기 시작했었다. 말하자면 여기에서부터 팀의 사냥이 시작된 셈이었다. 뒤엉킨 덤불 속으로 뛰어든 사냥, 지금까지 하나도 얻은 게 없는 사냥이 시작된 곳이 바로 여기였다.

이제 팀은 다시 출발점으로 되돌아왔다. 혼자서는 얻을 수 없었던 것을 여기서 친구들의 도움으로 얻을 수 있기를 바라면서 말이다.

기중기 하나가 야자수가 그려진 커다란 상자를 공중에 대롱대롱 매달고 있었다. 팀은 별 생각 없이 그것을 쳐다보았다. 그러다 무심히 지나가는 사람들을 바라보았다. 저 가운데 요니나 크레쉬미르, 리케르트 아저씨가 있기를 바라는 마음으로. 이 세 사람은 지금 자기 앞에 펼쳐진 항구의 풍경 중 일부라고 할 수 있었다. 기중기와 돛대와 선박의 깃발들로 활짝 꽃이 핀 이 숲과 함께 사는 사람들이었다. 그러나 세 사람 가운데 누구도 보이지 않았다. 찾을 수나 있을지. 팀은 마음이 답답해지기 시작했다. 차가 다시 출발했다. 그렇게 차가 움직이는 게 차라리 나은 것 같았다.

차가 신호등 앞에서 기다리는 동안 남작도 말없이 항구의 모습을 바라보았다. 팀처럼 꿈을 꾼 건 아니었다. 야자수가 그려진 커다란 상자를 보자 눈이 번쩍 뜨였는데, 바로 팔마로 마가린이 들어 있는 상자였기 때문이다.

차를 타고 가면서, 두 사람의 생각은 자기들이 사려고 하는 함부르크─헬골란트 선박회사로 먼저 달려가고 있었다. 남작의 생각은 두 마디 말로 모을 수 있었다.

'괜찮은 거래야.'

팀의 생각은 더 멀리 나아갔다. 팀 자신에게는 이 선박회사가 하나도 중요하지 않았다. 팀에게 중요한 건 세상에서 단 한 가지뿐이었다. 바로 자기의 웃음, 자기의 자유만이 중요했다.

하지만 일단 팀은 사람들이 사업이라고 부르는 이 게임, 재산을 놓고 벌이는 이 종잇조각 게임에서 우선 이겨야 했다. 새 삶을 찾는다면, 팀 자신이야 자기 재산에서 새 삶으로 아무것도 가져갈 게 없다 하더라도, 별 상관없었다. 그렇지만 적어도 친구들은 그중 일부를 받을 수 있으면 좋겠다고 생각했다. 팀은 이 선박회사를 친구들에게 감사의 표시로 주고 싶었다─물론 웃음을 되찾아 주어서 고맙다는 말을 하면서 말이다.

택시가 6번 다리 앞에 멈췄다. 남작과 팀은 택시에서 내려 HHD 본사 사무실로 갔다. 늙은 뎅커 사장이 무척 놀라워하며 두 팔을 벌리고 두 사람을 맞았다.

뎅커 사장이 말했다.

"이거 참 이상한 우연이네그려. 그렇지 않아도 선박회사를 팔까 생각하고 있었는데. 그런데 마침 이렇게 오셔서 회사를 사시겠다니. 정말 이상한 일이에요."

뎅커 사장이 다리 앞에서 팀과 남작을 기다리고 있는 택시 운전사가 누군지 알았다면 이 일을 별로 이상하게 생각하지는 않았을 것이다. 하지만 다행히 사장은 택시 운전사를 보지 못했다. 설령 봤다 하더라도 팀처럼 운전사를 알아보기 힘들었을 것이다.

한편 택시 운전사는 조심조심 손가락으로 수염을 매만지고 있었다. 가끔은 백미러를 훔쳐보기도 했다. 그때 약 백 미터 뒤에 다른 택시가 한 대 보였는데, 손님은 내리지 않았다.

남작과 팀은 한 시간이 채 못 되어 뎅커 씨 사무실에서 나왔다. 두 사람은 술을 한 잔씩 걸친 데다 남작의 주머니 안에는 가계약서라고 하는 게 들어 있었다. 정식 계약은 다음날 하기로 했다.

택시 운전사는 자는 척했다. 기분이 좋았던지 남작은 차 문을 직접 열었다. 팀은 반대쪽 문으로 차에 올랐다.

그제야 운전사는 잠에서 깨어난 척, 기지개를 켜는 연기를 퍽이나 잘했다. 남작이 '사계절' 호텔로 가자고 하자 운전사는 능수능란하게 말까지 더듬었다.

달리는 택시 안에서 남작이 운전사에게 물었다.

"그건 그렇고, 운전사 양반, 당신은 함부르크─헬골란트 선박회사를 마침 팔려고 한다는 걸 미리 알고 있었던 거요?"

"아뇨. 하지만 뭐, 그리 놀랄 일도 아니죠. 늙은 뎅커 씨는 더 이상 힘이 없고, 그 딸들은 돈을 잘 벌거든요. 딸들한테는 뱃일이 지저분한 일이겠죠, 뭐. 그런데 여쭤 봐도 되는지 모르겠지만, HHD 선박회사에 관심이라도 있으신가 보죠?"

여전히 기분이 최고인 남작이 말했다.

"벌써 내 것이 됐지요."

"맙소사! 그것 참 빠르네요. 백조에 달라붙기만큼 빠르군요. 그 이야기를 아실지 모르겠지만요. 그냥 백조한테 가기만 하면 거기에 달라붙는 이야기입죠."

운전사의 눈길이 백미러로 힐끗 팀의 얼굴을 스쳐 지나갔다. 운전사가 하는 말에 팀은 흠칫하더니 돌처럼 뻣뻣해졌다. 종종 그렇듯이 팀은 이 엄청난 흥분을 굳은 표정 뒤로 숨겼다.

그건 정말 흥분할 만한 일이었다. 팀이 마침내 운전사의 얼굴을 알아본 것이다. 남작의 경계심을 건드리지 않고, 공주가 웃음을 배운다는, 달라붙는 백조 동화로 암시를 주면서 운전사는 자기가 누군지 팀에게 알렸던 것이다. 그건 팀이 남몰래 기다렸던 신호, 바로 친구들이 움직이고 있다는 신호였다.

달라붙는 백조! 그건 바로 이제 막 사냥이 시작되었음을 알리는 첫 신호였다.

이제 팀은 앞에 앉은 운전사가 누군지 확실히 알았다. 팀의 목구 멍을 향해 배 속에서부터 무엇이 올라오는 것 같았다. 그건 까르르 하는 웃음이 아니라, 말을 할 수 없게 하는 어떤 느낌이었다. 사람들 은 그런 걸 두고 목이 멘다고 한다.

그동안 택시는 알스터 강으로 꺾어 호텔 앞에 섰다. 운전사가 먼 저 내려 문을 열었다. 처음으로 그 사람의 우람한 체격이 드러났다.

그걸 본 팀은 그 사람이 누구인지 더 이상 의심하지 않았다.

남작은 택시비를 내고 호텔 정문으로 향했다. 팀은 이 거구의 사 람을 껴안고 싶은 마음을 애써 억눌러야 했다. 흥분으로 목이 쉰 소 리로 팀이 말했다.

"요니 아저씨."

운전사는 변장했던 안경을 벗고, 팀을 보며 크게 말했다.

"안녕히 가십시오, 젊은 신사분!"

그러면서 손을 내밀었다. 악수를 한 다음 다시 안경을 쓰고 차를 몰고 사라졌다.

그런데 팀의 손에서 아주 작은 종이쪽지가 만져지는 게 느껴졌다. 하도 조그마해서 정확히 말하면 아무것도 아니라고 할 수 있을 정도 였다. 하지만 이 작은 쪽지를 쥐고 있는 지금, 팀은 경영권 주식은 물론이려니와 마악 남작 주식회사의 주식 모두를 가진 것보다 더 큰

308

부자가 된 것 같은 느낌이 들었다.

팀은 뿌듯한 마음으로 남작을 따라 호텔로 들어갔다. 입구 홀에서는 지배인이 벌써 나와 양팔을 벌리고 두 사람을 맞았다.

황홀함으로 활짝 벌린 지배인의 두 팔은 '남작님, 영광입니다!'라고 말하는 듯했다. 막 지배인이 환영의 인사를 하려는데, 남작이 조용히 하라는 신호로 손가락을 입에 갖다 댔다.

"부탁이에요. 다른 사람의 이목을 끌지 않게 해 줘요. 우린 지금 익명으로 여기 왔어요. 런던에서 온 상인, 브라운과 그의 아들 정도로 해 두죠."

지배인은 팔을 내리고 깍듯이 인사를 했다.

"예스 유 라이크 잇! 유어 러기지 이스 올레디 히어!"('원하시는 대로요! 짐은 벌써 도착했습니다!'라는 뜻의 영어−옮긴이)

팀에게는 이 모든 게 너무나 재미있었다. 심지어는 지금 자기 앞에 서 있는 지배인을 끌어안고 싶은 심정이었다. 그 정도로, 작은 종이쪽지 하나가 팀의 모든 세계를 단숨에 바꿔 놓은 것이다.

그렇지만 팀은 아무도 안지 않았고, 웃지도 않았다. 또 웃을 수도 없지 않은가! 그 대신 팀은 슬프게 보낸 세월 동안 입에 붙은 말을 정중하고도 굳은 얼굴로 했다.

"땡큐 베리 머치!"

29장 잊혀진 얼굴

세계 여행을 하는 동안 팀은 비밀 감시원에게 늘 감시당하는 데에 익숙해져 있었다. 그 사람들은 눈에 띄지 않게 뒤로 물러나 맡은 임무를 수행했는데, 몇 번인가 팀은 제노바에서 본 두 사람과 부딪히곤 했다. 그렇지만 팀은 여행을 하면서 줄곧 남작의 고분고분한 동반자 역할을 했으므로, 그들을 봐도 불안하지 않았다.

하지만 웃옷 주머니에 귀중한 종이쪽지가 든 지금, 팀은 호텔의 커튼 자락마다 누가 숨어서 보는 건 아닌가 하고 몸을 떨었다. 감히 쪽지를 꺼내 읽을 엄두가 나지 않았다. 그뿐만 아니라 요니가 변장을 하고 몸을 도사리는 걸로 봐서 팀의 친구들도 자기처럼 감시를 받고 있는 것 같았다.

마침내 ─ 남작은 한 시간 정도 쉬러 갔다 ─ 팀은 욕실로 가서 문을 걸어 잠갔다. 그리고 파란색 타일이 박힌 욕조 모퉁이에 앉아 주머니에서 쪽지를 꺼냈다.

그 쪽지는 크기가 우표 네 장만큼도 안 되었다. 거기에는 깨알 같은 글씨로 무언가 씌어 있었다. 얼마나 글씨가 작은지 맨눈으로는 도저히 읽을 수 없을 정도여서 돋보기가 필요했다.

'그런데 어떻게 돋보기를 구한담?'

종이쪽지를 다시 주머니에 쑤셔 넣으며 팀은 생각에 잠겼다.

'호텔 직원한테 돋보기를 부탁하면 분명히 감시원들도 눈치 채게 될 거야. 돋보기를 직접 산다 하더라도, 감시원들이 가게에서 내가 무얼 샀는지 물을 게 뻔하고. 대체 어떻게 그들의 눈에 띄지 않게 돋보기를 구할 수 있을까?'

그때 노크 소리가 나고 누가 호텔 방으로 들어오는 소리가 나는 듯했다. 남작일 거라 생각한 팀은 혹시 몰라 일부러 화장실 물 내리는 소리를 냈다. 그리고 한껏 소리를 죽여 잠근 고리를 푼 다음 방으로 나갔다.

방에는 둥근 탁자 하나에 네 개의 소파가 놓여 있었는데, 정면에 있는 소파에 화장을 짙게 한 늙은 여자가 약간 몸을 굽히고 앉아 있었다. 그 여자는 우스꽝스러울 정도로 화려하고 젊게 옷을 입었다. 약간 부스스한 머리는 고불고불하게 파마를 하였다. 그 옆에는 멀쑥이 키가 자란 사내아이가 창백한 얼굴로 앉아 있었다. 그 아이는 넥타이 대신에 눈에 확 띄는 색깔로 유난히 기다란 나비 넥타이를 하고 있었다. 갑자기 방에서 후추와 카룸, 아니스 냄새가 나는 듯했다.

이 두 방문객은 새엄마와 에르빈 형과 별로 닮은 데가 없었다. 하지만 두 사람은 바로 새엄마와 형이었다.

팀은 말없이 욕실 문 앞에 서 있었다. 이 얼굴들을 다시 보게 될 줄은 꿈에도 몰랐다. 이 얼굴들을 다시 알아보기 위해 팀은 길게 숨을 들이마셨다. 달라진 얼굴에서 옛 특징들을 찾아내기까지는 어느 정도 시간이 필요했다. 그리고 팀은 이 얼굴들이야말로 어리석은 얼굴이라는 것을 난생처음 깨닫게 되었다.

아버지의 목소리가 들리는 듯했다.

"선량하지 못한 어리석음은 멀리 하라."

이제야 팀은 어릴 적에는 그저 어렴풋이 느꼈던 것을 확실히 깨닫게 되었다. 아버지는 지금 자기 앞에 있는 두 사람을 그 당시 벌써 꿰뚫어 보았던 것이다. 아이 적에, 팀이 웃음을 잃지 않았던 것은 아버지가 있었기 때문이었다.

팀은 이 모든 것을 깨달았다.

팀의 눈이 젖어들었다. 마음이 흔들려서가 아니라 눈앞에 떠오르는 놀라운 모습 때문이었다. 새엄마의 얼굴이 희미하게 멀어지더니 자기에게 웃음을 선사했던 얼굴이 그 앞으로 밀고 들어왔다. 바로 어머니의 얼굴이었다. 새까만 머리에 별처럼 반짝이던 검은 눈동자, 도토리 빛이 나는 갈색 피부, 그리고 입가의 둥근 주름…….

그 순간, 한 가지 더 깨달은 게 있었다. 제노바의 칸디도 궁에서 본 그림들에 그렇게 이끌렸던 건 바로 거기서 어머니의 미소를 다시 보았기 때문이었다. 초상화 하나하나가 어머니의 얼굴을 하고 팀을 바라보았던 것이다. 그 그림들 모두가 팀이 태어날 때의 얼굴이었고—바라건대—미래의 얼굴이기도 했다.

팀이 나타나자 새엄마는 자리에서 벌떡 일어나, 굽 높은 구두를 따각거리며 다가와서 왈칵 팀을 안았다. 돌아가신 어머니의 기억에 흠뻑 젖어 있던 팀도 자기 감정에 북받쳐 하마터면 새엄마를 같이 안을 뻔했다.

하지만 팀은 더 이상 가난한 소년이 아니었다. 지금의 팀은 이해할 수 없는 상황과 혼란스러운 감정을 어떻게 넘겨야 하는지를 이미 배울 만큼 배운 아이였다. 팀은 아무 말도 하지 않고 새엄마를 부드럽게 떼 놓았다. 새엄마는 순순히 물러났다. 조금 훌쩍거리더니 가방이 놓여 있는 탁자로 총총히 걸어갔다. 그리고 손수건을 매만져 가짜 속눈썹을 톡톡 두드렸다.

에르빈 형도 자리에서 일어나 있었다. 팀에게로 건들건들 걸어와

보들보들한 손을 내밀었다.

"안녕, 팀!"

"안녕, 형!"

더 이상의 말은 하려야 할 수도 없었다. 그때 문이 열리고 남작이 헐레벌떡 방으로 들어왔기 때문이다.

"이 사람들은 대체 누구예요?"

물론 남작은 누군지 알고 묻는 거였다. 팀도 그걸 알았지만 그래도 모른 척하고 자신을 찾아온 불청객을 정중하게 소개했다.

"제 새어머니를 소개할까요, 남작? 여기는 제 의붓 형입니다."

그러고 나서 아주 형식적으로, 몸에 익은 세련된 손동작으로 상대편을 소개했다.

"마악 남작이십니다."

새엄마는 오른손을 높이, 거의 남작의 턱밑까지 치켜들고(손에 키스라도 해 줄 줄 알았던 모양이다) 재잘거렸다.

"반가워요, 남작님!"

남작은 새엄마의 치켜든 손을 싹 무시했다.

"연극일랑 그만두세요, 부인. 이미 아시겠지만 어차피 당신은 연극에는 별로 운이 따르지 않는 사람이잖아요."

흥분해서 남작에게 뭐라고 한마디 하려고 벌써 입을 벌렸던 새엄마는 갑자기 작전을 바꿨다. 새엄마는 팀에게로 몸을 돌려, 그 불쾌한 얼굴에 황홀하다는 표정을 지으며 팀을 바라보고는 한 걸음 물러나 말했다.

"애야, 너 정말 세계의 주인처럼 보이는구나. 네가 정말 자랑스러워. 우린 신문에서 너에 대한 모든 기사를 읽었단다. 그렇지 않니, 에르빈?"

에르빈 형이 ─ 불쾌함을 감추지 않고 ─ "네에." 하고 우물거렸다. 새엄마와 형의 관계는 여전한 듯했다. 예전부터 에르빈 형은 엄마의 맹목적인 사랑을 이용했지만 그걸 달가워하지는 않았다.

팀은 새엄마가 자기에게는 이런 맹목적인 사랑을 보여 주지 않은 게 지금은 다행이다 싶었다. 그랬다면 팀은 나약한 아이가 되었을 것이다. 그랬다면, 지옥 같은 지난 세월을 견뎌 낼 수도 없었을 것이다. 더구나 팀은 새엄마가 낯선 사람처럼 여겨졌다. 비록 '사계절' 호텔 방 안에서 바로 옆에 있지만, 너무나 멀게 느껴져서 새엄마의 목소리가 거의 안 들릴 정도였다.

새엄마가 뭐라 그러고 있었다.

"팀, 이제 항상 네 곁에 있으면서 우리가 널 돌봐 줄게. 너는 그 많은 재산의 정식 상속인이고, 내일이면 네가 열여섯 살이니⋯⋯."

남작이 새엄마에게 찬물을 끼얹는 말을 했다.

"그렇다고 성인이 되는 건 아니지요!"

새엄마가 휙 머리를 돌렸다. 눈에서 불이 뿜어져 나오는 것 같았다. 사람들은 그걸 두고 '성질 급한 사람한테서 나는 광채'라고 하는데, 팀은 그 눈빛을 잘 기억하고 있었다.(하지만 그건 소 눈알의 젖은 광채와 같은 것이어서, 잠시 동안은 사람들이 겁을 먹기도 하지만, 다시 보면 약간은 멍청해 보이고 전혀 위험해 보이지도 않는 그런 눈빛이었다.)

남작은 가소롭다는 듯 입을 실룩거리며, 팀이 열여섯 살이 되어도 아직 성인이 아닌 이유를 가르쳐 주었다.

"부인, 이 나라에서는 스물한 살이 되어야 성인이 되는 거예요. 그러니까 그때라야 완전히 상속권을 누릴 수 있는 거고요. 혹시 열여섯에 성인이 되는 나라의 시민권을 내가 갖고 있다는 걸 어디서 들으셨는지 모르겠는데, 그건 당신의 의붓 아들과는 전혀 상관없어요. 아드님은 여전히 이 나라의 법을 따르게 되어 있어요. 그래서 스물한 살이 돼야 정식 상속인이 되는 거예요."

새엄마는 잠자코 듣기만 했다. 다만 눈꺼풀이 약간 떨렸고 손으로 불안스레 손수건을 만지작거렸다. 새엄마는 다시 팀에게 몸을 돌려 애써 흥분을 감추고 물었다.

"넌 남작이 가진 그런 시민권 없냐?"

무심하게 새엄마를 훑어보고 있던 팀은 다른 생각을 하느라 새엄마가 묻는 말을 미처 알아듣지 못했다. 그래도 새엄마가 뭐라고 말했다는 건 알았다. 예의를 갖추느라 팀은 소파를 가리켰다.

"저기 앉아서 편하게 이야기하죠."

그들은 말없이 각자 자리에 앉았다.

팀이 다리를 꼬고 말했다.

"난 지금까지 대체 누가 내 후견인인지 깊이 생각해 본 적이 없어요. 남작이……."

팀이 잠시 말을 끊었다가 다시 이었다.

"남작이 죽었을 때, 내 후견인은 새 남작이었어요. 근데 지금 드는 생각으로는 제 새어머니가 거기에 동의를 해야 하잖아요. 그렇게 했나요? 아니면……."

갑자기 새엄마가 어쩔 줄 몰라 했다.

"있잖아, 팀, 네가 가 버리고, 우린 형편이 나빠졌어. 운 나쁜 일이 많았어. 그래서……."

새엄마가 말을 얼버무렸다.

"그래서 부인께서 내게 후견인 자격을 공적으로 넘기셨지요. 상당한 금액을 받고서 말이죠. 그 돈으로 부인은 버라이어티 쇼 극장을 샀어요. 그런데 그 극장은 망하고 만 것 같네요."

남작이 마저 설명해 주었다.

"내 잘못이 아니에요. 시기가 잘 안 맞았던 거예요!"

새엄마가 훌쩍거렸다. 그러더니 숨도 쉬지 않고 다다거리는 옛 말버릇이 다시 시작되었다.

"물론나도알아요, 법적으로는아무문제가없단걸요, 하지만제 아이 잖아요, 게다가우린거리에나앉게되었다고요, 내아들과내가말이에요, 그리고……."

이번에는 팀이 새엄마의 말을 가로막았다.

"제 후견인 자격을 팔아 버렸다면, 이젠 어쩔 수 없는 거잖아요."

"팔아버리다니! 팔아버리다니! 그렇게 심하게 말하지마, 팀! 우린 어려운 상황에 처해 있어!"

"돈이 얼마나 필요하세요?"

"누가 돈 얘기하자고 그러니? 우린 이제 같이 지낼 거잖아, 팀!"

"아뇨. 우린 같이 지내지 않을 거예요. 오늘 보는 게 마지막이길 원해요. 하지만 내가 돈으로 도울 수 있다면 기꺼이 그렇게 할게요. 얼마나 필요하죠?"

남작이 말했다.

"내 동의가 필요한 일이지요."

팀은 못 들은 척했다.

"아이고 팀아!(또 흐느끼는 시늉을 했다.) 너야 이제 엄청난 부자가 되지 않았니! 네 친척인 우리가 밥 걱정 하면서 살 수는 없는 노릇 아니냐!"

남작은 웃음이 터져 나올 것 같았지만, 그들이 꺄르륵 하는 소리와 딸꾹질을 알아듣기 전에 얼른 입 안으로 삼켰다. 남작은 이 사람들을 조롱하고 싶었다. 하지만 자기의 웃음을 이 두 사람이 알고 있다는 생각이 퍼뜩 들었다. 다시는 두 사람이 방해가 되지 않도록 신경을 써야 했다. 그러니 돈을 안 내놓을 수 없었다. 그래서 먼저 제안을 했다.

"부인, 난 자메이카에 아주 장사가 잘되는 해수욕장을 하나 갖고 있어요. 주로 미국 관광객들이 오지요. 한 해 수입이 6만 달러 정도 돼요. 자메이카 섬이 일 년 내내 봄이란 건 아실 거예요. 바닷가 야자수 아래 있는 방갈로가 당신들을 기다리고 있어요."

팀은 깜짝 놀랐다.

'이 사람, 여행 안내 책자처럼 술술 말하고 있잖은가. 그렇구나!'

남작이 나오려는 웃음을 꾹 참았다는 걸 눈치 챈 팀은, 남작이 이 사람들을 그토록 멀리 보내 버리려고 하는 이유를 이제야 알 것 같았다. 그러니 두 사람에게 여객선 일등표를 끊어 준 것도 전혀 놀랄 일이 아니었다.

새엄마가 다시 아니, 여전히 훌쩍거리며 말했다.

"남작님은 너무 좋으신 분이세요."

에르빈 형은 자메이카 생각으로 벌써부터 눈이 이글거렸다. 그러더니 ─ 새엄마와 똑같이 ─ 눈꺼풀을 움찔거렸다.

"제 방으로 가서 이 일을 마무리 짓죠."

남작은 자리에서 일어나, 냉소적이긴 했지만, 예의를 갖춰 문을 열어 두고 기다렸다.

새엄마는 또각또각 구두 소리를 내며 남작을 따라가다, 그나마 늦지 않게 팀을 생각해 내고는 돌아보며 말했다.

"우릴 잊진 않겠지, 팀?"

"벌써 잊은 것 같은데요."

그러나 팀의 목소리는 크지 않았다. 팀은 새엄마에게 손을 내밀고 진지하게 말했다.

"자메이카에서 행운이 있길 빌어요!"

"고맙다. 고마워, 얘야!"

새엄마의 얼굴에 미소가 번지기 시작했다. 하지만 제대로 미소를 보이기도 전에 새엄마는 벌써 복도로 나가 있었다.

에르빈 형도 손을 내밀고 엄마를 따라 나가려 했다. 팀은 얼른 형을 붙잡고 귓속말을 했다.

"돋보기를 하나 구해서 알스터 강 붉은 벤치 아래에다 놔 줘. 호텔 건너편에 말이야. 자 여기!"

팀은 주머니에서 지폐를 추려 내어 형에게 주었다.

돈을 들여다보며 에르빈 형이 물었다.

"근데 이 쪽지는 뭐야?"

"아, 그건 나한테 필요한 거야!"

하마터면 팀은 소리를 지를 뻔했다. 다행히도 목소리는 소곤대는 소리 그대로였다. 팀은 쪽지를 다시 주머니에 넣었다.

가면서 에르빈 형이 속삭였다.

"아무한테도 말하지 않을게!"

팀은 고개를 끄덕이며 의붓 형과 함께 먼 과거를 뒤로하고 문을 닫았다.

30장 계약, 계약들······

　이른바 소시민들에게는 처리하는 데에 몇 달씩 걸리기 일쑤인 절차와 수속들을 부유하고 영향력 있는 사람들은 얼마나 신속하게 처리할 수 있는지 정말 놀랄 일이다. 관공서의 까다로운 일도 구름처럼 높은 위치에 있는 사람들에게는 아주 쉽게 처리된다.

　마악 남작 주식회사의 유일한 사무실에서는―일종의 법률 분과라고 할 수 있는 곳이었다—며칠 동안 팀과 남작을 위해 다음의 일들을 처리했다.

자메이카의 해수욕장은 새엄마와 에르빈 형에게 반반씩 양도되었다.(팀은 이 일 때문에 두 사람을 한 번 더 보긴 했지만 아주 짧게였다. 그때 에르빈은 돋보기를 벤치 아래 두었다고 귀띔해 주었다.)

HHD라고 불리는, 함부르크—헬골란트 선박회사는 팀 탈러의 소유로 넘어가 그날부터 효력을 발생했다.(옛 사장 뎅커 씨는 서명을 한 후 팀의 손을 따뜻하게 잡으며 "운수대통해요, 운수대통!" 하고 말했다. 그러느라 두 번이나 왼쪽 어깨너머로 침이 튀었다.)

전에 런던에서 미스터 페니한테 넘겨받았던 함부르크 주식회사의 주식 뭉치는—역시 그날로 효력이 발생하도록 하면서—남작 소유가 되었다.(남작이 경영권 주식의 소유자였기 때문에, 일 년 동안의 유예 기간은 자동으로 없어졌다.)

마지막 계약으로 마침내 상속에 관한 계약서가 꾸며졌다. 지금까지 남작은 이것을 교묘하게 미루어 왔고, 팀도 이에 대해 한 번도 묻지 않았었다.

그런데 왜 갑자기 남작이 이 계약서를 쓰게 되었는지 팀은 영문을 몰랐다. 하지만 아무래도 좋았다. 대규모 사업이라는 둥 많은 재산이라는 둥 그런 건 어떻게 되어도 상관없었다. 팀에게 중요한 일은 오직 자기의 웃음을 두고 한 거래뿐이었다.

팀은 주머니 안의 쪽지가(밤에는 쪽지를 베개 밑에다 숨겼다) 잃어버린 웃음을 되찾는 데 열쇠가 될 거란 걸 예감하고 있었다. 당장이라도 벤치 아래에서 돋보기를 가져오고 싶은 마음이 굴뚝같았다. 세 가지 계약으로 번거로웠던 터라 그렇지 않아도 피로를 느끼고 있었지만, 팀은 내내 머리를 짚으면서 일부러 더 피곤한 척했다.

그걸 본 남작이 말했다.

"머리가 아프면, 상속에 관한 계약서는 내일로 미룹시다. 그러는 게 좋겠죠?"

팀은 얼른 그렇게 하자고 하지 않았다. 그러기에는 팀은 너무 영리했다. 그 대신에 팀은 당장 계약서를 쓰는 게 좋겠지만 아쉽게도 머리가 너무 아프다고 말했다. 그리고 계약서에 서명하는 일은 맑은 머리로 해야 하는 거니까 아마 내일까지 기다리는 게 나을지도 모르겠다고 했다.

이렇게 꾀를 낸 게 바라는 대로 성공을 거두었다. 계약서를 읽고 서명하는 일을 내일로 미루고, 팀은(시키는 대로 알약 두 알을 삼킨 후에) 호텔 앞 알스터 강가로 산책을 나갈 수 있게 되었다.("맑은 공기를 마시면 씻은 듯 나을 거예요." 하고 변호사 중 한 사람이 팀에게 말했던 것이다.)

근처 어딘가에서 감시원이 자기를 주시하고 있다는 걸 아는 팀은 곧장 눈에 띄게 벤치에서 돋보기를 꺼내지 않았다. 우선 신문을 사서 그걸 갖고 벤치에 앉았다.(돋보기가 있는 곳은 미리 봐 두었다.)

신문을 읽는 척하면서 팀은 안쪽 신문이 무릎 위로 미끄러져 벤치 아래로 펄럭거리며 떨어지게 만들었다. 그런 다음 몸을 숙여 신문과 돋보기를 함께 집어 올렸다. 신문 뒤에 숨어서, 팀은 돋보기를 양복 안주머니에다 넣었다.(요즘 팀은 대개 회색 플란넬 양복이나 아주 작은 다이아몬드 무늬가 있는 양복을 입었다.)

십오 분 후, 팀은 신문을 접어 거길 지나가는 사람들이 보라고 벤치 위에 놔두고 호텔로 돌아왔다.

프런트에서 열쇠를 받을 때, 직원이 종이쪽지 접은 걸 함께 내주었다. 그건 남작이 남긴 쪽지였다.

기분이 좀 나아졌거든, 잠깐 내 방으로 오시오.
— 마악

팀은 남작 방으로 올라가려다 말고 발길을 돌려 잠시 자기 방에 들러, 돋보기는 욕실 벽에 있는 약장에다 두고, 요니가 준 조그마한 쪽지는 거의 비다시피 한, 두통약 유리 대롱 속에다 말아 넣었다. 그렇게 한 다음 남작에게 갔다.

중요한 이야기를 할 때면 남작은 메모한 쪽지를 손에 들고 얘기하곤 했다. 이번에도 쪽지를 들고 있었다. 거기에는 세 단어가 나란히 적혀 있었다. 팀에게는 그게 잘 보이지 않았지만 첫 번째 단어는 분명 '리케르트'라는 이름이었다.

남작이 이야기를 시작했다.

"내일이면, 리케르트 씨에 대한 우리의 약속 기한이 끝나요. 내일까지 당신이 함부르크 친구들과 연락을 취하지 않으면, 리케르트 씨는 다시 선박회사 사장으로 일하게 될 거요. 그렇지만 그 사람 나이가 있어서 곧 명예 퇴직을 해야 할 거예요. 그러면 그는 매달 높은 액수의 연금을 받게 되지요. 아쉽게도 우리는 내일 카이로로 가야 해요. 이집트의 한 회사가 팔마로 상표에 이의를 제기해서요. 그러니까 만약 함부르크의 친구들을 만나고 싶거든 오늘 해야 해요. 하지만 그럴 경우 우리의 약속이 깨지는 거니까 리케르트 씨는 계속해서 부두 노동자로 일해야 하겠지요."

깜짝 놀란 팀이 물었다.

"부두 노동자라뇨?"

"그래요, 탈러 씨. 부두 노동자요. 그 친구, 그 일을 힘들어하고 있어요. 그 나이에 하기엔 벅찬 일이지요. 그러니 내 생각으로는, 당신이 크레쉬미르나 요니, 리케르트 씨에게 연락을 하지 않을 것 같은데, 내 생각이 틀렸나요?"

남작은 팀을 거의 불안한 눈빛으로 살폈다. 팀은 그 이유를 알고 있었다. 친구들 중 한 명이 자기 웃음을 되찾을 열쇠를 손에 쥐고 있는 게 분명했고, 남작도 그 낌새를 챈 것 같았다.(더욱이 이번에는 웃음에 대해 입도 벙긋하지 않았다.)

팀이 단호하게 말했다.

"리케르트 씨는 다시 선박회사 사장이 되어야 해요!"

"그럼, 우리 약속은 그대로 유효한 거죠, 탈러 씨?"

팀은 고개를 끄덕였다. 하지만 그건 거짓말이었다. 친구들을 피할 마음은 추호도 없었다. 그 반대였다. 팀은 오늘 꼭 친구들을 만나야 했다. 내일이면 늦었다. 그럼에도 불구하고 리케르트 씨는 선박 회사 사장이 될 것이다. 그것도 남작의 회사가 아니라, 오늘 아침 팀의 소유로 넘어온, HHD 선박회사에서 말이다.

메모 쪽지를 보며(남작은 안심하는 빛이 역력했다) 남작이 말했다.

"두 번째는, 그러니까……."

남작은 못내 망설이다 말을 꺼냈다.

"두 번째는 당신 웃음에 관한 건데요."

다시 팀을 살피는 눈치였다. 팀은 태연한 척 가면 뒤로 흥분된 감정을 감췄다. 이런 건 바로 남작한테 배운 거였다. 심지어 목소리까지도 고요했다.

"내 웃음이 어쨌다는 거죠, 남작?"

"지금으로부터 일 년 전에 난 내 성의 붉은 정자에서 당신에게 웃음이 중요한지, 또 얼마나 중요한지 시험해 본 적이 있어요. 그 당시 난 당신에게 삼십 분 동안 웃음을 빌려 주었지요. 그 작은 실험에서 난 당신이 아직도 당신 웃음을 열렬히 원한다는 걸 알게 되었어요. 방금 난, 당신은 눈치 채지 못했겠지만, 또다시 작은 시험을 해 본 거예요. 이번 결과는 아주 만족스러워요. 당신은 우리 계약에 대해 알고 있고 또 필요할 경우 당신에게 충고를 해 줄 세 사람과의 만남도 스스로 포기했어요."

남작은 흡족한 얼굴로 소파에 기대 앉았다.

"분명히 당신은 지난 한 해 동안 권력과 부, 편안한 삶이 하찮은 웃음보다 더 중요하다는 걸 배운 것 같군요."

팀은 고개만 끄덕일 따름이었다. 그리고 이번에는 절반만 거짓말이었다. 사실 팀은 늘 멋지게 차려입고 언제나 쾌적한 방과 욕실을 사용하고 넉넉한 용돈을 쓰는 데서 즐거움을 맛보았다. 그렇지만 그것이 영원히 웃음을 포기할 만큼 그렇게 큰 즐거움은 아니었다.

"그래서 난 당신에게……."

남작이 다시 몸을 앞으로 숙였다.

"추가 계약을 하자고 하고 싶은데."

"어떤 걸 말하는 거죠, 남작?"

"이런 거예요, 탈러 씨. 난 당신이 오늘로써 합법적으로 성인이 되어 당장 상속권을 행사할 수 있는 나라의 시민권을 갖게 해 줄 수 있어요."

"그 대신 난 뭘 해야 하죠, 남작?"

"두 가지예요. 하나는 다시는 당신 웃음을 돌려달라고 하지 말 것. 두 번째는 경영권 주식을 포함해서 상속의 절반을 내게 떼어 줄 것."

"상당히 중요한 제안이군요."

팀은 시간을 벌기 위해 천천히 말했다. 물론 공문서에 도장을 찍어 자기의 웃음을 영원히 포기할 마음은 손톱만큼도 없었다. 하지만 그런 마음을 남작에게 들켜선 안 되었다. 오늘은 남작의 감시원을 따돌리고 친구들을 만날 수 있도록, 어떻게든 남작을 속여야 했다. 조그마한 쪽지와 돋보기가 팀을 친구들에게 안내해 줄 터였다.

마침 팀에게 좋은 생각이 떠올랐다. 만약 자기가 남작과 흥정을 벌인다면, 남작은 자기가 웃음을 완전히 포기했고, 권력과 부가 배에서 올라오는 꺄르륵 하는 작은 소리보다 더 중요하다는 걸 깨달았다고 믿게 될 것이었다.

생각이 거기에까지 미치자 팀은 남작과 흥정을 시작했다. 팀은 남작이 자기가 스물한 살이 될 때까지 자기의 상속권을 막으려고 여러 가지 일을 꾸밀 수 있다는 걸 안다고 말했다. 세노르 반 데어 톨렌이 벌써 이에 대해 주의를 준 적이 있다고도 했다. 그러므로 자신은 이 추가 계약에 응할 마음이 얼마든지 있지만 경영권 주식의 3분의 2를 포함해서, 유산의 3분의 2를 원한다고 말했다.

팀은 이 말을 듣는 남작의 얼굴에 얼핏 미소가 지나가는 것을 놓치지 않았다. 남작은 팀이 웃음을 포기하리라고 완전히 믿는 눈치였다. 팀은 바로 그점을 노렸던 것이다.

두 사람은 삼십 분 동안 흥정을 했다. 결국 팀의 요구는 유산의 3분의 2와 경영권 주식 반으로 조금 내려왔다.

"이 요구를 받아들여 주세요, 남작. 그러면 우리는 내일 카이로에서 추가 계약을 할 수 있을 거예요."

"밤새 생각 좀 해 보고요, 탈러 씨. 내일, 카이로에 가서 내 결정을 말해 주겠소. 그리고……."

남작이 미소를 지으며 말을 계속했다.

"마지막 문제인데요."

남작이 자리에서 일어나 팀에게 손을 내밀었다.

"탈러 씨, 열여섯 번째 생일을 축하해요! 소원이 있다면……."

소원이라고? 팀은 생각에 잠겼다. 이날 가장 아름다운 선물인 웃음을 갖게 된다면, 아마도 팀에게 남은 재산은 하나도 없으리라. 선박회사는 어차피 리케르트 씨에게 줄 생각이었으니까. 그렇다면 받고 싶은 선물이 뭘까?

마침내 멋진 생각이 떠올랐다.

"인형극단을 하나 사 주세요, 남작."

"인형극단요?"

"네. 아이들을 웃길 수 있는 그런 인형극단요."

이번에야말로 팀은 자기의 속마음을 드러내고 만 셈이었다. 하지만 남작은 달리 받아들였다.

"아, 알겠어요! 당신은 어린아이의 웃음을 사고 싶은 거로군요. 웃음을 잘 고르기 위해서 극단이 필요하다는 거죠? 나쁘지 않은 생각이에요. 그런 생각은 나도 미처 못 했는데요."

팀은 누군가한테 머리를 한 대 얻어맞은 기분이었다. 그러니까 남작은 팀이 자기가 겪은 끔찍한 경험으로 어린아이에게 웃음을 훔쳐 오리라고 진심으로 믿고 있었다.

팀은 생각했다.

'이 사람은 악마임에 틀림없어.'

이번에는 어쩌면 팀이 놀라는 모습을 보였는지도 몰랐다.

하지만 남작은 딴 데를 보고 있었다. 인형극단 일로 벌써 전화를 하고 있었던 것이다. 그리고 삼십 분 후에 희소식이 왔다. 남작은 몇 년 전부터 적자에 시달리던, 역 근처의 한 작은 극장을 제법 많은 돈을 주고 사게 되었다.

"곧 출발합시다, 탈러 씨. 난 공증인을 데리고, 현금을 갖고 가겠어요. 생일 선물은 현금으로 내야 하지요."

그렇게 해서 극장 사무실로 쓰는 듯한, 먼지투성이인 작은 방에서 또 하나의 계약이 이루어졌다. 팀 탈러가 인형극단의 주인이 된 것이다. 이 모든 것이 인형극 자체보다 더 믿어지지 않는 이야기였다.

남작과 팀은 이번에는 걸어서 호텔로 돌아왔다. 도중에 팀은 처음으로 남작에게 물어보았다.

"남작, 당신 재산의 절반을 날리면서까지 내 웃음이 당신에게 중요한 이유가 뭐예요?"

"진작 그 질문을 던지지 않아서 이상하게 생각했어요. 대답은 그리 간단하지 않지만, 몇 마디 말로 하자면 이렇게 말할 수 있겠군요. 당신이 뒷골목 소년이었을 때, 당신은 그토록 이해할 수 없는 나쁜 일들을 많이 겪으면서도 이 웃음만큼은 잃지 않았지요. 그래서 당신 웃음은 다이아몬드처럼 단단해졌어요. 당신 웃음은 깨질 수 없어요,

탈러 씨."

팀은 아주 심각하게 대꾸를 했다.

"그러나 난 깨질 수 있어요."

"암요."

남작이 말했다.(팀이 이 짧은 말의 추악한 의미를 알아챌 틈도 없이 두 사람은 호텔에 도착했다.)

지배인이 "헬로 미스터 브라운." 하고 인사를 했다.

남작은 인사를 하는 둥 마는 둥 고개를 끄덕였다.

팀의 방 앞에서 남작이 물었다.

"경영권 주식으로 대체 뭘 하려는 거요? 계약에 따라 당신은 그걸 미스터 페니한테 넘겨야 하잖아요."

팀은 절망적인 기분이었다.

'또 계약 얘기야! 생일날이 온통 서류투성이로군!'

지금 팀은 유리 대롱 속에 말아 넣어 둔 작은 종이쪽지에 온통 정신이 쏠려 있었다. 그러니 남작의 말에 대답하는 게 쉽지 않았지만 마음을 가다듬고 둘러댔다.

"미스터 페니에게 더 많은 경영권 주식을 갖도록 하려는 건지도 모르죠."

"흠."

남작은 생각에 잠겼다. 그러더니 빠르게 물었다.

"난 오늘 몇 가지 중요한 약속이 있어요. 당신은 뭘 할 거예요?"

팀은 이마를 짚었다.

"두통이 가라앉질 않네요. 좀 누워야겠어요."

"그렇게 하세요. 잠이 보약이지요."

남작은 웃으면서 갔다.

팀은 초조한 마음으로 문을 열고 방으로 들어가, 다시 문을 꼭 닫고 허겁지겁 욕실로 달려갔다.

여기서 여섯째 날의 이야기는 끝나고,
나는 호텔로 돌아가 이야기를 적어 두었다.

일곱째 날,

팀 탈러가 비밀 쪽지를 해독해 낸 이야기,

남작에게 사고가 일어난 이야기,

선원으로 변장한 이야기, 가파른 계단을

타고 내려간 이야기, 계단 아래에서

혼란스러운 일이 일어난 이야기,

끝으로 입가에 둥근 주름이 진 젊은이가

베버 아주머니네 빵 가게에 나타난

이야기를 듣다.

일곱째 날 팀 아저씨와 나는 낡은 안락의자에 편안히 다시
앉았다.
"함부르크에서 팀이 드디어 문제를 해결하게 되겠지요.
그렇죠?"
"미리 말하면 재미없지. 김 빠지잖아."
아저씨는 곧 이야기를 시작했다.

31장 비밀 쪽지

서둘러 욕실로 달려간 팀은 세면대 위 거울에 달린 전등만 켰다. 그런 다음 약장에서는 돋보기를, 두통약 넣는 유리 대롱에서는 쪽지를 꺼냈다. 심장이 목구멍에 있는 듯, 고동 소리가 거기서도 느껴질 정도로 크게 콩닥거렸다.

팀은 우아한 회색 플란넬 양복을 입은 채, 쪽지를 읽기 전에 욕실

문을 잠갔는지 한 번 더 확인했다. 그러고는 세면대 옆에 서서—양복 옷자락을 이리저리 흔들며—돋보기로 쪽지를 들여다보는 팀은 영락없이, 흥분을 감추지 못하는 소년에 지나지 않았다.

돋보기를 잡은 손이 떨렸다. 그래도 쪽지의 글씨를 읽을 수 없을 정도는 아니었다. 놀라움을 더하며 팀은 쪽지를 읽어 내려갔다.

달라붙는 백조로 찾아오라. 공주가 얻었던 것을 얻어라. 방법은 네가 생각하는 것보다 간단하다. 동풍을 하지 말라고 했던 사람이 가르쳐 줄 거다. 네가 아는 택시 운전사의 차를 타라. 그 사람은 시의 집을 지키고 있다. 전차들의 (검은!) 시간을 택하라. 쥐들을 조심하고 따돌려라. 길은 간단하다. 하지만 뒷계단을 이용해서 와라. 우릴 믿고 오라!

팀은 쪽지와 돋보기를 내려놓고 욕조가에 앉았다. 아직도 흥분으로 몸은 떨렸지만 머리만큼은 맑았다. 남작의 손에 들어갈 경우를 대비해서 쪽지는 수수께끼 같은 암호로 씌어 있었다. 이제 이 암호를 풀어야 했다.

팀은 일어나 세면대 옆에 서서 돋보기를 대고 쪽지를 찬찬히 한 번 더 읽어 보았다.

달라붙는 백조로 찾아오라.

그건 금방 이해가 갔다. 팀더러 인형극을 보았던 곳으로 오라는 거였다. 외벨퀸네로.

공주가 얻었던 것을 얻어라.

그건 더 쉬웠다. 바로 이 쪽지에서 가장 중요하고 소중한 대목이 었다. 그건 '웃음을 되찾아라!' 하는 말이었다. 그리고 그것이 가능하다는 건 다음 문장이 말해 주고 있었다.

방법은 네가 생각하는 것보다 간단하다.

그런데 그 다음 말은 무슨 뜻인지 얼른 이해가 되지 않았다.

동풍을 하지 말라고 했던 사람이 가르쳐 줄 거다.

팀은 가만히 기억 속을 더듬어 봤다. 그러자 동풍이 말 이름이었던 게 생각났다. 팀이 경마장에서 마지막으로 내기를 걸었던 바로 그 말이었다. 그리고 그때까지 이름을 몰랐던 한 신사가 그 말에 돈을 걸지 말라고 충고했었다. 바로 크레쉬미르였다.
그러니까 이 말은 팀의 웃음을 되찾을 방법을 크레쉬미르가 알고 있다는 뜻이다! 어렴풋이 짐작은 하고 있었던 사실이 확실해지자 가

숨이 벅차올라 팀은 다시 욕조가에 앉지 않으면 안 되었다. 불빛이 환해서 거기서도 쪽지가 보였다.

네가 아는 택시 운전사의 차를 타라.
그 사람은 시의 집을 지키고 있다.

택시 운전사는 요니였다. 그건 의심할 여지가 없었다. 그런데 '시의 집'이라니?

팀은 별로 어렵지 않은 이 수수께끼를 풀기 위해, 한참 동안 곰곰이 생각했다. 그 말은 물론 시청을 뜻하는 말이었다. 시청이라면 호텔 바로 옆에 있지 않은가. 그러니까 거기서 요니가 기다리고 있다가 팀을 태우고 외벨귄네로 데려다 줄 거라는 거였다.

그런데 시간이 확실하지 않았다.

전차들의 (검은!) 시간을 택하라.

팀에게는 친구들과 연관된 전차의 기억이 두 가지 있었다. 리케르트 씨와 노선이 변경된 전차를 함께 탄 적이 있었고, 제노바에서는 요니와 함께 하늘을 나는 전차를 본 적이 있었다. 이 암호는 두 가지 일 모두를 말하는 게 분명했다. '전차들'이라고 했으니 말이다.

전차들의 시간이라? 함께 전차를 타거나 본 게 몇 시였지? 하늘을 나는 전차는 정오쯤, 그러니까 열두 시경에 보았었다. 그리고 전차에서 리케르트 씨를 처음 만났을 때도 정오였다.

그렇다면 낮 열두 시였다. 그리고 지금은―팀은 손목시계를 보았다―오후 다섯 시였다. 그럼 내일 오라는 말인가? 아니면 오늘 열두 시에 이미 갔어야 했단 말인가?

그런데 '시간' 앞에 '검은'이란 말이 더 있었다. 괄호에다 느낌표까지 해서 말이다. 그러면 검은 열두 시란 무얼까?

이번에도 수수께끼는 별로 어렵지 않는데도 얼른 풀리지 않았다.

결국 이 수수께끼도 풀렸다. 검은 시간이란 밤 열두 시를 말했던 거다.(그렇다면 아직 일곱 시간이 남아 있었다.)

그 나머지 메시지도 별로 어렵지 않았다.

　　쥐들을 조심하고 따돌려라. 길은 간단하다.
　　하지만 뒷계단을 이용해서 와라. 우릴 믿고 오라!

무슨 말이냐 하면 남작을 조심해서 몰래 호텔을 빠져나오라는 거였다. 어쩌면 변장을 하라는 것일 수도 있었다. 왜냐하면 '뒷계단'이란 말에서는 변장한 영웅과 악당이 등장하는 낭만 소설의 분위기가 느껴졌기 때문이다.

비밀 쪽지를 다 해독한 팀은 하늘을 나는 기분이었다. 웃고 싶은 충동이 강하게 일었다. 그런데 이상하게도 다른 때와는 달리 입술이 꽉 다물어지지 않았다. 반대로, 입가에 미소가 떠오르는 듯했다.

기쁘고도 놀란 팀은 벌떡 일어나 거울에 얼굴을 비춰 보았다. 제노바의 칸디도 성에서 본 이탈리아 화가의 그림들처럼 입가에 주름이 잡혔다. 자세히 보면 그건 웃음도, 미소도 결코 아니었다. 하지만 입가 주름이 생긴 건 분명했다. 밤나무 아래에서 웃음을 판 후 이런 주름이 생긴 건 처음이었다.

그렇다면 지금 이 순간부터 무엇인가 변화가 일어났다는 말이다. 희망이 화가의 붓처럼 팀의 얼굴에다 마술을 걸어 미소의 씨앗을 돋게 하였다.

팀은 쪽지를 다시 웃옷 주머니에 넣고, 불을 끄고 욕실을 나왔다. 그리고 소파에 다리를 포개고 앉아 생각에 잠겼다.

같은 시각, 남작은—팀이 있는 곳에서 그리 멀리 떨어지지 않은—알스터 정자에 있었다. 남작은 '팔마로' 상표에 이의를 제기한 이집트의 한 회사 사장과 이야기를 나누고 있었다. 그 회사는 남작이 마가린의 이름을 바꿔야 한다고 주장했다.

남작은 웃음을 차지한 후 줄곧 자기의 제2의 천성이 된 침착함과 우월감을 이 자리에서는 발휘하지 못했다. 물론 마가린이 예정된 이름으로 하루빨리 구매자들을 정복하느냐 그렇지 못하느냐에 따라 성패가 달린 일이 많은 건 사실이었다. 하지만 남작은 이 일이 자기에게 얼마나 중요한 것인지 상대방이 눈치 채게 해서는 안 되었다. 그러려면 입가에 미소를 머금고 태연함을 보여 주어야 했다. 바로 이런 일을 위해, 이런 목적 달성을 위해 웃음을 사지 않았던가.

그런데 남작이 필요하다고 생각되는 대목에서 웃음을 터뜨렸을 때, 꺄르륵 하는 소리와 딸꾹질까지 나왔지만, 뭔가 허전한 느낌이 들었다. 의도와는 달리 웃음이 상대방을 난처하게 만든 것 같았다.

남작은 잠시 실례하겠다는 말을 하고, 정자의 화장실로 갔다. 거기서 남작은 거울 앞에 서서 팀의 웃음을 지어 보이며 자기의 얼굴을 자세히 들여다보았다.

얼핏 봐선 모든 것이 그대로였다. 그런데 자세히 보면 —남작은 거울 앞에서 한 번 더 웃어 보았다—입가의 예쁜 주름이 보이지 않았다. 그래서 웃음이 억지웃음으로, 다시 말하면 만들어서 웃는 느낌을 주었다. 남이 쓰다 만 웃음 같았다.

지난 몇 해 동안 잊고 있었던 감정이 솟구쳤다. 그건 경악이었다. 그리고 아주 오랜만에 뼈아픈 후회 같은 것을 느꼈다. 뭔가 나쁜 짓을 했다는 후회가 아니라(남작은 뭐가 나쁘고 뭐가 착한지 몰랐다), 자기가 어리석은 짓을 저질렀다는 걸 깨달았기 때문이다.

다이아몬드처럼 반짝거리고 단단한 이 값진 웃음, 꺄르륵 하는 소리와 딸꾹질이 뒤섞인 이 웃음을 남작은 다른 방법으로, 더 간단한 방법으로 자기 것으로 만들어야 했다. 조목조목 흥정을 하고 계약서를 써서 될 일이 아니었다. 내기에 이길 수 있는 마술 능력으로 욕심을 부릴 일도 아니었다. 그게 아니라……

그때 갑자기 이집트 회사의 사장이 화장실로 들어와 약간 일그러지고 창백해진 남작의 얼굴을 보았다. 이집트 사장은 남작이 '팔마로' 상표 때문에 너무나 당황하고 있다고 짐작했고, 남작은 이집트 사장이 그렇게 짐작하고 있다는 걸 짐작했다. 그야말로 상황은 얽히고설켜 갔다. 남작은 웃음을 이용해 볼 엄두가 나지 않았다. 갑자기 웃음에 자신이 없어졌다. 그래서 얼토당토 않게 속이 안 좋은 척하면서 말했다.

"내일 카이로에서 다시 의논해 봅시다. 몸이 별로 안 좋아서요. 가재 요리가 좀⋯⋯."

곧 남작은 알스터 정자를 나와 나는 메뚜기처럼 껑충껑충 호텔로 뛰어갔다. 고상하게 분칠을 한 부인들과 느릿느릿 걸음을 걷던 신사들이 품위 있는 융페른 산책길에서 뛰어가는 남작을 보고 눈살을 찌푸리며 한마디씩 했다.

"이 좋은 산책길을 저렇게 뛰어다니다니, 저런, 교양 없는 사람 같으니라고!"

하지만 남작에게는 아무것도 보이지도, 들리지도 않았다. 남작은 웃음이 자기에게서 빠져나가려고 한다는 걸 느끼고 있었다. 어떤 식으로인지도 예감했다. 그래서 안간힘을 써서 웃음을 구해 내 이로 꽉 물고 늘어질 참이었다.

남작은 새 융페른 산책길을 건너가, 행인과 달리는 차에도 아랑곳하지 않고, 미친 사람처럼 앞으로 달려갔다. 그러다 호텔 앞 차도 한가운데에서 비틀거리고 말았다. 끼익 하고 브레이크 밟는 소리와 사람들의 비명 소리가 들렸다. 뭔가 엉덩이에서 뜨거운 것이 흘러내리는 걸 느끼며, 남작은 정신을 잃기 전에 외마디 비명을 질렀다.

"팀 탈러!"

이 교통사고는 돌연히 일어난 일이지만 사실 충분히 예고된 것이기도 했다. 공포는 불안을 낳는다. 불안은 혼란을 낳고, 혼란은 필시 사고를 낳는 법이다. 그러니 남작이 웃음에 대해 불안해하기 시작하면서 자동차 앞으로 뛰어든 건 당연한 일이었다. 그렇지만 남작의 몸은 급작스러운 사고의 결과치고는 질겼다. 차가 가까스로 브레이크를 잡아, 남작은 바퀴 아래 깔리지 않았다. 의식을 잃은 건 쓰러질 때의 충격 때문이었다.

남작 뒤를 따라 허겁지겁 달려온 두 감시원이 오륙 분 만에 달려온 구급차에 남작을 싣고 병원으로 갔다.

남작은 병원에서 상당히 빨리 의식을 되찾았다. 깨어나서 처음 한 말은 병원에 있던 사람들 누구도 이해할 수 없는 말이었다.

"마지막에 웃는 자가 승리자다."

곧 의사가 오자 남작은 지친 목소리로 감시원에게 이제 가 보라고 했다. 그러면서 농담을 한마디 덧붙였다.

"병원은 경건한 마음으로 사람들을 보호해 주는 곳이니까."

남작은 살짝 웃었다. 웃으니 기분이 좋아지는 것 같았다.

감시원들이 나간 뒤, 남작은 정밀 진찰을 받았다. 약간 멍이 들고, 뇌에 가벼운 충격을 받았다고 했다. 며칠 동안 가벼운 식사에 휴식을 취하라는 처방이 내려졌다. 거기다 가능하면 사람들을 만나지 말라고 했다.

이런 충고에도 불구하고, 그날 남작을 찾아온 이상한 사람이 있었다. 니켈 안경을 쓴, 볼품없고 키 작은 남자였다. 그 사람은 쭈글쭈글한 얼굴에 쭈글쭈글한 옷을 걸치고 있었다. 간호사는 무척이나 고상해 보이는 환자가 그런 사람을 안다는 데 놀랐다.

남작은 그 사람에게 몇 마디 묻고 몇 가지 지시를 했다.

"경마장 일이 있고 나서 그 애를 다시 본 적이 있나요?"

"없는데요, 남작님."

"목소리를 낮춰요. 난 미스터 브라운이에요."

"네, 알겠습니다, 남, 미스터 브라운. 제가 말씀드리려는 건 제가 신문에 난 그 애 사진은 보았다는 겁니다요."

"그 정도면 됐어요. 그래도 가능하면 한 번 더 그 애를 봐 줘요. 단, 눈에 띄지 않게요. 그 애가 당신을 알아볼지도 모르니까. 니켈 안경으론 별로 인상이 달라지지 않아요."

"네, 알겠습니다, 남, 미스터 브라운."

"자, 한 번 더 말하겠는데, 절대로 들켜서는 안 돼요. 우리 감시원들 외에 누군가 감시하는 사람이 더 있다는 걸 그 애가 눈치 채서는 안 된단 말이에요. 알았어요?"

"네, 알겠습니다."

"그리고 한 가지 더 물어볼 게……."

"네 말씀하십시오, 미스터 브라운."

"이건 그냥 개인적인 질문인데, 달라붙는 백조 동화를 알아요?"

"알다마다요! 제가 이 년 전에 여기 함부르크에서 그 애를 따라다녔을 때 저도 그걸 본 적이 있습죠, 남, 미스터 브라운. 그때 그 애는 리케르트 집안 사람들과 같이 극장에 갔어요. 그때 본 연극 제목이 바로 '달라붙는 백조'였습니다요."

"아, 그래요! 이제 알겠어요."

남작은 잠시 눈을 감았다. 그리고 택시 안에 자기가 앉아 있고 옆에는 팀이 있던 광경을 떠올려 보았다. 그때 택시 운전사가 이렇게 말했었다.

"그것 참 빠르네요. 백조에 달라붙기만큼 빠르군요."

다시 남작은 팀의 얼굴을 떠올렸다. 처음에는 움찔하더니 곧 돌처럼 굳어졌었다. 흥분을 감추는 커튼이 쳐진 것이었다.(남작은 그게 뭔지 잘 알고 있었다.) 그제야 남작은 운전사가 달라붙는 백조 이야기를 한 이유를 깨달았다. 니켈 안경을 쓴 남자한테 그 동화 이야기를 듣고 나니 더 많은 것을 알게 되었다.

남작의 놀라운 능력 중 하나는 숫자에 대한 기억력이었다. 한 번본 숫자는 좀체 잊는 법이 없었다. 이번에도 남작은 택시 번호를 기억해 냈다. 남작은 신문지를 찢어 택시 번호를 적어 니켈 안경을 쓴 사람에게 주었다.

"만약 그 애가 이 번호의 택시에 오르면 즉각 내게 보고하세요. 간

호사한테 내 전화번호를 물어 거기 아래에다 적어 둬요. 알겠어요?"

"네, 알겠습니다. 미스터 브라운!"

"내 운전사가 시동을 건 채 병원 앞에서 기다리고 있을 거요. 운전사한테 가서 전해요. 차를 빌려 놓으라고요. 절대 회사 차는 말고요. 그리고 그 애가 여기 적힌 택시를 타면 당장 내게 전화해요, 당, 장! 일분일초를 다투는 일일 수 있어요."

"네, 알겠습니다."

"그럼, 가 봐요."

그 사람이 몸을 돌려 나가려는데, 남작은 다시 불렀다.

"이 사람들이 변장을 하고 움직이는 것 같아요. 그 애도 변장할지 몰라요. 혹시 몰라 말해 두는 거요."

"알겠습니다, 남, 미스터 브라운."

남자가 나가자, 남작은 자리에서 일어나 절뚝거리며 문으로 가 살그머니 문을 잠갔다. 그리고 옷을 모두 갖춰 입고 구두까지 신고 다시 살그머니 문을 열어 둔 다음, 양복을 입은 채로 침대에 누웠다. 그때 전화벨이 울렸다. 팀이었다.

"좀 어떠세요, 남작?"

남작은 한숨을 내쉬었다.

"끔찍해요, 탈러 씨. 뼈가 부러지고 뇌에 심각한 충격을 받았다고 해요. 꼼짝도 못하겠어요."

남작은 숨을 죽이고 수화기에 귀를 기울였다. 그러나 팀의 차분한 목소리만 들릴 따름이었다.

"그럼 길게 통화하면 안 되겠군요. 얼른 나으세요, 남작. 몸조리 잘해요."

"걱정하지 마세요, 탈러 씨!"

남작은 수화기를 살살 내려놓았다. 그러고는 베개에다 몸을 기대고 창밖을 내다보았다. 바깥에서는 제비 두 마리가 한가로이 노닐며 날았다.

32장 뒷계단

팀의 방은 호텔 뒤쪽에 있었다. 그래서 팀은 남작이 사고를 당할 때 외치는 소리를 듣지 못했다. 그리고 모두가 우왕좌왕하느라 팀에게 알리지도 않아서, 팀은 나중에야 사고 소식을 들었다. 남작과 짧게 전화 통화를 하고 나자, 이 교통사고도 오늘 일어난 모든 일과 마찬가지로 '추리 소설' 같은 느낌이 들었다. 남작이 심하게 다친 것 같다고 하니, 이런 느낌을 가지는 게 좀 미안했다. 하지만 동정심 따윈 금물이었다.

팀의 다음 행동도 '추리 소설' 같았다. 비밀 쪽지에 적혀 있고("뒷계단을 이용하라!"), 남작이 추측한 것("그 애가 변장할지도 몰라요.")을 실행하기 위해 팀은 준비를 시작했다. 지난해 남작이 용돈을 좀 더 넉넉하게 주었던 게 도움이 되었다.

팀은 청소하는 아가씨를 불러, 아무도 몰래 낡은 선원 옷을 급히 구해 오면 삼백 마르크를 주겠노라고 했다. 청바지에 목까지 올라오는 짙은 갈색 스웨터에 모자까지 부탁했다.

아가씨는—추리 소설을 읽은 듯했는데—이 비밀스러운 일을 긴장감이 넘치고 흥분되는 일로 여겼다. 아가씨는 기독교 선박에 자기를 좋아하는 남자가 있는데, 여덟 시에 만나기로 되어 있다고 했다. 그 남자에게서 옷을 받아 올 수 있을 거라고 장담했다.

"좋아요. 그걸 새 침대보에 둘둘 말아 아홉 시에 가져다 줘요!"

"하지만 미스터 브라운(남작과 팀은 이 호텔에서 미스터 브라운 부자로 통했다), 우리는 아홉 시에 침대보를 바꾸지 않아요! 목욕 수건이라면 몰라도요!"

"그럼 옷을 목욕 수건에다 싸세요. 나야 아무래도 상관없지요. 중요한 건 옷을 받는다는 거죠."

"그런데 밖에 있는 남자분한테는 뭐라고 해야 할까요, 미스터 브라운?"

"누구 말이에요?"

"당신이 뭘 하는지 살피라면서 백 마르크를 준 사람요."

"아, 감시원요. 그에게는 내가 두통약을 달라고 해서 욕실에 약이 있다는 걸 가르쳐 주고 나오는 길이라고 말하세요."

"알았어요, 미스터 브라운."

"그리고 부탁할 게 한 가지 더 있어요. 오늘 저녁 아홉 시에 올 때는 아마 퇴근한 뒤겠지요?"

"네."

"그래도 당신 근무복을 잠깐 입고 오면 안 될까요?"

"어차피 그러려고 했어요. 옷이 집에 한 벌 더 있거든요. 외투 아래에다 그걸 입으면 돼요. 모자 위에는 머릿수건을 두르고요. 그렇게 하면 여기서 야단스럽게 옷을 갈아입지 않아도 돼요."

팀의 입가에 주름이 두 개 또렷이 생겼다.

"좋은 생각이에요. 그럼 당신이 오는 걸로 알고 있으면 되죠?"

"물론이죠, 미스터 브라운. 그리고 저도 분명히 당신이 돈을 주실 걸로 알고 있으면 되죠?"

"그거야 지금 드리죠."

팀은 주머니에서 삼백 마르크를 꺼내 아가씨에게 주었다.

아가씨는 웃으면서 말했다.

"이거 너무 경솔하신 거 아니에요? 이런 돈은 미리 주지 않는 법인데요. 하지만 실망시켜 드리지 않을게요. 고마워요! 이따 봐요!"

"아홉 시에 봅시다."

팀은 문을 닫고 다시 누웠다. 잠이 올 것 같진 않았지만, 적어도 머리를 식힐 수는 있지 않을까 해서였다.

아홉 시 조금 지나 약속한 대로 아가씨가 다시 왔다. 검은색 인조 비단 근무복에 하얀 모자를 쓰고서, 목욕 수건을 가슴에 안고 있었다. 아가씨가 소곤댔다.

"바깥에 있는 감시원이 무슨 일이냐고 물었어요. 오늘 오후에 당신이 아홉 시쯤 새 목욕 수건을 갖다달라고 했다고 했어요."

"고마워요."

팀은 밖에까지 들리게 말했다. 그러고는 목소리를 낮추고 말했다. "기독교 선박에 있는 당신 애인에게도 고맙다고 전해 줘요."

이번에는 아가씨가 큰 소리로 대답했다.

"고마워요, 미스터 브라운! 정말 감사합니다!"

방을 나가면서 아가씨가 윙크를 했다. 팀도 윙크로 답했다.

아가씨의 애인은 다행히 요니처럼 몸집이 큰 사람이 아니었다. 팀보다 약간 더 큰 사람인 것 같았다. 바지는 멜빵으로 추켜올릴 수 있었고, 스웨터야 약간 헐렁해도 괜찮았다.

거울에 비친 모습을―특히 챙이 달린 모자를 쓴 모습을―보니 팀 자신도 잘 알아보지 못할 정도였다. 다만 얼굴의 부드러운 피부만큼은 여전했다. 그래서 그것도 바꾸기로 했다. 팀은 욕실에 있던 속돌로 뺨을 비빈 다음, 화분의 흙으로 뺨을 문질렀다. 그러고는 얼굴 전체를 씻고 다시 흙을 발랐다. 그리고 또 한 번, 또다시 한 번……. 결과는 만족스러웠다. 팀의 얼굴이 방금 홍역을 치르고 난 사람처럼 변해 있었다. 머리끝에서 발끝까지 팀에게선 뱃사람 냄새가 물씬 풍겼다.

그 다음에 팀은 무엇을 가지고 갈 건지를 골똘히 생각해야 했다. 이제 다시는 이 방으로 돌아오지 못할 테니까. 웃음을 되찾게 되면 부유한 상속자의 역할도 끝날 것이다. 섭섭한 마음은 없었다. 그렇다면 무엇을 가져갈 것인가?

팀은 몇 장의 서류를 챙겼다. 그 외 다른 것은 갖고 가지 않기로 결정했다. 신분증, 웃음을 판 계약서, HHD 선박회사를 매입한 계약서, 인형극단 매입 계약서 그리고 깨알 같은 글씨가 쓰인 비밀 쪽지. 이 다섯 장의 종이를 조심스레 접어서 선원 바지의 넉넉한 뒷주머니에다 잘 넣고, 혹시 몰라 단추도 채웠다.

팀은 자기 삶에서 가장 중요한 일을 하기 위한 준비를 끝냈다.(그럭저럭하는 동안 거의 열한 시가 다 되었다.) 아직 할 일이 하나 남아 있긴 했다. 팀은 담배 세 대를 연달아 피워 댔다. 그랬더니 팀에게 담배 냄새가 배었고 목소리도 약간 걸걸해졌다.(팀은 평소에 담배를 피우지 않았다. 다만 손님들을 위해 나무로 된 담배 케이스에 담배를 늘 채워 두곤 했다.)

문제는 감시원의 눈에 띄지 않게 호텔을 빠져나가는 것이었다.(담배를 피우느라 그새 열한 시 십오 분이 되었다.) 창문으로 기어나가면 금방 눈에 띌 것이다. 그러니 호텔 복도를 통해서 가는 수밖에 없었다. 그러려면 복도에 있는 감시원을 따돌려야 했다. 때마침 팀에게 좋은 생각이 떠올랐다. 팀은 빨리 완쾌하기를 바란다는 짧은 편지를 남작 앞으로 쓰고 초인종을 눌러 사람을 불렀다.(열한 시 삼십 분이었다.)

달려온 호텔 보이는 대략 팀의 나이쯤으로 보였지만 인상은 훨씬 더 어려 보였다. 빨간 머리에 심한 들창코였는데, 그렇다고 문제 될 건 없었다.

"이백 마르크를 줄 테니 나를 위해 연극을 좀 해 주지 않을래요?"(그건 팀의 용돈에서 남은 돈 전부였다.)

보이가 씩 웃었다.

"무슨 일인데요?"

"이 방문 앞에 내 감시원이 있는데……."

여전히 빙그레 웃으며 보이가 말했다.

"저도 알고 있어요."

"그 사람을 따돌려 줘요. 이 편지를 당신 웃옷의 소매깃에다 보일락 말락 하게 넣어요. 감시원이 무슨 편지냐고 물으면―내가 알기론 분명히 그렇게 물을 거예요―편지를 보여 줘서는 안 되는 것처럼 당황스러운 표정을 지어요. 그러면서 빠른 걸음으로 복도 구석 자리로 가는 거예요. 그럼 감시원이 따라와, 편지를 보는 대신 돈을 주겠다고 할 거예요."

"분명 그러겠지요, 미스터 브라운."

"틀림없어요. 내가 알아요. 이제 내가 부탁할 건, 내가 방을 나가 호텔 뒷문으로 빠져나갈 때까지 그 감시원과 옥신각신하라는 거예요. 물론 편지는 그 사람이 봐도 돼요."

붉은 머리카락 아래로 들창코가 우스꽝스럽게 벌름거렸다.

"그러니까 그 사람을 사오 분 정도 붙잡고 있으면 되는군요. 그런 거라면 할 수 있을 거예요. 그럼 그 사람한테 가격을 좀 높게 올려받을 수 있을 테니 당신은 그냥 백 마르크만 주서도 돼요."

팀은 뭐라고 말하려 했지만, 보이가 관두라는 손짓을 했다.

"아니에요, 아니에요, 그냥 두세요. 백 마르크면 충분해요. 그런 행색을 한 걸 보니 분명히 그렇게 돈 많은 사람한테 가는 것도 아닌 것 같은데요, 뭘. 그러니 돈을 좀 갖고 가시는 게 좋을 거예요."

"그러고 보니 그렇기도 하네요. 정말 고마워요. 여기 편지 있어요. 이건 백 마르크고요. 감시원을 구석으로 데려가거든 헛기침으로 신호해 줘요."

"당장 그렇게 하죠, 미스터 브라운!"

보이는 돈은 안주머니에, 편지는 소매깃에 넣었다. 그러고는—규정에 어긋남에도 불구하고—팀에게 손을 내밀고 "행운이 함께하기를 빌어요." 하고 말했다.

팀은 진지하게 대답하면서 악수를 했다.

"나도 그랬으면 좋겠어요."

보이가 나가고 나서부터 팀은 문에다 귀를 갖다 댔다. 가슴이 다시 두방망이질하기 시작했다.

그때 험험 하고 헛기침 소리가 들렸다.(열한 시 사십오 분이었다.) 조심조심 문을 열었다. 복도에는 아무도 보이지 않았다.

팀은 소리를 낮추고 재빨리 문을 다시 닫았다. 몇 걸음만 가면, 호텔 뒷문으로 통하는 계단이 있었다.("뒷계단을 이용하라." 팀은 그렇게 했다.)

팀은 무사히 호텔을 빠져나올 수 있었다. 호텔 방을 청소하는 한 아가씨에게 "안녕하세요." 하고 우물거리며 인사를 했지만, 팀을 알아보지 못하는 것 같았다.

가로등 불빛을 받아 길거리가 반짝거렸다. 함부르크 전체에 보슬비가 내리기 시작한 것 같았다. 우산을 받쳐든 한 남자가 길 건너편에 있었지만, 고개를 돌려 다른 곳을 보고 있었다. 가로등 불빛 아래에서 그의 니켈 안경 테가 번쩍거렸다.

'절대로 뛰어서는 안 돼! 어슬렁거리고, 휘파람을 불며 선원 흉내를 낼 것.'

팀은 어디로 갈지 모르는 사람처럼 두리번거리다, 휘파람을 불며 시청을 향했다. 쫓아오는 사람은 없었다. 그래도 뒤돌아볼 용기는 나지 않았다. 애써 느릿느릿 걸었지만 속마음은 흥분으로 터질 것만 같았다. 그렇게 한 걸음 한 걸음 걸어가 골목을 돌았다. 그때부터 팀은 달리기 시작했다.

시청의 광장 바로 앞에 와서야—탑의 시계가 막 열두 시를 알리고 있었다—팀은 멈추었다. 광장에는 택시가 줄지어 서 있었다. 하지만 시동을 걸어 놓은 택시는 한 대밖에 없었다. 변장한 팀이 느릿느릿 그 택시로 가 보니 요니가 앉아 있었다. 요니도 변장을 하고 있긴 마찬가지였다.

탑의 시계가 열두 시 종을 마지막으로 울렸다. '전차들의 검은 시간', 자정이었다. 팀은 택시 문을 열고 앞 좌석에 앉았다.

광장을 두리번거리느라 손님은 쳐다보지도 않고 요니가 말했다.

"죄송합니다. 손님을 기다리고 있어서요. 다른 택시를 타셔야겠는데요."

팀이 나지막이 대답했다.

"달라붙는 백조를 방문하라. 공주가 얻은 것을 얻어라."

요니가 휙 고개를 돌렸다.

"아이고 맙소사, 팀, 정말 못 알아보겠구나!"

"호텔 방 청소하는 아가씨의 애인이 기독교 선박에서 일하거든요."

"누구 따라온 사람 있니?"

"없는 것 같은데요."

택시는 몇몇 불이 밝혀진 쇼윈도 사이를 지나 시장 쪽으로 가다, 오른쪽으로 급커브를 돌아 항구 쪽으로 방향을 잡았다.

"누가 아저씨도 미행해요?"

"그럴지도 모르지. 한 시간 전부터 누가 날 엿보고 있다는 느낌이

들거든. 그냥 느낌이 그렇다는 것뿐이야. 지금까지 나를 쫓아오는 차나 사람은 특별히 없었어. 우린 샛길을 이용할 거야."

팀은 요니 곁에 앉자 흥분했던 마음이 조금 가라앉았다. 한밤에 이렇게 택시를 타는 걸 훨씬 더 긴장감 넘치는 일로 상상했었는데, 비밀스럽게 보이는 어두운 샛길로 줄곧 달리고 있긴 하지만, 지금이야말로 추리 소설 같은 사건이 많았던 하루 중에 가장 조용한 순간이었다.

요니는 차를 빨리 몰았지만, 안전하게 운전했다. 가끔씩 백미러를 바라보곤 했다. 따라오는 사람은 없는 것 같았다.

(하지만 라이트를 끄고 두 사람을 뒤쫓아오는 차가 있었다.)

몇 번이고 팀은 크레쉬미르에 대해 물어보려고 말을 꺼냈지만 그때마다 요니가 말을 끊었다.

"기다려 봐, 그 친구를 볼 때까지. 부탁이야."

"그러면 크레쉬미르하고 상관없는 얘기는 물어봐도 돼요?"

"뭔데?"

(차는 벌써 알토나를 통과하고 있었다.)

"남작과 내가 비행기를 타고 온다는 걸 어떻게 알았어요?"

요니가 웃음을 터뜨렸다.

"셀렉 바이란 사람을 아니?"

"알다마다요!"

"그 사람이 우리한테 연락해 줬어. 너희 비행기가 도착했을 때, 우린 비행장의 모든 택시를 쉬게 했지. 이 택시 말고는 다른 택시를 못 타게 말이야. 이건 내 처남 차야."

"그런데 우리가 택시를 타게 될 거라는 건 어떻게 알았어요? 우리는 보통 회사 차를 타는데 말이에요."

"셀렉 바이는 너와 남작이 신분을 속이고 온다는 걸 알고 있었어. 네가 도착하는 걸 회사도 전혀 모른다는 거야. 남작에게 네 새엄마를 보내 귀찮게 할 생각도 셀렉 바이가 한 거야. 그게 뭐 좀 도움이 되었니?"

"아뇨, 전혀요. 만약에 크레쉬미르 아저씨도 도움이 안 된다면, 그럼……."

"그럼 내 손에 장을 지지마, 팀. 네가 보는 앞에서 말이야. 자, 그 얘긴 더 이상 하지 말고, 일단 기다려 보렴!"

(두 사람은 엘프 가에서 그리 멀지 않은 곳, 외벨퀸네 근처에 와 있었다.)

갑자기 요니가 뜬금없이 웃기 시작했다.

"왜 그래요?"

"네가 남작과 한 거래를 생각했어. 선박회사와 네 주식을 바꾼 거 말이야. 물론 난 당장 머리를 굴려, 내가 잘 아는 선박회사 가운데 팔려고 내놓은 회사를 댔지. 너, 정말로 그 회사를 사긴 산 거니?"

"주머니에 매매 계약서가 들어 있어요, 아저씨."

"널 존경해, 팀! HHD는 장사가 아주 잘되는 회사란다! 네가 혹

키잡이가 필요하거든…….”

두 사람은 엘프 가로 접어들었다. 그때에야 요니는 라이트를 끄고 따라오는 자동차를 백미러로 보았다.

요니는 팀에게는 아무 말도 하지 않고 다만 속도를 높이고 계속 백미러로 힐끔거리며 뒤를 살폈다. 팀이 뭐라고 했지만 요니는 듣고 있지 않았다. 뒤따라오는 자동차도 속도를 높여 점점 더 가까이 따라붙었다.

도살장에서 죽어 가는 돼지가 내지르는 소리처럼 끼익 하는 브레이크 소리가 났다. 요니가 오른손으로 팀의 머리가 앞창에 부딪히는 걸 막았다. 택시가 급정거를 한 거였다. 그 순간 불을 끄고 뒤따라오던 차가 쌩 하고 그들의 곁을 스쳐 지나갔다.

요니가 고함을 쳤다.

“내려!”

그때 앞에서도 끼이익 요란하게 브레이크 밟는 소리가 들렸다. 요니는 팀을 끌고 갔다. 거리를 건너, 좁고 가파른 계단을 내려갔다. 오른쪽 덤불 있는 쪽으로 가서 담을 넘었다. 맥주창고로 들어가 다른 쪽으로 다시 나왔다. 다시 담을 넘어 더 가파른 두 번째 계단을 내려갔다.

“무슨 일이에요, 아저씨? 누가 쫓아와요?”

“조용히 해, 팀. 머리를 써서 녀석들을 따돌렸어. 아래에 크레쉬미르가 있어.”

팀은 발을 헛디뎌 비틀거렸다. 요니가 팀을 일으켜 덥석 안고는 마지막 계단까지 내려갔다. 팀의 시선이 불빛에 비친 팻말을 스쳐 갔다.

"악마의 계단."

요니는 팀을 내려놓고 휘파람을 불었다. 근처 어디에선가 휘파람 소리가 들려왔다.

요니가 속삭였다.

"크레쉬미르가 말하는 대로 당장 해야 해."

어둠 속에서 두 개의 형체가 나타났다. 크레쉬미르와 리케르트 씨였다. 그 순간 팀의 목에서 울컥 올라오는 그 무엇이 이번에는 적어도 사과만 했다.

귀에 익은 크레쉬미르의 목소리가 들렸다.

"팀, 내게 손을 내밀고, 네가 웃음을 되찾는다고 내기를 해. 어서!"

뭐가 뭔지 모르면서 팀은 손을 내밀었다.

"난 내가……."

"잠깐!"

그때 계단 위에서 누군가 외치는 소리가 났다. 하지만 아무도 보이지 않았다.

크레쉬미르는 차분하고 단호하게 말했다.

"난, 네가 네 웃음을 되찾지 못한다고 내기를 걸겠어, 팀. 일 페니히를 걸고!"

"그럼 난……."

"잠깐!"

또다시 외치는 소리가 들렸다.

요니가 속삭였다.

"계속해!"

"그럼 난, 내 웃음을 되찾는다고 내기를 걸겠어요. 일 페니히를 걸고요."

늘 그렇듯이 요니가 돌아가며 손을 쳤다. 그러고 나자 곧 쥐 죽은 듯 조용해졌다.

팀은 친구들이 시키는 대로 내기를 하긴 했다. 하지만 대체 무슨 영문인지 알 수 없었다. 어쩔 줄 몰라 하며 말없이 제자리에 서 있을 따름이었다. 멀리서 비치는 가로등 불빛을 받으며, 친근한 세 얼굴이 팀을 바라보았다. 팀의 얼굴은 불빛을 등지고 있었다. 어둠 속에서 이마 한 부분만 하얗게 빛났다.

리케르트 씨의 시선이 홀린 듯 팀의 창백한 이마에 매달렸다. 이와 똑같은 불빛 아래에서 팀의 저런 모습을 본 적이 있었다. 여기서 멀지 않은 곳에 있는 극장에서 인형극을 볼 때였다. '웃어야 할 때에 웃을 수 있어야 사람인 거지요.' 그렇다면 지금이 그 웃어야 할 때일까? 리케르트 씨는 속으로 걱정스럽게 생각했다.

크레쉬미르와 요니의 시선도 불빛을 받고 있는 이 이마에 뚫어지도록 박혀 있었다. 어둠 속에서 보이는 것이라곤 그것밖에 없었다.

어둠 속에서 팀은 발끝을 내려다보고 있었다. 그렇지만 친구들이 보내는 묻는 듯한 시선을 느끼고 있었다. 뭔가 배 속에서 올라오는 게 느껴졌지만 비참한 기분이 들었다. 그 무언가는 나지막하고 가벼운 것, 새와 같은 것, 바깥으로 몰려 나오는 종달새 노래 같은 것이었다. 하지만 팀은 이것을 감당하기가 너무나 힘이 들었다. 팀은 어쩔 줄 몰랐다. 딸꾹질을 참을 수가 없듯이, 팀은 터져 나오는 까르륵하는 웃음과 딸꾹질을 어쩌지 못했다. 팀이 웃음을 소유한 것이 아니라, 웃음이 팀을 소유한 꼴이었다. 오랫동안 갈망했고 여러 해 동안 기다리고 기다리던 순간이 드디어 다가온 지금, 팀은 웃음을 감당할 수가 없었다. 팀이 웃음을 웃는 게 아니라, 웃음이 팀에게서 저절로 터져 나왔다.

팀은 이 행복에 자신을 내맡겼다. 그 옛날 인형극을 보면서 웃음과 울음의 몸짓이 얼마나 비슷한가를 깨달았다면, 지금은 웃음과 울음이 본질적으로 서로 구분되지 않음을 체험하고 있었다. 팀은 우는 것 같기도 하고 웃는 것 같기도 했다. 그렇게 스스로의 격동을 그냥 내버려두었다. 온몸이 들썩이고, 눈물이 하염없이 흘러 뺨을 적셨다. 속절없이 두 팔을 늘어뜨린 채, 모든 것이 하나가 되었다. 팀은 마치 다시 한 번 세상에 태어난 기분이었다.

그러고 나서 곧 이상한 일이 벌어졌다. 눈물 때문에 앞이 뿌연 가운데 세 사람의 밝은 얼굴이 자기를 향해 다가오는 것이 보였다. 갑자기 현재와 과거가 뒤바뀌기 시작했다. 어린 팀이 경마장 창구 앞에 있었다. 돈을 땄다. 그것도 많은 돈을. 돈을 딴 게 너무 기쁜데, 이 기쁨을 함께 할 아버지가 없어서 어린 팀은 울었다. 그러자 걸걸한 남자 목소리가 들렸다.

"어이, 꼬마야, 너처럼 그렇게 운이 좋으면 울지 않는 법이란다."

팀은 고개를 들었다. 기억 한구석에서 쭈글쭈글한 양복에 쭈글쭈글한 얼굴을 한 한 남자가 걸어나왔다. 그 사람의 모습은 다시 희미하게 멀어져 가고, 그 자리에 다른 형체가, 크고 우람한 형체가 나타났다. 요니였다. 그리고 요니와 함께 다시 갑자기 현재로 돌아왔다. 외벨킨네의 식당 앞, 깜깜한 밤, 저 위 암흑으로 이어지는 계단의 가로등, 그리고 우는지 웃는지 씰룩거리는 세 친구의 얼굴.

팀은 폭풍우를 맞은 듯, 다시 찾은 자기의 웃음에 휩싸였다. 차츰 바람이 잦아들었다. 다시 웃음의 주인이 된 것이다. 뺨 위로 흐르는 눈물을 손으로 훔치며 팀이 조용히 물었다.

"제가 함부르크를 떠날 때 뭐라고 했는지 기억하세요, 리케르트 아저씨?"

"아니, 잘 모르겠다."

"그때 제가 그랬죠. 제가 다시 돌아올 때는 웃을 거라고요. 그리고 지금 난 웃을 수 있어요, 리케르트 아저씨! 웃을 수 있다고요, 크레쉬미르 아저씨! 요니 아저씨! 나 웃을 수 있어요. 그런데……."

꺄르륵 하고 웃고 딸꾹질을 하느라 팀은 잠시 하던 말을 멈췄다.

"그런데 어떻게 된 영문인지 모르겠어요."

너무 기쁜 나머지 팀이 정신이라도 잃을까 봐 걱정했던 사람들은 팀이 다시 정신을 차리자 마음을 놓았다.

크레쉬미르가 설명했다.

"넌 진작부터 웃을 수 있었는데 말이야."

"무슨 말씀이에요?"

"나랑 했던 내기가 어떤 거였지?"

"내가 웃음을 되찾는다고 내기를 걸었죠."

"맞아. 그럼 네가 내기에 이겼으면 어떻게 되었겠니?"

"그럼 내가 웃음을 되찾았겠죠. 그리고 진짜로 그렇게 되었고요!"

"하지만 네가 내기에 졌어도 넌 웃음을 되찾았을 거야, 팀."

그제야 팀은 깨달았다. 팀은 이마를 치며 웃으면서 소리쳤다.

"그렇군요! 내기에 지면 웃음을 돌려받는 거니까요. 웃음을 돌려 받는 내기를 아무하고라도 할 수 있었을 텐데. 어떻게든 웃음을 되 찾았을 텐데 말이에요."

요니가 말했다.

"그렇게 간단한 건 아니었단다, 얘야. 아무나하고 그런 내기를 할 수는 없었어. 그랬다면 넌 네가 웃음을 잃었다는 걸 털어놓는 셈이 고, 그건 네가 해서는 안 되는 거잖아. 넌 남작과의 계약에 대해 알 고 있는 사람하고만 내기를 할 수 있었어. 바로 크레쉬미르랑만 말 이야."

크레쉬미르가 덧붙여 말했다.

"나랑 하는 내기는 절대로 안전하지."

더 이상 웃음을 잃은 환자가 아니었기에, 다시 건강하고 완전한 사람이 되었기에, 팀은 갑자기 모든 것이 얼마나 간단한 일이었는지 깨닫게 되었다. 그동안 혼란스럽고 절망한 팀은 안전하고 가까운 길을 놔두고 뒷계단을 이용했던 것이다. 그래서 수백만의 돈이 왔다 갔다 하는 복잡한 계획을 세우기도 했었다. 하지만 막상 웃음을 되찾는 데에는 마가린 8분의 1어치 값도 들지 않았다. 바로 단돈 일 페니히가 들었으니 말이다.

33장 다시 찾은 웃음

　보슬비가 가느다란 이슬비로 바뀌었다. 그래도 아무도 몰랐다. 뚜벅뚜벅 돌계단을 내려오는 소리도 듣지 못했다. 잠시 조용해졌을 때에야 갑자기 뚜벅뚜벅하는 소리가 들려 모두 뒤를 돌아보았다.

　좁은 계단 아래 어둠 속으로 가느다란 형체가 휘청거리며 내려오고 있었다. 검은 바지를 걸친 긴 다리가 가로등 불빛에 점점 더 커지더니, 긴 손가락에 창백한 양손이 나타나고, 하얀 와이셔츠, 그리고 그 위로 기다란 얼굴이 나타났다.

마침내 그 형체는 '악마의 계단'이라고 쓰인 팻말 아래로 가로등 불빛을 받으며 전신을 드러냈다.

그 형체는 지친 듯, 돌로 다듬어 놓은 벽에 몸을 기댔다.

그건 마악 남작이었다.

팀의 가슴에서 종달새의 노래가 몰려나왔다.

'이거야말로 영락없는 뒷계단인걸!'

조롱하듯 이 말이 머릿속에 떠올랐다. 남작은 인형극에 나오는 악마 꼴을 하고 있었다. 사람들의 동정을 살 정도로 우스꽝스러운, 그런 움직이는 인형 말이다.

하지만 다시 웃을 수 있게 된 팀은 종달새의 노래를 감추고 웃지 않았다.

남작은 계단에 앉아 가느다란 입에 석회처럼 새하얀 얼굴로, 계단 아래에 있는 사람들의 얼굴을 바라보았다. 팀이 남작에게로 갔다.

"병원으로 돌아가야 해요, 남작."

남작이 팀을 올려다보았다. 입술을 꽉 다문 채였다.

"남작, 당신은 이대로 앉아 있어서는 안 돼요."

그제야 남작이 입을 열었다. 쉰 목소리였다.

"뭘 걸고 내기를 했어요, 탈러 씨?"

"일 페니히를 걸었어요."

"일 페니히라고?"

남작은 자리를 박차고 일어났지만, 곧 다시 벽에 몸을 기댔다. 그러고는 여자처럼 새된 목소리로 악악거렸다.

"너희들, 내 유산을 걸고 내기를 할 수도 있었을 텐데. 바보들 같으니라고!"

팀도 얼굴을 아는 운전사가 계단으로 뛰어 내려왔다.

"남작님, 이렇게 무리하시면 안 됩니다!"

"이 젊은 친구와 잠깐만 이야기할게요. 그러고 나서 병원으로 데려다 줘요."

"하지만 무슨 일이 생겨도 제 책임이 아닙니다, 남작님!"

운전사는 다시 계단 위로 올라가 거기서 기다렸다. 계단 아래에는 요니, 크레쉬미르, 리케르트 씨가 말없이 팀을 지켜보며 서 있었다.

"잠깐, 당신한테 기대도 될까요, 탈러 씨?"

"그러세요, 남작. 나야 기운이 넘치니까요."

그 말을 할 때, 살짝 웃음이 나왔다. 남작이 팀의 어깨에 기댔다.

"당신 유산 말인데요, 탈러 씨⋯⋯."

"그건 포기할래요."

남작은 멈칫했지만, 잠시뿐이었다.

"그거야말로 현명한 생각이고 일을 수월하게 만드는군요. 선박회사 정도면 당신은 어느 정도는 잘살 수 있을 거예요."

"선박회사는 리케르트 씨한테 줄 거예요."

남작의 눈이 검은 안경 너머로도 보일 만큼 커다래졌다.

"그렇다면 우리 계약이 당신에게 아무런 도움이 되지 않았잖아요. 당신은 처음과 마찬가지로 가난하다고요. 달랑, 망해 가는 인형극장 하나밖에 없잖아요."

그제야 팀은 깔깔 하고 짧게 웃었다.

"당신 말이 맞아요, 남작. 난 다시 출발점으로 돌아왔어요. 하지만 난 지난 몇 해 동안 내가 가졌던 세상 어떤 주식보다 더 값진 걸 지금 갖고 있어요."

"그게 뭔데요?"

대답 대신 팀은 이번에는 맘껏 웃었다. 남작은 손 아래로 팀의 어깨가 들썩이는 걸 느꼈다. 그리고 그 웃음 속에서 새로운 낮은 음들, 밝은 웃음을 어둡게 반주하는 깊고 낮은 음들이 생겨나는 걸 들었다. 그러자 남작은 몸을 돌려 운전사에게 손짓했다. 재빨리 아래로 내려온 운전사가 남작의 팔 하나를 어깨 위에 걸쳤다. 그렇게 팔을 걸친 채로 두 사람은 계단 위로 올라갔다.

팀이 소리쳤다.

"몸조리 잘하세요, 남작! 곧 완전히 나으실 거예요. 그리고 지금까지 내게 가르쳐 준 모든 것에 대해 감사해요!"

남작은 뒤돌아보지 않았다. 다만 남작이 웅얼거리는 말을 운전사가 들었을 따름이다.

"완전히, 완전히라고! 그것 없이는 완전할 수 없어!"

어둠이 남작을 삼켜 버릴 때까지 팀은 남작의 뒷모습을 바라보았다. 아저씨들이 팀에게로 와서, 사라지는 남작을 함께 보았다. 요니가 퉁명스럽게 한마디 했다.

"구린내가 나. 하지만 불쌍한 악마야."

잠시 후 네 사람도 계단 위로 올라갔고, 자동차가 출발하는 소리가 들렸다. 부릉부릉하는 소리가 가까워졌다 다시 멀어졌다.

곧 네 사람은 엘프 가에 도착했다. 건너편 어둠 속에 요니 처남 택시가 서 있었다.

리케르트 씨가 말했다.

"내 차고에다 차를 넣어요. 그동안 우린 잠깐 걸어갈게요."

"아직도 하얀색 저택에 살고 계세요? 남작 말로는 아저씨가 부두 노동자가 되었다고 하던데요."

"그렇기도 해, 팀. 그건 내일 얘기해 주마. 네가 우리 집에 묵었으면 하는데 괜찮은지 모르겠구나."

"물론이죠, 아저씨. 할머니께 제가 웃을 수 있다는 걸 보여 드려야 해요. 아니면……."

팀은 고개를 옆으로 돌렸다.

"할머니가……."

"아니면이라고 할 것 없어, 팀. 어머니는 아직도 정정하시단다. 가자꾸나."

저택 입구에는 불이 밝혀져 있었다. 하얀 문이(그 위 둥근 발코니와 양옆에 밝은 색 사암으로 만든 사자까지 모두) 어둠의 바다에 떠 있는 섬처럼 보였다. 오랫동안 폭풍우에 지친 항해를 끝낸 이에게 어서 오라고 정답게 손짓하는 바닷가이기도 했다.

팀은 부드러운 사자를 향해 걸어가면서 그만 딸꾹질을 하고 말았다. 문이 열리고 할머니가 나오자(포동포동한 할머니는 하얀 치마를 입고 지팡이를 짚고 있었다), 팀은 울며 할머니의 목을 얼싸안고 싶었으나 애써 참았다. 할머니 앞에 선 팀은 웃음과 울음이 뒤섞인 말을 더듬거렸다. 아마도 "할머니, 저 어때요?"라고 한 것 같았다. 하지만 아무도 알아들을 수 없었다. 무슨 말이냐고 묻는 사람도 없었다. 할머니가 나서는 바람에 물을 수도 없었다.

"얘, 아들아, 모두 괜찮은 거지?"

리케르트 씨가 고개를 끄덕이자, 할머니는 휴 하고 안도의 한숨을 내쉬었다.

"그럼 잔치를 벌여야겠구나! 하지만 얘는 자러 가야 해. 지금 정신이 하나도 없을 거야!"

모두 할머니가 시키는 대로 했다. 팀은 싫든 좋든 자러 올라가야 했다. 그리고 그건 정말 잘한 일이었다. 잠자리에 들자마자 금방 깊고 깊은 잠에 곯아떨어졌으니 말이다.

다음날 팀이 깨어났을 때, 할머니는 팀과 단둘이 집에 있고 싶어했다. 그리고 그건 별로 어렵지 않았다. 한낮이 되어서야 팀이 깨어났기 때문이다.

두 사람은 함께 늦은 아침을 배불리 먹었다.(할머니는 아침을 하도 맛있게 들어서, 그날 두 번째 아침도 즐겁게 드셨다.) 아침을 먹은 후 팀은 할머니에게 함부르크를 떠나 겪은 일을 하나하나 자세히 이야기했다. 팀은 신바람이 나 있었다.

손으로 신문을 흔들며 팀이 외쳤다. "센사찌오네! 센사찌오네! 일 바로네 마악 에 모르토! 아데쏘 운 가라쪼 디 크반또르디씨 안니 에일 피우 리꼬 우오모 델 몬도! 센사찌오네!"

팀을 보면서 할머니는 생각했다.

'얘가 얼마나 예뻐졌는지 몰라! 어쩜 저렇게 외국말을 잘한담!'

할머니는 한 마디라도 놓칠세라 팀의 이야기에 귀를 기울였다.

팀은 자기의 모험담이 무슨 코미디라도 되는 양 재미있게 이야기했다. 웃음을 되찾은 지금, 전에는 그토록 끔찍스럽게 생각되던 많은 일들이 우습게 여겨졌다. 요니와의 터무니없는 내기며, 팔마로 호텔에서 샹들리에가 떨어진 얘기, 제노바와 아테네의 그림들, 성에서의 비밀 공모, 셀렉 바이, 마가린 사업, 세계 여행, 함부르크로 돌아온 얘기, 새엄마와 형을 만난 얘기, 전차들의 검은 시간…… 팀은 하나도 빠뜨리지 않고 할머니에게 들려주었다.

팀의 이야기가 끝나자, 이번에는 할머니 차례였다. 할머니는 유쾌하게 이야기를 시작했다.

"네가 제노바에서 돌아오지 않고, 크레쉬미르와 건장한 요니가 차례로 여기 나타났을 때, 난 뭔가 이상하다 싶었단다. 하지만 아무도 무슨 일인지 내게 말해 주지 않으려고 했지. 난 심장 판막증이 있거든. 그런데도 난 팔십 년 넘게 산걸, 뭐. 우린 벌써부터 슬슬 서로에게 익숙해졌어, 나랑 심장 판막증이란 말이야. 그래서 내가 탐정 노릇을 약간 했지. 그러다 네가 제노바에서 보낸 편지를 보게 되었단다. 그러니 내가 제법 알게 되었던 거디, 알갔어?"

할머니는 팀이 이제 젊은 신사가 되었다 싶어 '교양 있는 표준말'을 쓰려고 노력했지만 가끔 사투리가 툭 튀어나왔다.

"난 아들이 크레쉬미르나 건장한 요니와 뭐라고 수군댈 때면 귀를 열어 놓고 있었어. 그 사람들은 선창에서 일하느라 자주 오지는 못했어. 다른 일거리는 찾질 못했지. 해괴망측한 일이었어. 하기야 해괴망측한 일도 있을 수 있는 거지, 뭐. 그렇지 않네? 여하튼 난 그 사람들이 뒤에서 하는 말을 다 엿들었어. 난 내 아들이 일자리를 잃은 것도 알고 있었어. 아들은 나한테 그걸 숨겼지만 말이야."

팀이 끼어들었다.

"아저씨가 정말로 부두 노동자가 되었어요?"

"응, 정말로 그랬단다. 넌 아마 함부르크가 어떤 곳인지 잘 모를 거야. 네가 그걸 이해한다면 이상한 노릇이지. 만약 높은 자리에 있던 누군가가 해고되면 사람들은 이러쿵저러쿵 말이 많단다. 말도 안 되는 소리뿐인데도 말이야. 그럼 그 사람은 더 이상 일자리를 구하기가 힘들어진단다. 알겠니?"

팀이 고개를 끄덕였다.

"그래도 나한테 재산이 좀 있거든. 주로 종이로 말이야."

"주식 말씀인가요?"

"맞아, 주식으로. 너도 이제 그런 말을 알아듣는구나! 나한테 재산이 있으니 내 아들이 부두 노동자로 일할 필요는 없었지. 하지만 그 애는 뼈 빠지게 일하지 않고는 직성이 풀리지 않는 그런 사람이거든. 게다가 걔는 부두 일 말고는 잘하는 게 없어. 그래서 부두 노동자가 된 거지. 나중에는 선창으로 옮겼어. 늘 단정한 모습으로 집을 나가, 단정한 모습으로 다시 돌아왔지. 나는 대개 집에 쭈그리고 있으니, 내가 자기 새 일자리에 대해서는 전혀 눈치 채지 못했다고 생각한 모양이야. 그런데 전화라는 게 있잖아. 안 그래?"

팀은 할머니의 말을 듣고 웃지 않을 수 없었다. 할머니도 같이 웃었다.

"하기야 난 아무것도 모르는 할망……구지. 그럼. 내가 그렇다는 건 나도 알아. 그렇다고 내가 영 바보는 아니거든. 또 셀렉 바이 씨가 여기 전화했을 때도 내가 먼저 받아서 얘길 나눴어. 이래저래 공모자들께서 결국 나한테 다 털어놓지 않으면 안 되었지. 물론 난 그동안 아무것도 몰랐던 것처럼 행동했단다. 내내 눈을 휘둥그레 굴리며 '세상에 그럴 수가!' 하고 새된 소리를 질렀지. 어쨌든 그렇게 해서 나도 모든 사실을 알게 되었던 거야. 그리고 네게 보낸 쪽지도 내가 쓴 거란다. 돋보기를 갖고 말이야. 여학생 시절에 그런 걸 며칠씩 연습했었거든. 그때 날 따라올 사람은 없었지. 한번은 편지지 양면에다 소설책 한 권을 몽땅 써 넣은 적도 있다니깐. 정말이야!"

"세상에 그럴 수가!"

팀이 웃음을 터뜨렸다.

"요 녀석, 너 내 말을 곧이듣지 않는구나!"

그때 현관의 벨이 울렸다. 할머니는 팀더러 누가 왔는지 가 보라고 했다. 문 앞에는 빨간 머리의 호텔 보이가 트렁크 일곱 개를 두고 땀을 뻘뻘 흘리며 서 있었다.

보이가 싱긋 웃었다.

"이걸 갖다드리라고 해서요, 탈러 씨."

"어제까지만 해도 날 보고 미스터 브라운이라고 했잖아요. 어떻게 내 이름을 알았어요?"

보이가 다시 싱긋 웃었다.

"신문을 안 읽으시나 보군요?"

"아, 네!"

약간 당황한 팀은 주머니에 손을 넣으려고 했다. 하지만 빨간 머리 보이는 관두라고 손을 저었다.

"돈은 그만두십시오, 탈러 씨. 어젯밤에 내가 감시원을 어떻게 따돌렸는지 이야기하면, 신문사에서 돈을 한 다발 줄 거예요. 얘기해도 되죠?"

팀은 웃지 않을 수 없었다.

"하고 싶으면 하세요."

"정말 감사합니다! 트렁크를 안으로 들일까요?"

"괜찮아요! 내가 할게요. 그런데 신문사에다 추리 소설일랑은 얘기하지 마세요."

"그럴 필요 없지요. 감시원을 따돌린 얘기로도 충분히 재미있는데요, 뭘."

보이가 다시 손을 내밀었다.

"앞으로도 행운이 있길 바랄게, 팀!"

"고마워! 신문사 일이 잘되길 바랄게!"

부드러운 사자상 사이에서 두 젊은이는 웃으며 악수를 나누었다. 빨간 머리는 호텔 차를 타고 곧 횡허케 사라지고, 팀은 트렁크를 안으로 날랐다.

그날 중으로 팀은 요니, 크레쉬미르, 리케르트 씨와 함께, 할머니가 잘 아는 공증인을 찾아갔다. 거기서 HHD라고 불리는, 함부르크－헬골란트 선박회사는 세 사람에게 똑같이 양도되었다. 사실 산더미 같은 서류들이 아직 더 필요했기에 이 양도 절차는 곧장 효력이 발생하는 건 아니었다.(팀은 더 이상 백만장자 상속인이 아니었던 것이다.) 하지만 늦어도 이 주 안에 처리될 거라고 공증인이 말했다.

팀의 세 친구는 처음에는 이 선물을 안 받겠다고 완강하게 버텼지만, 그러면 선박회사를 아무에게나 줘 버리겠다고 팀이 으름장을 놓자, 그제야 굴복했다. 물론 억지로 받은 건 절대 아니었다. 리케르트 씨는 아직도 정정해서 6번 다리에 있는 뎅커 사장의 옛 사무실

일을 맡는 데 아무 문제가 없었고, 요니와 크레쉬미르는 키잡이와 스튜어드로 남의 배에서 일하는 것보다 자기 배에서 일하는 게 몇 배는 더 즐거웠으니까.

네 사람이 공중 사무실을 나왔을 때(사무실은 중앙역 근처에 있었다), 요니가 물었다.

"이제 넌 뭘 할 거니, 팀?"

팀은 오른쪽을 가리켰다.

"저기 낡은 건물 안에 인형극단이 하나 있는데, 제 거예요. 저걸로 유랑 극단을 만들 참이에요."

크레쉬미르가 말했다.

"그러려면 버스가 한 대 필요하겠구나."

요니가 거들었다.

"그리고 이동 무대도."

리케르트 씨가 마무리를 했다.

"그건 우리가 사 주마. 사양하진 마라! 그럼 선박회사를 다시 네 목에 걸어 주겠어."

"좋아요."

팀이 웃었다. 그리고 진지하게 덧붙였다.

"아저씨들 세 분이 계셔서 얼마나 행복한지 몰라요."

리케르트 씨가 말했다.

"그리고 셀렉 바이도."

팀이 맞장구를 쳤다.

"맞아요. 그분도요. 전보라도 쳐야 할 텐데."

곧 팀은 자기 말대로 했다. 메소포타미아에 있는 셀렉 바이 노인은 팀의 전보를 읽으며 미소를 지었다.

마가린 건은 엉망이 됨. 웃음은 공짜로 얻는 것임.
난 그걸 받았음. 도와주심에 감사. 팀 탈러.

이날로 이야기는 끝이 났지만, 그제야 신문에서는 이 이야기가 시작되었다.(기자들이 이 이야기를 알게 된 한에서 그랬다. 대부분의 기자들은 이 이야기를 모르고 있었다.)

리케르트 씨는 다시 선박회사 사장이 되었고, 요니는 키잡이, 크레쉬미르는 스튜어드가 되었다.

마악 남작에 관해서는 별로 들리는 이야기가 없었다. 다만 메소포타미아의 자기 성에서 대부분 혼자 울적한 시간을 보낸다는 말만 들렸다. 남작은 사람들 만나기를 꺼리는 것 같았다. 그렇지만 사업만큼은 날로 번창했다.

팀에 관한 소식도 별로 없었다. 할머니와 같이 '팔아 버린 웃음'이란 인형극을 만들었다는 것만큼은 분명했다. 그런 다음 팀은 함부르크에서 자취를 감췄다. 어디로 사라졌는지는 어떤 기자도 알아내지 못했다.

그런데 팀의 자취가 두 가지 있긴 했다. 중부 독일의 어느 대도시에 있는 공동묘지, 대리석 묘비 아래에 화환이 하나 놓여 있었다. 리본에는 이렇게 씌어 있었다.

"웃을 수 있게 되어 다시 왔어요. 팀이."

팀 탈러의 마지막 자취는 빵 가게에서 나왔다. 아주 오래전에 한 예의 바른 젊은이가 거기 나타났는데, 가게 주인 아주머니는 그 젊은이를 못 알아보는 것 같았다. 주인 아주머니가 "뭘 드릴까요?" 하고 묻자 그 젊은이는 갑자기 침울한 표정을 짓더니 중얼거렸다.

"저는 도둑질을 할 거예요, 베버 아주머니! 그것도 수도국장님 댁을요!"

너무 놀라 베버 아주머니의 목소리가 갈라졌다.

"에그머니나, 팀 탈러!"

젊은이는 얼른 입에 손가락을 댔다.

"쉿! 내가 누군지 말하지 마세요, 아주머니. 전 지금 인형극단 단장으로 이 도시에 와 있는 거예요. '마가린 상자'라는 인형극을 공연하는 사람으로 말이에요."

"그거 너무 재미있었어! 어제 우연한 일로 그걸 보게 되었거든. 어떤 모르는 사람이 내게 표를 보내 줘서 말이야. 그럼 그게……."

베버 아주머니가 팀을 흘겨보더니 소리쳤다.

"혹시 아는 사람이 보낸 표였나?"

양 입가에 둥근 주름을 잡으며 팀이 말했다.

"그럴 수도 있겠죠."

베버 아주머니가 말을 이었다.

"팔아 버린 웃음에 관한 이야기였지. 아주 좋은 작품이었어. 많은 생각을 하게 하는 이야기였어."

"무슨 생각을 하셨는데요?"

"그거야, 솔직히 말하자면, 처음에는 얘기가 좀 섬뜩했어. 그렇지만 끝에는 배꼽을 잡고 웃고 말았어. 그래서 난 생각했지, '사람이 웃으면, 악마는 제 힘을 잃는다'고."

팀이 대답했다.

"멋진 말씀이세요, 아주머니. 악마는 바로 그렇게 다루어야 해요. 그럼 악마의 뿔이 납작해질 거예요."

여기서 일곱째 날의 이야기는 끝을 맺었고,
나는 호텔로 돌아가 이야기를 적어 두었다.
팀 아저씨는 그날 이후로 다시는 보지 못했다.
다음날 인쇄소에서 들은 말에 따르면,
아저씨는 그날 저녁 함부르크로 떠났다고 했다.

이야기를 마치며

그건 라이프치히와 마그데부르크를 오가는, 기다란 기차 안에서의 일이었다. 기차 안은 더러웠고 사람들로 붐볐다. 제2차 세계대전이 끝난 그 당시, 시커먼 연기를 내뿜으며 독일 전국을 덜커덩거리며 달리던 여느 기차들과 다를 바가 없었다. 난 인쇄소에서 일을 마치고 함부르크로 돌아가고 있었다.

　올 때랑 마찬가지로 난 또다시 나도 모르게 신사 혼자 앉아 있는 칸에 들어가게 되었다. 그런데 그 신사는 올 때 나를 점심식사에 초대했던 바로 그 사람이었다. 팀 아저씨의 이야기를 이미 들은 터라 난 이 신사가 누군지 알고 있었다. 그래서 그 사람 맞은편 창가 자리에 앉으면서 내가 물었다.

　"이번에도 같이 점심을 먹을까요, 그란디치 씨?"

　그 신사는 머리를 저었다.

　"이번에는 가격이 얼마나 되는지만 묻고 싶군요."

　"무슨 가격 말입니까?"

　"팀 탈러 씨한테 들은 이야기를 글로 적지 않는 대가요."

　"벌써 적어 두었는걸요. 못 쓰는 인쇄용지 뒷면에다가요."

　"이제 인쇄만 하면 되는 건가요?"

　"아뇨. 정성 들여 다시 써야 하지요."

　"그럼, 그렇게 힘든 일일랑 그만두시지 그래요. 지금 이 자리에서―힘들게 다시 쓰지 않아도―더 많은 돈을 줄 텐데 뭣 하러 그 모든 걸 힘들게 다시 쓰려고 합니까?"

"저한테는 돈보다 글 쓰는 게 더 중요하기 때문이지요."

막 그 말을 하는 순간에, 객차 유리창 앞의 커튼이 살짝 움직였다. 그 순간 선글라스를 낀 창백한 얼굴이 보였다.

난 자리를 박차고 일어나 커튼을 젖혔다. 하지만 낯선 얼굴들이 멀뚱하게 나를 보더니 의아한 눈으로 객차 안을 들여다보았다. 그래서 나는 다시 몸을 돌려 말했다.

"죄송해요, 그란디치 씨, 전 그저……."

난 더 이상 말을 잇지 못했다. 왜냐하면 객차 안에는 나 말고는 아무도 없었기 때문이다. 그란디치 씨가 온데간데없이 사라져 버렸던 것이다.

잠시 후, 복도에 있던 사람들이 객차 안으로 몰려들었다. 그란디치 씨를 만난 게 마냥 꿈만 같았다.

하지만 카네이션 향이 아직도 공중에 희미하게 떠다녔다.

잃어버린 웃음을 찾아 나선 소년의
감동적인 방랑기

"어린이들이 사고하는 동시대인으로 자라나도록, 우선 그들에게 함께 생각하기를 가르쳐야 한다. 일단 삶을 배워야 하는 그들이 현실을 견뎌 낼 뿐만 아니라 더 나아가 현실을 함께 결정할 수 있도록, 그들을 너무 일찍 현실의 끔찍함에 내맡겨서도 안 되고, 바람을 모두 막아 주는 온화한 온실 속에만 두어서도 안 된다."

이 말을 한 이야기 작가, 제임스 크뤼스는 '모든 바람으로부터 보호받고' 자라나지 못했다. 오히려 그 반대였다. 그는 1926년 5월 31일, 육지나 다른 섬을 전혀 볼 수 없는 북해의 먼 곳 헬골란트 섬에서 태어났다. 따라서 사방의 바람에 그대로 내맡겨졌다.

비바람이 강한 작은 섬에는 오늘날과 같은 인터넷도, 멋진 장난감도 없었지만, 시간과 장소의 잿빛 단조로움을 채색해 줄 무성한 '이야기'들이 있었다. 일생 동안 이야기를 열망했던 크뤼스는 이야기를 듣고 지어내는 법을 그때 배웠다고 한다. 그럴듯하게 꾸민, 교훈적이거나 환상적이거나 사실적이거나 슬프거나 즐거운, 고향이나 낯선 곳의 이야기들을.

《팀 탈러, 팔아 버린 웃음》은 제임스 크뤼스의 작품 중에서도 가장 대표적이고 원숙한 글이다. 이 작품은 돈과 권력과 개인의 삶의 건강함을 파헤친, 독일 청소년 문학계에 커다란 문제를 제기한 작품이다.

대도시의 지저분한 뒷골목에서 계모와 의붓 형의 구박 속에서 자라는 팀 탈러에게는 보석처럼 빛나는 웃음이 있었다. 세상 사람들 누구든지 행복으로 전염시키고 마는 밝고 맑은 웃음. 하지만 그 웃음을 탐내는 '마악'(거꾸로 읽으면 그 정체가 드러난다.) 남작의 유혹에 넘어가면서 팀의 운명은 바뀌게 된다.

지긋지긋한 가난에서 벗어나고 싶은 욕심에 선뜻 웃음을 내놓은 팀은 곧 웃음 없는 인생이 얼마나 비참하고 삭막한가를 깨닫고, (자신의) 웃음 사냥에 나선다. 냉혹한 사업가인 마악 남작은 비상한 머리로 웃음을 빼앗기지 않으려고 온갖 술책을 다 부린다. 웃음을 되찾는 방법은 뜻밖에도 너무나 간단한데……. (어쩌면 우리 친구들은 이 책을 다 읽기도 전에 벌써 묘안을 찾아냈을지도 모른다.)

경제적 이익과 부만 아는 남작의 세계는 웃음이 없는 삭막하고 창백한 세상이다. 마악 남작의 이름 Lefuet은 독일어로 악마를 뜻하는 Teufel을 거꾸로 읽은 것이다. 이름처럼 남작은 세상의 악과 차가움을 대표한다. 동시에 수단과 방법을 가리지 않고 부를 축적하는 자본주의의 한 모습을 상징하기도 한다. 악마란 꼭 머리에 뿔을 단 상상 속의 인물만은 아닐지도 모른다. 그러니 물고기처럼 차가운 눈에 선으로 그어 놓은 듯 꽉 다문 입을 하고서 웃음을 모르는 사람이라면 한번 의심해 볼 만하다. 혹 마악 남작의 다른 모습은 아닐까 하고.

독자들은 웃음을 되찾기 위한 팀 탈러의 눈물겨운 여정을 따라가면서, 즉 함부르크, 제노바, 메소포타미아로 팀과 함께 건너가는 내내, 진정 행복한 삶은 어떤 것일까, 삶에서 가장 소중한 것은 무엇일까, 선과 악은 어떻게 구분되는 걸까, 인간에게 웃음은 어떤 의미가 있는가 등등에 대해 깊은 의문을 가지게 된다.

크뤼스는 이 글이 웃음을 주제로 다룬 작품이지만 독자들은 결코 웃지 못하리라고 말한다. 그러나 어둠을 헤치고 가는 이 길이 빛을 둘러싸고 맴도는 과정임을 밝힌다고 말한다.

누구나 공평하게 가지고 있는 웃음은 다른 사람의 마음을 풀어 줄 뿐만 아니라, 나 자신에게는 마음의 자유로움을 선사한다.

'웃음이 있기에 인간은 동물과 구분된다!'

길고 긴 여정 끝에 팀이 깨닫는 이 깨달음이 이 책을 읽는 여러분에게도 깊이 전달되었으면 좋겠다. 그래서 가장 밝고 명랑하게 웃을 수 있는 사람이 이 세상에서 제일 행복한 사람임을 알게 되었으면…….

"내 최대 관심사는 아이들에게 선과 악에 대해 이야기하는 것뿐만 아니라 언제 선이 악이 되기 시작하는지를 이야기해 주는 것이다. 전 세계의 청소년 작가들이 이러한 원칙을 가지고 청소년에게 영향력을 발휘할 수 있게 된다면, 우리는 평화를 위해 크게 기여할 수 있으리라고 생각한다. 우리가 청소년들을 키우는 데 협력하는 모습대로 내일의 세상 또한 그렇게 될 것이다!"

자신의 말 그대로 표피적인 상품 시장의 방법에 따라서가 아니라, 자신의 미적, 도덕적 양심에 따라 아이들을 위해 글을 쓰는 제임스 크뤼스. 타고난 이야기꾼으로, 놀라운 열정과 시정(詩情)을 보여 준 다정다감한 작품으로, 독일 청소년 문학상과 안데르센상 등 주요한 상을 휩쓴 제임스 크뤼스. 제임스 크뤼스는 많은 어린이와 교류하면서 존경과 사랑을 듬뿍 받다가 1997년 8월 2일 세상을 떠났다. 자신이 선택한 고향 '그랑 카나리아', 그의 행복한 섬에서 생을 마치면서 자기가 만든 이야기들을 사방의 자유로운 바람에 맡겼다.

우리와 미래 독자들의 행복을 위해.

정미경

내게 웃음을 가르쳐 다오. 내 영혼을 구해 다오!

악마에게 뭔가를 파는 건 독일의 전통이다. 파우스트는 메피스토펠레스에게 영혼을 팔았고 페터 슐레밀은 회색 옷의 남자에게 그림자를 팔았으며 프라하의 대학생은 스카피넬리라는 이름의 노인에게 거울 속의 자기 자신을 팔았다.* 팀 탈러는 마약 남작에게 웃음을 판다.

거래의 내용은 조금씩 다르다. 파우스트는 영혼을 팔고 젊음을 받았다. 파우스트는 평생 공부만 한 노학자였다. 페터 슐레밀은 끊임없이 돈이 나오는 행운의 자루를 받았는데, 영혼을 주면 그림자를 돌려주겠다는 악마의 두 번째 제안은 거절했다. 프라하의 대학생 역시 금이 나오는 가방을 받았지만 사실 사기나 다름없었다. 자취방에서 대충 아무거나 골라 가겠다던 노인(= 악마)이 거울에 비친 대학생의 모습을 날름 챙겨 버렸

---

* 각각 괴테의 《파우스트》, 아델베르트 폰 샤미소(프랑스 귀족 출신이지만 프랑스 혁명으로 아홉 살 때 독일에 망명한 후 독일어로 글을 쓰며 독일에서 살았다.)의 《페터 슐레밀의 기이한 이야기》, 스텔란 리에의 영화 〈프라하의 대학생 Der Student von Prag〉(1913) 참고.

기 때문이다. 팀 탈러는 어떤 내기에서도 이길 수 있는 능력과 함께 '악마와 거래' 부문 최연소 기록을 갖게 되었다. 정리하면 이렇다.

① 파우스트: 영혼 ↔ 젊음
② 페터 슐레밀: 그림자 ↔ 돈이 나오는 자루
③ 프라하의 대학생: 거울 속 자신 ↔ 금이 나오는 가방
④ 팀 탈러: 웃음 ↔ 어떤 내기에서도 이길 수 있는 능력

아무리 생각해도 팀이 장사를 잘했다. 영혼을 파는 건 상식 밖의 일이다. (유한한) 육체의 시간이 끝난 다음 펼쳐질 (아마도 무한할) 영혼의 시간에 대해서 우리는 아무것도 모르기 때문이다. 자기가 파는 게 무언지 모르는 사람은 뒤통수를 맞기 십상이다. 한편 그림자를 파는 건 여러모로 곤란한 일이다. 그림자 사진을 찍어서 SNS에 올릴 수도 없고 자칫하면 귀신으로 몰릴 수도 있기 때문이다. 프라하의 대학생이 악마의 꼬임에 넘어간 결정적인 계기는 첫눈에 반한 여자이지만, 아무리 돈이 많다고 한들 거울도 못 보는 남자가 여자의 사랑을 받을 수 있을 것 같지는 않다. 꾸미지 않는 남자는 멋이 없기 때문이다. 그렇다면 웃음은 어떨까. 기분 좋은 웃음은 매력적이다. 하지만 차갑고 도도한 무표정 역시 똑같이 매력적일 수 있다.

한때 나는 악마와 거래하는 상상을 자주 했다. 만약 악마가 내게 웃음을 팔라고 하면 나는 뭘 달라고 하지? 그때 내 머릿속에 떠오른 건 대충

이런 것들이었다.

① 돈

② 불로불사

③ 재능

④ 초능력

①은 시시했다. 돈이야 내가 벌면 된다고 어린 나는 생각했다.(지금은 생각이 다를 수 있다.) ②는 와닿지 않았다. 대부분의 아이들이 그런 것처럼, 나 역시 언젠가 내가 늙고 병들 거라는 사실을 실감할 수 없었다.(지금은 생각이 다를 수 있다.) 그렇다면 ③이다. 나는 악마의 재능으로 무엇이건 될 수 있었다. 지옥에서 온 강속구 투수! 원펀치로 상대를 쓰러뜨리는 링 위의 암살자! 악마에게 영혼을 판 기타리스트! 그런 내게 웃음은 오히려 불필요했다. 아니면 아예 ④는 어떤가? 〈왓치맨〉에 등장하는 닥터 맨해튼처럼 웃지 않는 슈퍼 히어로가 되는 거다!

이제 나는 그런 생각을 하지 않는다. 먹고사는 생각만으로도 머리가 복잡하기 때문이다. 이제 나는 예전만큼 웃지도 않는다. 먹고사는 생각은 생각보다 더 재미가 없기 때문이다. 생각하면 억울한 일이다. 웃음을 잃었는데 재능이나 불로불사, 초능력을 얻기는커녕 돈도 얼마 벌지 못한다. 이럴 줄 알았으면 진작 팔아 버릴걸 그랬다는 생각이 든다. 먹고사는 생각에 사로잡혀 있는 사람이 하는 생각이란 대개 이런 식이다. 그러니 생각 같은 건 하지 않는 편이 더 낫겠다는 생각도 든다. 팀이 사는 뒷골목의 어른들도 나와 비슷한 생각일 거다.

오늘날에도 넓은 길들이 나 있는 대도시의 뒷골목을 보면 비좁기 그지없다. 얼마나 비좁은지 이쪽 창문에서 건너편 창문으로 손을 내밀 수 있을 정도이다. 만약 돈 많고 감정도 풍부한 낯선 사람이 우연히 비좁은 뒷골목을 찾는다면, 아마 이렇게 외칠 것이다.

"와, 그림 같다!"

멋진 숙녀는 '아!' 하고 숨을 내쉬며 이렇게 말할 것이다.

"얼마나 평화롭고 낭만적인지 몰라요!"

하지만 평화롭고 낭만적이란 표현은 엄청난 잘못이며 거짓이다. 왜냐하면 뒷골목에는 가난한 사람들이 살고 있기 때문이다. 부유한 대도시에 사는 가난한 사람들은 비참하고 시기심이 많고 툭하면 싸움을 벌이기 일쑤이다. 그건 그 사람들 탓만이 아니라, 좁은 길 때문이기도 하다.

(22~23쪽)

좁은 골목길에서 팀은 점점 웃음을 잃어 간다. 빼빼 마른 몸에 쥐 얼굴을 닮은 새엄마와 뻔뻔스러운 데다 버릇도 없고 얼굴은 창백하기 그지없는 의붓 형에게 시달리며, 마음의 문을 닫아걸고 잔뜩 자존심만 내세우는 아이가 되어 간다. 만약 마악 남작이 때맞춰 나타나지 않았다면 팀은 여느 어른들처럼 먹고사는 생각에 바빠 웃을 겨를이 없는 가난한 마음을 가진 어른이 되었을 거다. 그러니 팀은 운이 좋은 편이다.

팀의 생각은 다르다. 경마를 통해 부자가 되고 새엄마도 더 이상 팀을 괴롭히지 않지만 팀은 어느 때보다 불행하다고 느낀다. 부자가 되더니 거만해졌다고 수군대는 이웃들의 시선. 끝을 모르는 새엄마의 탐욕. 하지만 팀이 견딜 수 없는 건 웃지 못한다는 사실 그 자체. 웃지 못하는 팀은 즐거워할 수도 없고 노래를 부를 수도 없다. 팀은 웃음을 돌려받기 위해 마악 남작을 찾아 나선다.

우여곡절 끝에 남작의 회사 후계자가 된 팀에게 마악은 부의 온갖 달콤함을 누리게 한다. 오직 돈으로만 살 수 있는 모든 편안함과 아름다움. 팀은 조금씩 부에 젖어 간다. 자기도 모르게 새로운 사업 아이템을 제안하기도 하고 왕처럼 사는 꿈을 꾸어 보기도 한다. 그럴 거면 그냥 웃지 못하는 부자인 채로 사는 게 낫지 않나? 웃을 일 없는 가난한 사람보다는 차갑고 도도한 재벌 2세가 낫지 않나? 좋은 생각이나 하면서 평화롭고 낭만적인 풍경이나 즐기는 게 낫지 않나? 그런다고 누가 팀을 욕할 수 있나? 나는 생각한다.　　#먹고사는생각의예　#어른의사정　#금수저

하지만 팀은 그렇게 하지 않는다. 두 가지 이유가 있다. 하나, 팀이 이 책의 주인공이기 때문에. 둘, 팀이 아직 어리기 때문에. 두 번째 이유에 대해서라면 약간의 설명이 필요할 거 같다. 끓는 물이 담긴 냄비에 개구리를 넣으면 개구리는 깜짝 놀라 뛰쳐나간다. 하지만 찬물에 개구리를 넣은 다음 서서히 온도를 높이면 개구리는 온도 변화를 알아차리지 못한 채 유유히 헤엄치다가 개구리탕의 재료가 된다. 자기도 모르는 사이에 웃음

을 잃어버린 어른들과 달리, 팀은 자기가 잃어버린 게 무엇인지를 누구보다 잘 아는 사람이다.

서서히 끓는 냄비에서 삶아진 개구리 = 어른들
끓는 물이 담긴 냄비의 개구리 = 팀 탈러

물론 어른들은 웃음을 완전히 잃어버리지 않았다. 죽은 개구리와는 사정이 다른 것이다. 하지만 많은 경우 어른들의 웃음은 억지웃음이다. 요니는 말한다.

"형식적인 예의로 웃는 웃음이 비위를 상하게 할 수 있다는 건 나도 인정해. 바닷가 음식점의 늙은 아주머니들이 새벽부터 밤까지 배실거리는 걸 보면 정말 싫어. 그 아주머니들은 술은 안 된다고 할 때도 웃고, 음식을 접시에 담아 줄 때도 웃어. 그뿐만이 아냐. 교회 가라고 권할 때도 웃고, 심지어는 네가 죽는다고 해도 웃을 거야. 웃고, 웃고, 또 웃지. 아침에도, 점심때도, 저녁에도 웃어. 그건 정말 참을 수 없는 웃음이야! 하지만……." (200쪽)

외부의 자유는 재산으로 얻을 수 있다. 하지만 내면의 자유는 다른 재산, 바로 웃음으로 얻을 수 있다. 웃음은 마음의 자유이다. 억지로, 비위를 맞추기 위해서, 물건을 팔기 위해서 웃는 웃음은 마음의 자유와 정반대

방향에 있는 것이다. 대부분의 어른들은 마음의 자유를 잃어버린 사람들이다.

그러니 그런 어른이 되지 않기 위해서라도 팀의 이야기에 귀를 기울이는 게 좋을 것 같다. 팀은 교활한 마악 남작을 상대로 어떻게 웃음을 되찾을 수 있었을까? 몇 가지 이유가 있다. 하나, 팀이 이 책의 주인공이기 때문에. 둘, 팀이 용감하고 지혜롭고 때를 기다리며 좋은 친구를 사귀었기 때문에. 셋, 악마의 존재를 믿지 않았기 때문에. 가장 중요한 건 세 번째다. 악마는 자신의 존재를 믿는 사람의 마음속에는 두려움을 심어 놓지만, 믿지 않는 사람에게는 아무런 힘도 쓰지 못하기 때문이다. 그것이 악마를 숭배하는 사람들에 대한 이야기에 심드렁한 반응을 보이는 팀에게 마악 남작이 그토록 화를 내는 이유다.

"악마 따위엔 관심도 없다는 거냐, 뭐냐?"

팀은 남작이 그런 말에 왜 그렇게 흥분하는지 이해가 되지 않았다. 천진하게도 팀이 물었다.

"정말로 악마가 있어요?"

(―화가 난 남작이 마술을 부리려 하지만 실패한다.―)

"소용없군. 천진난만함이 사는 곳에서는 잡초가 결코 자랄 수 없어."

주문과 마찬가지로 이 말도 무슨 뜻인지 몰랐던 팀은 그제야 안락의자에서 몸을 일으키며 물었다.

"뭐가 소용없단 말이에요?"

"중세가!"

밑도 끝도 없이 남작이 대답했다. (169~173쪽)

  남작이 말하는 잡초는 아마도 먹고사는 생각과 먹고사는 생각으로 가득한 마음에 자라는 또 다른 생각들일 것이다. 부정적이고 어둡고 비참하고 시기심과 남 탓으로 가득한 생각들. 우리는 종종 이해할 수 없는 사람들, 자신과 반대편의 입장에 서 있는 사람들을 가리켜 악마 같다고 말하곤 한다. 하지만 그거야말로 손해 보는 장사다. 아무런 대가도 없이 악마에게 자신의 마음을 내어 주는 것이나 다름없기 때문이다. 그런 생각은 아무것도 바꾸지 못한 채 악마의 배만 불릴 뿐이다. 그렇게 우리는 마음의 자유를 잃어버린다.

  어른이 되는 건 곤란한 일이다. 충분히 운이 좋지 않다면 먹고사는 생각에 짓눌려 좀처럼 다른 생각을 할 수가 없다. 아니, 운이 좋다고 해도 마찬가지인지 모른다. 아무리 잘 먹고 잘 산다고 해도 더 잘 먹고 더 잘 살고 싶다는 생각이 들게 마련이니까. 성공한 동화 작가였던 제임스 크뤼스는 언젠가 이렇게 말했다.

  성공은 뻐꾸기의 알처럼 미심쩍다. 성공의 둥지에 들어온 자는 그놈을 먹여 살리는 데 신경 쓰지 않도록 주의해야 할 것이다. 그러지 않으면 자기 새끼가 소홀히 다루어진다. 뻐꾸기와 성공은 그러지 않아도 질긴 생명력을 갖고 있다. 그래서 다음 수십 년 동안 나는 성공이 매우 불확실한 일에 매달려 보겠다. 50세에 나는 장편 소설을 쓰기 시작할 것이다. 70세에는 굶주리지 않으면 공로패를 받게 될 것이다. 85세에 나는 슬픔과 괴로움 없이 죽고 싶다. 그리고 삶이 끝날 때, 좀 더 나은 생활 수준보다는 좀 더 나은 논거들이 더 중요해져 있길 꿈꿔 본다.

논거가 독일어로 정확히 무슨 단어를 가리키는지는 모르겠지만, 나는 그것이 일종의 이성이라고 생각한다. 어두운 생각에 휩쓸리지 않고 올바른 판단을 할 수 있는 마음의 힘. 웃음과 함께 인간을 인간답게 만들어 주는 핵심. 악마가 우리의 마음을 유혹하려 할 때 우리가 기댈 수 있는 건 그것뿐이다. 그러니 먼 훗날, 먹고사는 생각에 치여 마음의 자유를 잃어버리려 할 때 이 책을 떠올려 주기를 바란다. 요니 아저씨가 팀에게 들려준 영국 속담도 함께.

내게 웃음을 가르쳐 다오. 내 영혼을 구해 다오!

금정연

금정연 – 전문 서평가. 한양대 국어국문학과를 졸업하고 인터넷 서점 알라딘 인문 분야 MD로
일했습니다. '옛 책을 지금의 책으로 바꾸어 주는 서평', '평하는 책을 똑 닮은, 닮으려고 노력하
는 서평'이라는 평을 들으며 여러 매체에 책에 관한 글을 씁니다. 어린 시절의 대부분을 막내 외
삼촌이 운영하는 작은 책방에서 보냈는데, 그 시절에 감명 깊게 읽은《팀 탈러, 팔아 버린 웃음》
을 어른이 되어 다시 한번 읽으며 지금 여기 우리 청소년에게 권하는 추천의 글을 썼습니다. 지
은 책으로는《서서비행》,《난폭한 독서》,《볼라뇨 전염병 감염자들의 기록》(공저),《연애소설이
필요한 시간》(공저) 등이 있습니다.

작가 연보

1926 5월 31일 헬골란트 섬에서 전기공인 아버지와 바닷가재를 잡는 어부의 딸인 어머니의 첫째 아들로 태어남. 세례명은 제임스 야콥 힌리히.

1931 헬골란트 섬의 프리슬란트 어로 처음 시를 씀.

1936 귀를 꼬집는 선생님에 맞서 〈귀집게 Die Kneifzange〉라는 5페니히짜리 잡지 만듦.

1940 뒤늦게 중학교(실업 학교)에 입학함.

1941 인근에 포탄이 떨어져, 일가가 작센 주로 피신함.

1942 중학교를 졸업하고 교직 수업을 받으며 헬골란트에는 방학 때에만 들름.

1945 첫 번째 책《금실 Der goldene Faden》이 함부르크의 파루스 출판사에서 출간됨. 뤼네부르크의 교육 대학에서 학업을 시작함.

1948 초등 교사 시험에 붙음. 섬에서 쫓겨난 헬골란트 사람들을 위해 잡지 〈헬골란트〉를 창간하였는데, 이 잡지는 1956년까지 존속됨.

1950 에리히 캐스트너와 교우하면서 함께 캐스트너의 《동물회의》를 방송극으로 각색함.

1951 독일과 유럽의 많은 방송국을 대상으로 어린이 방송극을 만들면서, 뮌헨에 있는 잡지 〈노이에 차이퉁〉과 〈쥐트도이체 차이퉁〉에 정기적으로 동시를 기고함.

1953 첫 번째 그림책《한젤만의 세계 일주 Haselmann reist um die Welt》를 슈탈링 출판사에서 출간함.

1956 첫 번째 동화책《바닷가재 섬의 등대 Der Leuchtturm auf den Hummerklippen》가 함부르크의 프리드리히 외팅거 출판사에서 출간됨. 독일어 초판이 나오기 몇 달 전에 키릴 문자로 유고슬라비아에서 출간되었으며, 독일 청소년 문학상 선정 리스트에 오름.

1957 《증조할아버지와 나 Mein Urgro vater und ich》 출간. 그림책《꼬마 기관차 헨리에테 Henriette Bimmelbahn》가 동베를린에서 출간됨.

1959 명작 동시 선집 《그해만큼 많은 나날 So viele Tage wie das Jahr hat》이 지크베르트 모온 출판사에서 출간됨.

1960 《증조할아버지와 나》로 독일 청소년 문학상을 수상함. 이 작품으로 유명해지면서 함부르크와 베를린 시정부의 대접을 받음. 뮌헨에 정원이 딸린 작은 집을 구입함.

1962 《팀 탈러, 팔아 버린 웃음 Timm Thaler oder Das verkaufte Lachen》이 함부르크의 프리드리히 외팅거 출판사에서 출간되고, IBBY 명예 리스트에 채택됨.

1963 TV 어린이 연속극 《ABC와 환상》을 집필함.

1964 1963년에 뮌헨의 아네테 베츠 출판사에서 출간된 그림책 《어느 날 3x3》이 독일 청소년 문학상을 수상, 프리드리히 외팅거 출판사에서 출간된 《독수리와 비둘기 Adler und Taube》가 독일 청소년 문학상 선정 리스트에 오름.

1965 TV 어린이 연속극 《제임스의 동물생활》이 시작되어 큰 인기를 누림. 그랑 카나리아에 주택을 구입함.

1967 베를린에서 최초로 제임스 크뤼스 학교가 명명됨.

1968 제임스 크뤼스의 전 작품에 대해 세계적인 명성을 지닌 '한스 크리스티안 안데르센상'이 수여됨.

1970 《빈헨, 트린헨, 카롤린헨 Bienchen, Trinchen, Karolinchen》이 오스트리아 아동문학상 명예 리스트에 오름.

1973 최고의 동요 가사에 수여하는 '골든 유럽' 음반상을 수상함.

1976 50세 생일 파티가 헬골란트 섬에서 열림. 당시 동독이었던 쾨페닉 성에서도 축하연이 열림.(크뤼스의 책은 대부분 처음부터 동독에서도 출간되었다. 그중 많은 수는 심지어 먼저 출간되기도 했다.)

1979 《팀 탈러, 팔아 버린 웃음》이 TV 연속극으로 방영됨.

1983 《인간과 그 세계에 관한 마이어의 책 Meiyers Buch von Menschen und seiner Erde》이 만하임 서지 연구소에서 출간됨.

1985 연작 《101일 이야기》 완성함.

1986 8월에 프리드리히 외팅거 출판사에서 《넬레, 혹은 신동 Nele oder Das Wounderkind》과 함께 1일부터 101일까지 세는 17권의 포켓판이 간행됨. 60세 생일을 맞아 헬골란트 섬의 명예 주민이 됨.

1987 프랑크푸르트 도서 박람회 기간에 크뤼스 전람회가 열려 1988년까지 계속됨.

1996 70세 생일을 맞아 1급 연방 공로 십자 훈장을 받음. 독일 학술원 Volkach이 그의 전 작품에 대해 대상을 수여함.

1997 8월 2일에 그랑 카나리아에서 사망해 헬골란트 앞바다에 묻힘.

2001 75세 생일을 기해 5월 31일, 국제 청소년 도서관 소재지인 뮌헨의 블루텐부르크 성에서 제임스 크뤼스 탑을 개관해 모든 원고, 사진, 문서 기록 등을 전시하고 있음.

청소년시대 04

팀 탈러, 팔아 버린 웃음

개정판 4쇄 2020년 11월 20일 | 개정판 1쇄 2016년 8월 25일
초판 1쇄 2003년 4월 25일
지은이 제임스 크뤼스 | 옮긴이 정미경 | 펴낸이 박강희 | 펴낸곳 도서출판 논장
등록 제10-172호·1987년 12월 18일 | 주소 10881 경기도 파주시 회동길 329
전화 031-955-9164 전송 031-955-9167 | ISBN 978-89-8414-249-7 43850

Timm Thaler oder Das verkaufte Lachen by James Krüss
Copyright text by Verlag Friedrich Oetinger, Hamburg
First published in Germany under title "Timm Thaler" 1962
All rights reserved.
Korean translation copyright ⓒ 2003 by Nonjang Publishing Co.
Korean edition is published by arrangement with Verlag Friedrich Oetinger, Hamburg
through Chang Agency, Korea.

· 책값은 뒤표지에 있습니다. · 잘못 만들어진 책은 구입하신 서점에서 바꾸어 드립니다.

이 도서의 국립중앙도서관 출판예정도서목록(CIP)은 서지정보유통지원시스템 홈페이지 http://seoji.nl.go.kr)와
국가자료공동목록시스템(http://www.nl.go.kr/kolisnet)에서 이용하실 수 있습니다.(CIP제어번호: CIP2016019438)